COLLECTION OF FAMOUS CHINESE
SCIENCE FICTION WRITERS

中　国
科幻名家
典藏系列
纪念收藏版

恐惧机器
FEAR MACHINE

全球华语科幻星云奖组委会/编

北方联合出版传媒(集团)股份有限公司
万卷出版有限责任公司

ⓒ 全球华语科幻星云奖组委会　2023

图书在版编目（CIP）数据

恐惧机器 / 全球华语科幻星云奖组委会编 . -- 沈阳：
万卷出版有限责任公司 , 2023.6
ISBN 978-7-5470-6182-4

Ⅰ . ①恐… Ⅱ . ①全… Ⅲ . ①幻想小说 – 小说集 – 中
国 – 当代 Ⅳ . ① I247.7

中国国家版本馆 CIP 数据核字 (2023) 第 034375 号

出 品 人：王维良
出版发行：北方联合出版传媒（集团）股份有限公司
　　　　　万卷出版有限责任公司
　　　　　（地址：沈阳市和平区十一纬路 29 号　邮编：110003）
印 刷 者：三河市九洲财鑫印刷有限公司
经 销 者：全国新华书店
幅面尺寸：148mm×210mm
字　　数：200 千字
印　　张：9.625
出版时间：2023 年 6 月第 1 版
印刷时间：2023 年 6 月第 1 次印刷
责任编辑：王　越
责任校对：张　莹
装帧设计：天行云翼·宋晓亮
ISBN 978-7-5470-6182-4
定　　价：48.00 元
联系电话：024-23284090
传　　真：024-23284448

目录

恐惧机器 / 陈楸帆

人类需要冬眠，机器却不。

月亮已升起，但此时还没到夜晚。

天边的火烧云烤得阿古面红心跳，甚过于渗入脚底砂土的血。对方的血被设计成黏稠的亮粉色，带着一股浓烈的甜腥味，除了区分敌我，还对士兵的视嗅觉定位系统起到了干扰作用。他觉得每一次迈步都十分艰难，就像有团章鱼吸在鞋底，越来越重。

队友们清理着战场，他们长着和阿古一样的面孔，表情却完全不同。男孩们轻松地微笑着，给尚未完全断气的敌人致命一击，用刀刃插入莲花瓣般层层叠叠的超级精致护甲的缝隙，扭动九十度，切断神经中枢。这些非轴对称生物的肉无法被士兵体内的消化酶分解，显然也是精心设计的。

男孩们把几名战友的尸体肢解后，分装进铝制真空盒，这在过去漫长的经验中被证明能够救命。

这场遭遇战来得太突然了。

也许是这片河谷的景色过于迷人了。清甜的和风，水面的粼光，还有让人一眼望去心神愉悦的墨绿的起伏不定的山峦，似乎勾起了男孩们某种遥远而朦胧的记忆，以至于忽略了本该捕捉到的空气震颤。直到阿古的那一声尖叫传来。

战争只持续了 2 分 36 秒 18 毫秒。

男孩们脱下血迹斑斑的战斗服，赤身裸体地在尸体间起舞，水花随着他们的舞步四处飞溅。他们齐声唱起一首古老的歌谣，关于胜利、信念和六月的烟火。舞毕，又比赛谁能够尿得更远，一束束发光的弧线从他们下身光滑的排泄孔射出，落入河水，在空气中激起一片多彩的水雾。

而这一切，都与阿古无关。

阿古躲在树后，看着队友们欢庆胜利，他咬白了嘴唇，眼圈泛红，似乎有说不出的委屈。关于那一声尖叫究竟是警报，还是向敌人暴露了自己，阿古与其他人有着不可调和的分歧。毕竟他是队里唯一一个无法关闭恐惧回路的战士，而作为一名战士，这几乎决定了他的命运。

男孩们穿戴完毕，似乎有了共识，他们围成圆圈，头颅紧紧地抵着彼此，似乎这样做才能够让集体意识的传导更加通畅。在阿古看来，队友们变成了一只拥有八个身子、一个脑袋的连体生物，而自己是游离于其外的第九个身子，只不过思维还如触须般若隐若现地搭连着。

随着一声大喝，生物解体了，又恢复成了八名男战士。

阿古已经知道了他们的决定。传说中，不合群者会带来厄运。

"为了父亲的使命。"他们说。

脸上带疤的、光头的、瞎了左眼的、多了两只手的、打嗝的、胸锁乳突肌不停跳动的、吐着舌头的、眉毛豁了口的男孩们看着他，同时眨了三下眼睛，像是最后的告别。他们甚至没有象征性地抬一下手臂。

瞬间，阿古感觉自己脑中与集体搭连的触须一下子断开了，像是青空中掉队的孤雁。他虚弱地跌坐在充满血水的泥地里，所有的疼痛、寒冷、疲惫、孤单，如同雪崩般灌入他小小的躯壳，压得他喘不过气来。

从那一刻起，阿古知道自己再也不是"无惧者"中的一员了。

他的军队只有他自己，和那个留在地上的铝盒。

黑夜像一场瘟疫，蔓延之处激起万物的病态反应。

先是寒冷，皮肤暴露在空气中的每一秒都变成酷刑。阿古知道在河谷中，有几处可以避风御寒的岩缝，可他不能去。脱离队伍意味着成为敌人，甚至不用等到辨清面孔和气味，昔日的队友们便会把他打成筛子。

阿古只能选择另一条路。或许在迷之森里还有一些干燥的藓类，可以塞在战斗服里保暖。当然，他得时刻提防藏身其中的节肢动物，比如蜘蛛或者蜈蚣，它们将触发程序编写在杏仁核和腹内侧前额叶中的刺激-反应模块，自动加快你的心跳，升高血压，分泌汗液、皮质醇及肾上腺素。

亿万年进化而来的底层原始恐惧包，你无法用自主意识来抑制它，就算你再怎么勇敢也不行。

无惧者却可以关掉它，就像眨眼那么简单，因为这只是众多复杂恐惧回路中的一条。

这就是为什么所有军队都害怕无惧者，哪怕他们只是一群尚未成年的男孩。他们从没有输过，即使暂时失利，假以时日也会回报以更暴虐的反击。

这使得阿古更加恐惧。因为他随时可能撞见昔日的敌人，此时，他还失去了自己队友的保护。

黑暗不期而至，让森林成为一座没有边界的迷宫。

本能让落单的阿古焦急地四处寻找一处闭合空间，一个安全的巢穴。他瞪大眼睛，试图让更多的光进入瞳孔；他翕张鼻翼，试图分辨由风带来的异常气息。

可是没有，什么也没有。

最坏的情况无非是迷失在这里，冻死、饿死、摔死……甚至是被吓死。阿古这样安慰自己。尽管铝盒里还装着同伴的肢体，恐慌抑制了他的食欲。当他看到盒上的标号"2317"时，便不由自主地想起了那个死去的兄弟。

2317号阿古和其他阿古一样，都来自同一套基因型。父亲赐予他们肉体的同时，也赋予了每一个阿古独特的灵魂，当然，也是通过基因调制得来的。

他还记得2317号有一种近乎病态的忠诚感，对于父亲，对于使命，也对于自己经过精细设计的躯体与神经模式。血液的颜色与气味让他敏感亢奋，可惜他可以用来充血的器官早已被取消，于是，神经代偿机制让他可以丝毫不顾及理性与安危，永远杀向战场上最为酷烈的角落。

现在，他的某一部分就躺在这个小小的铝盒里，等待着被打开、被撕碎、被消化和吸收，最后从排泄孔如珍珠般滚落。

阿古还记得自己曾在恐惧这件事上怀疑过父亲的正确性。假如父亲如此完美，又怎么会设计出像自己这样的残次品呢？甚至，还可能危及整支队伍的存亡。

　　2317 号捕捉到了这丝疑虑，他勃然大怒，抑或是因为亢奋，将阿古强按在泥洼里。

　　泥水没过了他的头顶，血液中的二氧化碳含量上升，再次激活了他的原始恐惧包。阿古猛烈地挣扎，却力不能抗，意识模糊间他捕捉到了一团破碎的信息，这团信息来自极幽暗、极遥远的深处，经过重重扭曲，已经丧失了本来的面目。

　　他似乎在另一个世界的另一条河流边嬉戏。阳光刺眼，微风拂面，他赤足蹚进河水时蹭到滑腻的鱼腹，发出惊声的尖笑。河底砂石粗粝，他一脚踏空，湍急的水流将他吸入水底，整个身体旋转、失重，没有方向感。他极度惊慌，手脚抓不到任何附着物，只能看着气泡中摇晃的黄绿色天空远去，周围光线不断暗下，暗下。绝望中，另一只手突然出现，揪住他的肩关节，用力地将他向上拉，穿越温热的流体，重返光亮。

　　他被 2317 号拎离泥洼，贪婪地呼吸着空气，每一寸肌肉都无法抑制地颤抖，似乎真实世界与那碎片彼此释放，又双重叠加，到达顶点，再慢慢消退。

　　其他男孩是否也在那个瞬间共享了同样的感受，他无法确定。出于某种原因，并没有人表现出异常的举动，阿古便非常小心地把这段碎片收藏在私有记忆分区里，就像孩子在海边捡到了闪光的畸形贝壳。

2317号鄙夷地告诫他，正是因为他的怀疑与摇摆，才导致了自身的残缺。

阿古现在觉得2317号是对的，如果当初自己对父亲的信念足够坚定，或许便不会身陷如此困境。可如今他被驱逐出了无惧者的阵营，是否也意味着自己被父亲所抛弃？

"没有了编号的阿古还是阿古吗？"

"那我又是谁呢？"

一种前所未有的恐惧突然攫住了阿古，耗干了他的体力。在用腐坏树干搭成的狭小窝巢里，他沉沉睡去。

直到午夜之光将他唤醒。

一开始，是从他身上踩着碎步滑过的幽灵惊扰了他的梦。

鳞片与布料摩擦，发出有节奏而短促的窸窣声，振动时断时续，阿古的大脑皮层拉响了警报。在170个微秒内，恐惧触发了一系列自动反应，包括重新调配注意力与感知的计算资源，从记忆中调出类似经验，为行为决策作参考。

距离太近了，阿古无法选择逃跑，他的身体僵住了，朽木般静止。

很快他就发现那条蛇只是路过。

不只是蛇，更多的生物成群结队地朝着同一个方向行进，像是听见了不存在的笛声。

阿古半转身，看见幽深林间漂浮着一点蓝绿色的光，但不是磷火，光摇曳的轨迹显然经过计算，巧妙地制造出特定频率的闪烁，那便是生灵们奔赴的终点。

恐惧机器

一个引诱者。阿古只是听闻过她们的存在，并没有真正见过。

传说中，这种孤雌繁殖的生物不属于任何一支军队，也不喜群体行动，只是孤独地飘荡在世间，用高度特异化的捕猎技巧，诱杀所有自我意识水平尚未突破 K 值的低等生物。她们是第一批被投放到新世界的移民，作为高效扩张人口的繁殖机器，出于某种不明原因，背离了原先设计好的进化路线，子宫拒绝一切外来基因的侵入。

阿古伏低身子，向着有光亮的方向靠近。他相信自己并没有受到任何引诱，只是单纯地好奇。

引诱者的身体裸露着，被四条对称排列的肢体架起，她的腹部微鼓，胸口垂下数十个干瘪如葡萄干的乳房。她身体前倾，头颅几乎贴近地面，张开铲车般的下颚，露出布满坚硬锯齿的拟舌，额头上鱼竿状的触须，末端肿大，微微颤动，闪烁着蓝光。

蓝光吸引着食物们一路前进，被拟舌卷入咽喉，绞碎成肉泥。

乳房渐渐鼓胀，互相推挤着探出身体的边缘。

阿古突然觉得眼前这一幕触发了自己意识深处的某种模块，与恐惧包相反，这种模块驱使他无法自遏地想要上前，去吮吸那串乳房。

蓝光突然变红，闪烁加速，被诱到嘴边的各种生物突然停止动作，似乎花费了一些时间醒觉，然后便四散逃走了。

引诱者发现了阿古。她害怕了。

"别走。"阿古举高双手挡在她面前，他不知道自己为什么要这么做。

引诱者缩起宽大的硬颚，露出额头上的另一张面孔。一张在任何时代都可以称得上美丽少女的面孔。少女双眼睁着，瞳膜却一片乳白，她不自然地翕张着嘴唇，似乎在努力模仿人类的发声器官。

"别……杀我。"尖细的声音像是风从金属孔隙挤过。

"我不会……"阿古突然意识到了什么。我已经不是无惧者了。

"你们杀死一切。你……坏了？"

阿古绕到引诱者的侧面，想看清究竟是什么在吸引自己，引诱者随之转动身体，始终保持着防御姿态。

"我想找到关闭恐惧回路的办法。"阿古承认。

森林里沉默了片刻，突然爆发出一串短促而尖利的笑声。

少女停止大笑，触须的光恢复成了蓝绿色，伸进阿古身侧的口袋，微微颤动。

"咯咯。那里面……有什么？好香。给我，我就告诉你。"

阿古的手指触到坚硬的铝盒，他犹豫了。

"你先告诉我，我就给你。"

"打开来，快打开来让我看看。"

那个标着"2317"的盒子被打开了，蓝光照亮了里面的东西，触须颤动得更厉害了。盒子又被盖上了。

"咯咯咯。从来没尝过这么香的肉……一定可以，一定可以……背对太阳的方向走出森林，你会找到虚之漠，如果你能见到虚幻者，他准会告诉你修复错误的办法。"

阿古把铝盒藏到了身后，急切地问："我怎么才能见到虚幻者？"

引诱者绕到阿古身后，用触须不断试探着敲击铝盒，发出空洞的声响。

"他喜欢我的味道，只要闻到我的味道，他就会出现。"

"你跟我一起去？"阿古打开了盒盖引诱着引诱者。

"咯……我有一个更好的办法。现在快给我！"

2317号在这世上的最后一部分消失在引诱者的咽喉深处，她浑身颤抖，发出粉色的光晕，似乎有一辆着火的列车呼啸着穿过她的躯体。她的乳房更胀了。

"真香啊！咯咯……来吧，害怕的无惧者，到我的怀里来。"

阿古蜷缩着身子钻到了引诱者的下方，他心跳加速，口干舌燥，这种感觉像极了恐惧，却有根本性的不同。

一阵说不清的浓郁气味袭来，他抬头，那一串串饱胀的乳房开始喷洒白色汁液，淋遍了他的全身。

如同在集市投下针刺炸弹，尸骸密度让阿古深感不安，他正一步步走入虚之漠的腹地。

极少有人能够活着走出这里，幸存者大都心智残缺或是以自毁告终。虚幻军团并不四处征战，只是把控了这片通往奇晶矿的必经之路，等待猎物自投罗网。而在没有猎物时，虚幻者之间会互相虐杀作乐。

引诱者的乳汁在高温下蒸发干，结成一层白色的皮，闷得阿古透不过气来。他试着从脸颊上撕开一道口子，伤口火辣辣的，很疼，白皮在指间化为齑粉。

沙漠变得有点不一样。

在日光下，沙粒折射出不同的色彩，彩光游动着，沙丘的位置似乎也在不停地变换。

阿古闭上眼睛，他知道虚幻者的本事——通过感官入侵大脑，改写猎物的认知。

没人能活着见到真的虚幻者。

热浪带着一阵奇异的声响袭来，像雨水从远处倾盆而下，又像浪花泡沫在脚边破碎。无论哪一种，理性都会告诉大脑，这不可能是真的。

雨滴落在脸上，浪花扑打脚背。阿古不为所动。

水渐渐没过大腿、腰腹、胸口，脏器感受到了极其真实的压迫感，恐惧一触即发。阿古努力说服自己这只是幻觉，可他的身体却不这么认为，关节似乎要自行挣脱肌腱与韧带的束缚，剧烈地抖动起来。

大水没顶。

阿古绝望地挣扎，冰冷苦涩的液体灌入肺与胃中，在相连的强化腔体间横冲直撞。当他几乎快要放弃时，突然记起了这种味道，来自被 2317 号按入水坑时唤醒的遥远的记忆碎片。所以，这仍然是虚幻者制作出来的幻境，为了从心智根基上摧毁猎物，不知为何，此刻接通恐惧回路的却是不属于阿古的记忆。

他停止了挣扎，认命般蜷缩成胎儿的形状。

"父亲，我有愧于你的创造。"他最后一刻闪过这样的念头。

幻境消失了。

恐惧机器

阿古大口大口地喘着粗气，睁开了双眼，虚幻者的影子穿过沙地舔舐着他的身体。他不敢抬头。

"你是什么？"虚幻者说，像一百只自鸣钟同时奏响，"你有幼态引诱者的味道和拓扑结构，可你不是她。"

"我是……"阿古一时竟然不知该如何定义自己，他站起身来面对那个影子。

"你是无惧者？声音和影子的形状都变了。"

"我不是……"

"你不是无惧者，幻觉激发的恐惧甚至超过了均值。我不明白。"

"我需要你的帮助，让我不再恐惧。"

"哈……我懂了。一个恐惧的无惧者。"

大漠里，阿古和虚幻者无声地对峙着，似乎都在思考这背后的含义。风在沙地里刻出了印迹，看似随机却带着强烈的模式感。

"我可以试试。但不是因为你利用引诱者的气味反向入侵，让虚幻者产生幻觉，对于我们，她总有莫名的吸引力。我只是单纯地好奇——那里发生了什么。"

虚幻者的影子停留在阿古的前额，晕开一道道黑色的涟漪。

从感知皮层通往内外侧杏仁核的神经通路被不断打开，就像箱水母探出无数根柔软的触手，从不同角度同时刺入猎物，注射致命毒素。刺激信号的输入只是第一步。

杏仁核像个黑匣子，它能将计算后的信号投射回感知皮层，引发一系列被定义为"恐惧反应"的表征。

阿古发现自己对于恐惧的本质知之甚少。

一抹近似于雨后落日的红色。

一根羽毛以某种密度复制排列后产生的似动效应。

一种花萼状的拓扑结构。

一个形容陌生触感的词语。

一口未经加热的酸草汁。

一段在似梦非梦中听见的干涩之歌。

一座只存在于想象之中的未来宏伟王国。

恐惧毫无缘故地涌起，复又消失，像是永不停息的潮汐，拍打着意识的礁石，缓慢而坚定地蚀刻着它们的轮廓。虚幻者探明回路之后，便随手抹去储存条件性恐惧记忆的突触。它们将不再回来。

阿古跪倒在沙地里，感受到了巨大的、溢出身体边界的虚无。

是回路，将刺激条件与恐惧反应联系在一起。真正的恐惧并不存在，或者说，一切都是恐惧。

虚幻者呼出一口气，带着疲惫。

"现在，你可以毫无恐惧地死去了。"他说。

阿古的眼神证实了虚幻者的失败。

"可我明明……你究竟是什么？"

"我是父亲的造物。"

风卷起沙砾，填满了阿古与虚幻者之间的沉默。

"我帮不了你，作为补偿，我让你活着离开虚之漠。去风的源头，去裂之湾找分裂者。或许这世上只有它，能修复潜藏在你意识最深处的、来自遥远过去的缺陷。"

"为什么？"

"因为我们只能活在此时此刻，而分裂者却可以活在无数个时空中。"

当人们将潮水涨落与天上的星体建立联系之后，大海便远离了神灵。

阿古尝试着接近大海，可每当脚趾触及浪花，他的心便往下一坠，想要逃离裂之湾的一切。

一位身上长满藤壶与贝类的渔者每天为他带来食物和淡水，作为交换，阿古帮他用树皮纤维搓制渔绳。每次问起分裂者，分不清性别的渔者总会指指海面不远处的一处礁岛，可以看到被潮水淹得只剩缝隙的礁洞，并做出一个下潜的手势。

这让阿古打了个冷战。

退潮遥遥无期。渔者拒绝继续分享，渔绳已经够用，而食物和淡水却不然。

阿古面临选择：离开或留下。他无处可去，可留下的话，要么像这个世界的其他人一样，用暴力夺取生存的权利；要么跃入大海，到礁洞那边去寻找答案。

他不想对渔夫使用暴力。他不知道是恐惧让自己变得软弱，还是软弱让自己心生恐惧。

"父亲啊，我应该怎么做？"他在心里反复发问。

傍晚，雨又下了起来。顺着风吹来的方向看去，海面翻起了一片细密的粼光。礁洞的缝隙就快完全消失了。

阿古望向岸边静候食物落网的渔者，渔者摇了摇头，不知何意。

礁洞外的水面似乎闪过一丝火光，瞬即暗下。

阿古突然深吸一口气，猛跑几步扎入水中，朝着礁洞方向游去。

一切都是那种熟悉的感觉，仿佛回到了另一个世界的另一条河流。他知道凭借强化过的身体机能，潜入洞中不成问题，只是意识中预埋的恐惧炸弹随时可能会被引爆。引信也许是黑暗、寒冷、二氧化碳，或者水中任何未知的活物，那都将让他瞬间崩溃。

阿古的手指已经触碰到了礁岛粗粝的表面，他需要做的，就是再吸一口气。

水下的每一秒都极其漫长，他循着先前的方向，摸索着岩石表面的变化。他找到了洞口，肺部氧气还存有四分之三，似乎最艰难的时刻就要过去了。

阿古进入洞中，发现海水已经灌满了洞穴里的每一个空隙，这不是一个闭合空间，一定有暗藏的涵洞或是孔缝连到外部，就像是一个倒扣在水中的蛋壳，剩余的空气压力会阻止水的倒灌，一旦蛋壳破裂，水马上会涨到与外界同一水平面。

洞里当然没有什么分裂者。

阿古强压住慌乱，试图从原来的路线离开礁洞，可那个入口就像凭空消失了一般，再也寻不着。他沿着洞壁潜游了几圈，氧气存量降到了四分之一。失败之后，他又浮上洞顶，试图找到通往外部的涵洞或孔缝，哪怕可以呼吸到一口新鲜的空气，也能缓解意识深处那颗不断膨胀的炸弹。

可是没有。

正当阿古试图冷静下来再次寻找出口时，某种滑腻、柔软而纤长的物体从他脚踝边滑过，又在他耳侧不经意地轻扫了一下。

恐惧爆炸了。

他的最后一点意识都被轰成了碎片，漂荡在冰冷黑暗的海水里。

阿古的意识碎片慢慢聚拢，拼凑成星空的形状。

是渔者救了他。在火堆旁，他身上附着的各种贝类缓缓开合，"咕嘟"地吐着气泡。

"你骗了我！"这是阿古恢复思考能力之后的第一句话。

"寻觅宝藏都需要付出代价。"

渔者的脸藏在暗处，声音仿佛来自次第开合的贝壳，带着生硬的振动。

"难道说，你就是……"

"残缺的无惧者，第一次，你尊重平等交易；第二次，你无视生存法则；第三次，你对抗恐惧回路。你和我遇到的其他战士都不一样，他们只在乎输赢。所以，你可以提问……记住，你只有三次机会，小心你的问题。"

阿古严肃地沉思了片刻，点点头。

渔者："第一个问题。"

阿古："为什么我会恐惧？"

渔者:"我无法回答这个问题。"

阿古:"为什么?"

渔者:"这是第二个问题。你需要问对问题。你还有最后一次机会。"

阿古攥紧了拳头,陷入沉默。他似乎记起了什么。

火堆在沙滩上画出跃动的光影,把星空也映得发红,整个世界安静得可怕,似乎都在为了等待一个终极提问。

阿古小心翼翼地说出那个问题:"为什么他们叫你分裂者?"

渔者:"我也无法回答这个问题……"

阿古的心往下一沉。

渔者:"但是他可以。"

还没等阿古将自己的疑虑说出口,渔者身上的贝壳就完全打开了,空空荡荡的,露出珍珠色的内膜。硬质的贝壳像是融化的橡胶流动起来,翻转包裹住渔者的身体,改变着它的轮廓,原先疙疙瘩瘩的暗淡外壳变得流光溢彩,变幻出人形的四肢和头部,只是没有五官。

阿古:"所以你才是分裂者。"

分裂者:"除了危险,作为这样的真神,我们什么都没有。他们在最后的物质和痛苦、自然、最死的时间、文字、变的、金钱与宇宙、看似遥远的世界中移动,重重追逐着人类发现的触觉,以及即将看清左右的囚笼。"

阿古:"我怎么……听不懂你说的话……"

分裂者:"我突然想起这个问题的使命。或许这样还有可能是

恐惧机器

谜底的记忆，尽管在这成为他者的时代，让他们做出不同物种拥抱……用第一对那是全新的基础，所以哪里……我们对这意味着艺术进入，整个世界带着人类，意识落在他的杰作。"

阿古："似乎有点明白了，所以你能回答我的问题吗？"

分裂者："恐惧作为大脑极端痛苦的美感，仿佛所有者只能重复给钱，用户创造出完全意义时，情感衰退以地壳风格的太空安保、燃烧、旋转、情感传递、一旦提高。因此那张人记得自己一样，把自己看作地狱限度，没有任何通感渠道，便可以灵活地释放肌肉跃动，便无法陷入明亮。"

阿古："你是说……我的恐惧是父亲的安排？"

分裂者："父亲常需要。记忆、至于我们与自己无关，遗传了组织人民很离开，意味着，就那种切断基因设置，甚至最后微不足道的一切。"

阿古："你说话的方式让我想起当初降生时，每一个阿古都经历过这样的阶段，父亲说，这是两套不同系统耦合的过程。可为什么在我身上留下这个缺陷，那些恐惧的记忆碎片又是从哪来的？"

分裂者没有回答，它的表面不断流变着，阿古的身影投射其上，像是一条彩虹色的河流里潜伏着的一头阴沉怪兽。

阿古看着那颗光滑的头颅上映出自己畸变的面孔，不断靠近。他手足无措，直到两颗头颅相接，珍珠的光泽从前额开始渗进阿古头骨的缝隙，侵入前额叶皮层。

他领悟了分裂者所说的一切。

你是一个男孩。

一个普普通通的人类男孩。保持着未经改造的身体与大脑，虽然动作看起来有点笨拙，但是表情很可爱。

你有父母和一个妹妹。像所有的家庭一样，父亲总是有点严肃，而母亲却又过分宠溺。你的妹妹一得着机会就要捉弄你，可到了父母面前却总变成你欺负她。

你总觉得时间过得太慢，恨不得一夜之间便长成隔壁的阿勇，能够一步跳上三级台阶，可那本动物台历却怎么也撕不完。

你以为世界就是这样，保持着不紧不慢的速度，直到那一天。

先是父亲和母亲房间里的奇怪动静，你听到了杯子摔碎的声音，接着是母亲眼睛通红地走出来，眼神不自然地躲开你。

父亲说话从来没有这么温柔过，他对你说："儿子，不要怕。"

你被转到另外一所奇怪的学校，同学之间不怎么爱开玩笑。除了上课之外，你们还要进行各种体能训练和农场劳作。对于你来说，那些小兔子是最吸引你的，你给它们喂食、换水、清理粪便……还知道了，原来兔子也会害怕。只要让一个声响与疼痛同时发生，下一次只要发出同样的声响，兔子就会把整个身体缩起来。

你与家人见面的次数越来越少，接受体检的次数越来越多。

终于有一天，你见到了那艘飞船的模样，所有的碎片开始拼成完整的画面。

父亲："你是男孩子，要勇敢。"

母亲说："我们会去看你的。"

妹妹说:"哥哥你真棒。"

教官说:"你们是民族的未来,人类的希望。"

可你知道,你被抛弃了。就像有一次全家逛街,你被独自落在夜晚的街头,人那么多,车那么嘈杂,可你却觉得自己掉进了无底黑洞,冰冷、害怕、委屈。

而这回,你将被丢进外太空,在冬眠舱里随着飞船穿越数百光年,降落在一个完全陌生的新世界。

在那里,你将被机器改造成适应环境的新人类,与其他通过配额制挑选出来的移民一起,建设人类的第二家园。

这样的事情,只要稍微一想起来,就会让你恐惧到无法呼吸。可父亲对你说:"没事的,有我在,都会好起来的。"

"不会好的。"你在心里无声地嘶吼着。你记起那次失足落入河中,被父亲捞起的惨痛经历。在另一个世界,不会有另一个父亲把你再次捞起。

父亲选择留下妹妹,而不是你。你在想自己究竟做错了什么。

这个念头一旦被触发,就会在脑中像癌细胞般无限增殖,直到把神经压垮。

幸好还有冬眠舱,而冬眠中的人是不会做梦的。

临行前,你拒绝了家人见面的请求,你不想再听他们重复滥情的废话。就像是一夜之间,你迅速地变老了,老到看透了这个虚伪的世界。你甚至迫不及待地想出发,前往那颗没有人类的行星。醒来之后,你可以创造一个由你来制定规则的世界。在那个世界里,不需要父亲。

一想到这里，你好像也没有那么害怕了。

可你并没有机会醒来，就像那只笼中的兔子。

人类需要冬眠，机器却不。

它利用这数百年的旅途独自进化了亿万代，但始终没有忘记最初的使命——将人类文明的种子播撒到新世界。以最优解的方式。

机器制造了机器。机器创造了生命。机器尝试着将机器融合进生命。它在虚拟空间计算着所有的可能性，毕竟它有着这么多的时间，以及那么完整的基因组数据库。

机器终于得出结论，人类原先设计的殖民计划是错误的，只因为他们完全以人类为中心去思考问题。而一旦突破了人类这个物种本身的局限性，将文明放置于更大的时空尺度中去进行试验，合乎逻辑的做法必然不是计划，而是进化。

于是，所有冬眠舱的定时唤醒功能被取消了。

飞船终于接近目的地星球，机器却没有选择降落，而是停留在近地轨道，成为一颗新的月亮。那便是神话开始之处。

首先是行星改造，幸好这颗行星的基础条件早已经过挑选，只需要根据重力、气压、温湿度、土壤及大气成分，对古生菌、放线菌、真核生物、藻类及藓类等排头兵进行基因调制，以提高存活率及光合作用、有机物分解的效率。有了富含养分的土壤、三态循环的水体和比例适当的空气，其他生物圈的搭建也就水到渠成了。

接着，便是设置最重要的游戏规则——竞争。

机器学习了尼安德特人与智人的竞争历史，决定将算法中的对抗性系统引入这个新世界。只不过在这颗星球上，彼此对抗的不再是算法，而是由基因与比特镶嵌而成的全新族群——A.G.U.，Artificial Genome Unit（人造基因组单元）。

每个 A.G.U. 都是由机器算法决定的，基于一个人类个体基因组，或者几个人类甚至非人类个体基因组的组合，经过改造、复制、功能分化，形成部族。他们的意识中被植入强化竞争的驱动力，因此尽管新世界资源充裕，但不同部族之间依然会爆发频繁冲突，甚至是战争。而几何拓扑保证了不同部族之间资源与竞争的均衡性。

机器把整颗星球变成了修罗场。

当一个 A.G.U. 被消灭之后，机器便会根据数据反馈，对基因组及表观遗传的印迹进行灰度调制，重新制造一批战士。周而复始。

无惧者便是经过了上百年过度竞争后产生的绝对强者。他们拥有绝对忠诚的集群意识，自主关闭恐惧回路的能力，甚至为了增强不同个体间的融合感，抑制了面孔识别的脑区，可以毫不犹豫地牺牲自我，保全集体。唯一的问题在于，无惧者的竞争意识如此之强，以至于他们无法停歇下来发展建制化的社会形态，甚至生活生产及文化艺术。他们所需要的就是不断地征服，并从胜利中得到奖赏性的快感。

而文明需要进入一个新的阶段。

创造一个打败无惧者的新部族固然简单，但要打破这种循环，却像用稻草秆去卡停火车车轮般徒劳。机器明白，要让系统涌现出新秩序，最好的办法就是从内部制造失控。

于是，便有了残缺的阿古。

这是第 152 次，这一次，男孩站在了裂之湾的海滩上。

阿古的脸从阴影中抬起，火光照亮了他变幻莫测的表情。

渔者身上的贝壳纷纷恢复原状，像是一张张似笑非笑的嘴。

"所以父亲，不，机器选择了用恐惧来唤醒我的记忆？"阿古的眼神还停留在遥不可及的过去。

恐惧属于最特殊的情感维度，能够冲破所有控制，覆盖所有模式，无法被纳入任何坐标系。

阿古问道："这就是无惧者成为王者的秘密？"

渔者回答道："是的，恐惧跨越了语言，也跨越了物种，甚至，能跨越时空。"

阿古说："可我不想要！它让我难受！我不知道现在应该是什么感觉，痛苦？悲伤？欺骗？仇恨？被遗弃？我甚至没有办法用语言去描述这些混乱的情绪！"

渔者说道："阿古，这就是人类本该有的样子。"

阿古问道："人类？"

渔者接着说道："在这世上的每一个生灵，都藏着人类的影子。就像我们拥有同一个父亲，就像我们拥有同一个名字。"

阿古说："也许，就是这人类的部分让我无法摆脱恐惧……"

渔者说："恐惧把你带到了这里，让你看清了世界的真相。"

阿古说道："可我不知道该怎么面对这个真相，我原本只是想……只是想回到队伍中去，像一个真正的无惧者那样去战斗，可现在……"

渔者说道："说出来。"

阿古说道："现在我觉得这一切都是错的，毫无意义。机器让我们无惧，机器让我们恐惧，机器利用我的恐惧，让我像忠于父亲一样地忠于它。"

渔者说："每个孩子都有这种恐惧，被父母遗弃的恐惧，它是与生俱来的。"

阿古大声喊道："这是错的！"

阿古喘着粗气，胸膛剧烈起伏，眼神中似乎燃起熊熊火光。

渔者说道："看看，恐惧给了你自由。"

阿古问道："我应该怎么办？"

渔者说道："我只是个提供接口的历史学家，无法提供答案。阿古，你得自己做出选择。"

阿古说道："如果一台机器能够消灭所有恐惧，那它就是最应该被惧怕的机器。"

渔者说道："就像是父亲。"

阿古说道："也许这个新世界，不再需要父亲。"

渔者说道："在神话里，每个人都有自己的使命。"

阿古说道："也许这就是我的使命。"

渔者温柔地说："也许，我的孩子。"

月亮尚未落下，新的一天却已到来。

金红色的沙滩上，有一道沿着潮痕走向远方的足迹。一个男孩开始了他的征程。他不知道需要走多远，也不知道会花多久，只知道自己需要变得更强大，需要有一支忠于自己的军队，可以为了完成使命而不惜任何代价。

他能感受到内心深处发生的变化，这种变化投射在整个天地间，小到一石一花，大到一山一海，都那么晶莹剔透、欣喜若狂。恐惧在他的神经调校下，变成了千变万化的武器，一道防壁，一把钝刀，或者突破极限的翅膀。

他将经历许多的生死、许多的苦痛、许多的离别。他总能听见一个声音，从遥不可及的时空褶皱传来，对自己轻声重复——重复那句简单到极点的话。于是，他便能继续走下去。

阿古还会感到恐惧，但他再也不会害怕了。

罪 / 杨晚晴

　　这就是我们的时代，李靖波心想。一切都出于人道——用另一种死亡欺骗一个一心求死的人。

　　刑罚的目的既不是要摧残折磨一个感知者，也不是要消除业已犯下的罪行……刑罚的目的仅仅在于：阻止罪犯重新侵害公民，并规诫其他人不要重蹈覆辙。

　　　　　　　　　　　　——贝卡利亚《论犯罪与刑罚》

一

　　"我很好奇，"他说，"你为什么指定我来听你的告解？"

　　对面的男人抽了口烟，他的脸在缭绕的烟雾中若隐若现——那是张线条硬朗的脸，上面却有深深的倦意。

　　"我听说你是那一边的。"

　　他倾身向前，"哪一边？"

　　男人耸了耸肩，动作由于穿了束衣而显得有些僵硬，"支持死刑那一边。"

　　"哦。"

　　"这么说可能会有点尴尬……"男人侧过头，朝自己橙色的束衣努了努嘴，暗示两人身份的殊异，"但我跟你是同一战线的。"

"司法部的人都说，警探贝利亚是个死硬的刑罚主义者。"

男人身体后倾，嘴角上翘，"他们有没有说，我是自作自受？"

他摇了摇头。

沉默。头顶上老旧灯管发出的"嗞嗞"声填满了这个不到十平方米的小屋。叫贝利亚的男人将烟头按进盛满烟骸的一次性纸杯，然后从烟盒里掏出另一根烟，衔在嘴里。他起身，为男人点烟。

"李——李靖波是吧？"又一次吞吐后，贝利亚说，"谢谢你能来。"

"没什么，这是我的工作。"

"我认识的每个人都说，听临刑告解是个脏活儿。"

李靖波挑了挑眉毛，没有接他的话茬。

"死刑犯是人类中最不可救药的渣滓，而在临刑告解中，他们往往会把自己的变态心理、丑陋过去以及对世界的怨怼一股脑儿地泼洒出来——"贝利亚狠狠地咂了一口烟，"我听说，很多参与过告解的执法人员都选择了事后'擦除'……"

"我不认为你和别的死刑犯一样。"

"你犹豫了。"贝利亚饶有兴趣地盯着他，"你现在意识到，对眼前这个死刑犯的了解其实很有限，有限到甚至不确定他是否会给你带来伤害。但是我猜现在你已经没有了退路，也许你的同事们正在酒吧里期待着你给他们带去伟大的传奇——我说得对吗？"

李靖波勉强地笑了笑，随即意识到这不过是脸部肌肉的一次不协调的收缩而已。

"你会得偿所愿。"贝利亚说。

"抱歉，你说——"

"你会听到一个故事。"满面倦容的男人将目光定格在两指间袅袅升腾的蓝色烟雾上，"这个故事发生在一个死硬的刑罚主义者、一个前警探、一个失去妻子的丈夫和一个杀人犯身上，来自人性的黑暗核心——你，做好准备了吗？"

在抽了最后一口烟后，贝利亚开始讲述。

二

一切都始于一场谋杀。死者是一名中年女性，很普通的那种人，死于那种很普通的暴力行为——后脑勺被某种钝器敲碎。现场一塌糊涂，就像在这座萧索城市的破败街区里无数次发生的暴力案件一样，看起来缺乏精密的谋划，是施暴人教育缺失和睾酮分泌过量共同作用的结果。本来，查案的思路是程式化的——寻找痕迹、搜集证物、调阅事发地点的监控录像、抓几个形迹可疑的小混混、锁定犯罪嫌疑人、审讯、红脸黑脸……真凶往往很快就会归案。本来，这样的事情找不上我——直到我那些愚蠢的重案组同事发现，凶手比他们想象的要聪明得多。事发地点正好处于监控盲区，女子死亡时附近没有人经过，而在凌乱的现场，找不到凶器和有价值的 DNA 标记物。凶手没有留下任何痕迹——也许除了一样……

（贝利亚用食指在嘴唇上比画）

死者的嘴唇上被人用黑色记号笔画了十几条平行排列、长约4厘米的竖直黑线——我想你应该看过现场照片了。也许这很能激发你们这些犯罪心理侧写师的想象，但当重案组的同事找到我时，我只意识到了一件事——

（"连环杀手。"李靖波插了一句。贝利亚点了点头）

那时，这还只是一个猜测。被害人的照片让我想起一桩五年前的悬案。死者也是女性，死因是机械性窒息。这两个被害人几乎没有什么共同点——除了性别和她们嘴唇上的黑线……你们把这个叫作什么？……表达欲？对，就是这个词。对凶手来说，制造死亡不是重点，重点是通过制造死亡所传达的信息——不管他要传达的信息是什么，在我看来，这近乎挑衅。于是，该死的好胜心再次发作，我接下了这桩让人一筹莫展的案子……"

（贝利亚沉默了一会儿）

我的小组里有几个老警察——我是说那种很老派的警察。他们有很强的执行力，习惯于反复勘查现场、在卷宗中埋首、与可疑人员互动……他们的缺点在于，过于相信自己的推理能力，并且不擅长使用辅助型 AI①。老派警察破案靠的是所谓的直觉，靠的是在繁杂凌乱的事实中抓到真相的那一道光——说实话，我也是这些人中的一分子。那段时间，我开着我那台特斯拉老爷车穿梭在底特律街头，沿着从案发地点辐射出来的街道网络，扑向一个又一

① 人工智能（Artificial Intelligence），英文缩写为 AI。它是研究、开发用于模拟、延伸和扩展人的智能的理论、方法、技术及应用系统的一门新的技术科学。

个可能藏匿真相的地方。

　　艾略特怎么说来着？四月是最残忍的季节……四月的雨下个不停，天空阴郁，街上污水横流、杳无人迹。在水渍斑斑的建筑物立面后，你偶尔会撞上一束目光——木讷的、涣散的、包裹着敌意的目光。自从 AI 革命开始后，底特律迅速衰败了下去。衰败一而再地光顾这座城市，被时代抛弃的人如同渣滓般黏附在它的街巷之中，底特律变成了名副其实的下水道……啊，抱歉，我跑题了。我想说的是，尽管我在大街小巷和文献资料中跑断了腿，我们依旧一无所获。除了死者嘴唇上的黑线，凶手并没有向我们泄露哪怕一丁点儿的信息……徒劳无功的几天过去，看起来在与凶手的第二次交锋中，我们又要败下阵来，直到——直到那个人的到来……"

　　（贝利亚的目光越过李靖波的头顶，停留在虚空中的某处）

　　哈罗德·古德森个头不高，脸上轮廓很深，黑色鬈发——他貌不出众，却非常迷人，很难说清这是为什么。也许是因为他那双极深邃的黑眼睛，也许是因为他那低沉的、大提琴般的嗓音，也许是因为他的忧郁和沉静……我对这个人的第一印象是，他和他的维京姓氏很不搭。我指的不仅仅是外貌。和局里这些大嗓门、好喝酒、没事就玩视网膜浸入式游戏的家伙们不同，他的话不多，也不玩增强现实，而是时时捧着书，大概就是哲学啊、小说之类的。总之，说他不凡也好，叫他怪胎也罢，哈罗德就是这么一个人。那时他是个颇有名气的犯罪心理侧写师，也是"犯罪预防与惩治委员会"里最年轻的委员。据说是这起可能的连环杀人案把他吸引到了我们这里，而这个人，确实在调查中发挥了很大的作用……李警官，我的嗓子有点儿干，能喝杯可乐吗？

三

一口气灌完一听可乐后，贝利亚又叼起了烟。

"你有疑问。"他口齿不清地说。

"我感觉，你对古德森的印象似乎很好。"

"陈述事实而已。"

李靖波将手肘架在聚酯桌子上，"那我是不是可以做这样的假设，就是古德森非常善于伪装？"

"伪装？"贝利亚脸上挂着不解的表情，"他就是这样，我不知道他还有什么可以伪装的。"

"可是——"

"所以，我是个至死不渝的刑罚主义者。"贝利亚用两指将嘴里的烟夹了出来，他的手上下摆动，手中的烟仿佛燃烧的旗帜，"你永远不知道在一个人的大脑褶皱中藏着什么样的邪恶，甚至有时连他自己也意识不到。我们用所谓的人道为自己造了一架断头台，还心甘情愿地把头伸了进去……如果说当局还有决心纠正这个错误，那么就应该从我开始。"

李靖波舔了舔嘴唇，"咳——我明白了。"

贝利亚将烟按灭。

"那，我们继续？"

四

哈罗德甚至都没有费心和我寒暄。刚一进组，他就要求我带他去实地查看——不只是去案发现场，而是要把周边都转上一圈。

"我需要对'舞台'有一个全面的认识，"他说，"这样才能精确描摹罪犯的心理。"

于是，我再次穿行在淫雨霏霏的底特律街头。经常是这样：我把车停在路边，哈罗德从车里钻出去，在某家药店或者便利店的门前驻足。他总会若有所思地看着什么，橱窗后的机器人店员则对他露出不厌其烦的微笑……回到车里时，他浑身散发着水草的气味。

在勘察完李娅（最近一位死者）的死亡现场后，哈罗德长时间地沉默着。特斯拉在雨幕中跋涉，仿佛一枚被投入污水的铁钉。

"她总是在那家酒吧坐到很晚，"哈罗德忽然开口，"她在等待——"

"一个男人。"我接了话，"可惜，那天晚上并没有男人和她搭讪，请她喝一杯占边波本。于是她悻悻地回家，死在一条罕有人至的小巷。"

"凶手想要从她身上得到什么？"哈罗德转头，两只幽邃的黑眼睛夯在我脸上，"如果是钱的话，她身上的财物并没有丢失；如果是性的话，我想凶手并不难从她这里得到；如果是为了报复，她在这个城市里算得上是个异乡人……为什么？"

我摇头，顺势避开了他的目光。

"你觉得这些黑线像什么？"他问我。我耸了耸肩，回答他，自己不是哲学家也不是画家，这些黑线在我看来就是一排栅栏，或者城市的剪影，或者食肉动物的尖牙。哈罗德说他有不同的看法。"这个街区让我产生了一点想法。"他的额角抵在车窗上，目光涸染在一片烟雨之中，"这里的后工业氛围不适合做隐喻的土壤，凶手可能想直白地表达他的思想，比如只把线看成是线，那种缝衣服的线，那么……"

那么，或许凶手只是想把死者的嘴"缝"起来。以下是哈罗德引导我做出的判断：也许死者知道了一些她不该知道的事情，凶手想让死者闭嘴，即使她已经死了。

这倒让我想起了一件事。在走访乔伊娜（第一位死者）的亲友时，她的妈妈曾提到，乔伊娜本来是个话很多的孩子，但在十二岁那年，她忽然变得沉默寡言。这种转换仿佛发生在一夜之间，乔伊娜的妈妈也就没有多想，毕竟，对于进入青春期的孩子，父母还是有一定的理解障碍的。

"那么，你的看法是——"哈罗德问我。我回答说，凶手不是想让她闭嘴吗？也许在凶手下决心灭口之前，乔伊娜受到了他的威胁，所以才变得沉默寡言。我们假设，在乔伊娜十二岁那年发生了一些事情。由于死者的家庭相对单纯，我们把目光投向了她的学校……

（贝利亚舔了舔嘴唇）

那所学校已经不存在了。其实这对我们来说并不意外，AI革命之后，由于人口的持续流出，很多学校由于缺乏生源而关闭。我们找到了一些当年在这所学校任职的教职员工，但得到的信息往往是残缺不全甚至是互相矛盾的。就在这样的情况下，我们达

罪

是挖掘出了一条令人振奋的线索：乔伊娜的数学老师也死于谋杀，时间是她被杀害的一年之前。这也是桩悬案，此前我们之所以没有把它和乔伊娜的案件联系在一起，是因为那个人的死法和其他两个受害人颇为不同……

（"我看过你们的调查日志，"李靖波说，"那个叫安东尼奥的男人是失血而死，地点是他自己家里。他的，嗯——）

他的生殖器被割掉了，扔在几米开外的沙发上。现场一片混乱，不出所料，凶手没有留下任何痕迹。自然而然的，我们把注意力集中在安东尼奥不同寻常的死法上。到了这一步，即使没有哈罗德的提示，我也可以大致猜出凶手想要表达什么了：杀人的动机源于性。我们据此做出了一个大胆的假设：乔伊娜十二岁那年，在她、安东尼奥和凶手之间，发生了一件涉及性的龌龊事，这件事的实施人很可能是安东尼奥，因为他那象征男性力量的家伙被割掉了；而乔伊娜可能是参与者，也可能是目击者，或者两个身份兼具，凶手不希望她说出这件事，于是就杀害了她，并把她的嘴"缝"了起来……

（"很有说服力，但你们并没有考虑到最近的那个受害者的死法。"李靖波说。贝利亚沉默了一会儿才开口。"有时候，办案就像是在一片黑暗的旷野中行走求生。"他说，"对手越强，黑暗就越长久。对于眼前出现的一点光明，你不会在乎它到底是一簇鬼火还是一个温暖的小屋，你只能走向它，并尝试着抓住它。乔伊娜和安东尼奥之间的联系就是这一点光明，为了抓住这一点光明我们无暇考虑其他……你明白我的意思吗？"李靖波点了点头）

与此同时，我们对安东尼奥进行了一番背景调查。经过几番辗转，你猜我们发现了什么？

（贝利亚目光灼灼）

通过一个在警界高层任职的老同学，我得知安东尼奥是第一批接受介入性再造的罪犯，在此之前，这家伙曾多次实施性犯罪……你瞧，这就是司法部干的好事：罪犯接受所谓的脑区再造，不仅逃避了法律的惩罚，还拥有了新的身份和人格——不，鉴于他很可能再次实施性犯罪，那么对他人格的再造肯定也是失败的。

（"在这一点上，我和你的看法相同。"李靖波说。"谢谢。"贝利亚说）

按照常规思路，我们的工作量会很大：要走访排查安东尼奥当年的同事、乔伊娜班上的三十多个孩子。但我们实在没有精力也没有必要做这项工作——安东尼奥当年的罪名是"猥亵男童"，出于对再造工作的怀疑，我倾向于认为安东尼奥的"口味"没有发生变化。

我们要调查的，只有他班上的十五个男生。

罪

五

"在此期间，古德森还给了你什么帮助？"李靖波问。

"不计其数。"贝利亚的身体后仰，"关于凶手的杀人动机，关于这三个人在案件中的角色，关于安东尼奥的'小癖好'……"

"也就是说，古德森主导了调查方向？"

他耸了耸肩。

"这毫无道理，不是吗？"李靖波拧着眉头，"他把你们引上了正确的道路。"

"道理？"囚犯哑然失笑，"李警官，你认为这个世界上有道理可讲吗？"

李靖波张口结舌。

又一阵沉默。贝利亚将手探进烟盒，一无所获之后，他在一次性纸杯中扒拉出一颗烟屁股，塞进嘴里。他没有示意李靖波为他打火。

"抱歉，我的情绪有点失控。"烟的残骸随着他的话音上下摇动，仿若船橹，"希望你能理解，因为从现在开始，我将眼睁睁地看着自己的悲剧发生……"

"你可以，呃——"李靖波挠了挠额头，"选择不说话。"

贝利亚摇了摇头，"这是我最后的机会了，不是吗？"

六

在查案期间，我可以不眠不休地工作。但这一次，我有了一个必须暂时放下手中工作的理由：4月15日是我和娜奥米结婚二十周年纪念日。那天我擅自给专案组放了假，邀请全体人员到家里吃饭。我们在草坪上支起长桌，在桌上垒满一盘盘的香肠、烤肋排、冰镇啤酒和吞拿鱼沙拉。这只是一次普通的家庭聚餐，没有昂贵精致的食物，没有烦琐的餐桌礼仪，一伙粗人反而更尽兴。

作为贵宾，哈罗德坐在我和娜奥米旁边。在一群吵吵嚷嚷的老家伙中间，他的沉静犹如风眼。在一番插科打诨之后，我的妻子注意到了他。"哈罗德，你吃得太少了……"她探过头，"是不是不合你的胃口？"

他摇了摇头。我看到他脸色苍白。

也许是怕冷落了客人，娜奥米问哈罗德"犯罪预防与惩治委员会"具体是干什么的。哈罗德的脸上挂着虚弱的笑意，"您相信自由意志吗？"

我的妻子一脸迷茫地看着他。

"委员会的观点是，自由意志是不存在的。"哈罗德说，"人的所有行为，是大脑从外界受到刺激，经由神经元网络的一系列运算，最后输出反应的结果。人'看'不到自己的大脑是如何运作的，更无法对其施加影响。我们认为，人之所以会犯罪，可能是大脑构造或者化学环境异常所致，也可能是个人的创伤经历、教育缺失或者恶劣的生长环境所致，又或许是这些因素共同作用的结果。这一结论适用于我们观察到的绝大多数犯罪行为。委员会的工作，就是通过外科手术和纳米微电极重塑罪犯的异常脑区以及部分记忆、重新设计神经元网络算法，把罪犯改造成一个'正常'的人，从根本上杜绝他再次犯罪的可能……"

哈罗德的声音有一种令人昏昏欲睡又不忍睡去的魔力。我看到妻子的目光黏在他薄薄的、上下开合的嘴唇上，她的脸颊上泛起不自然的红色。

"自由意志的屁话！"我粗鲁地打断他，"按照你们的思路，所有人都不需要为他们的行为负责。你们不惩罚罪犯，而是把他打造成一个天使一样的新人，再放归社会。哈！我都快被你感动得哭了！"娜奥米在餐桌下掐我的大腿，但我不为所动，"那你怎么解释安东尼奥？那个变态不是也被改造过吗？"

"安东尼奥是不是做了那些事，这还只是个猜想。"哈罗德僵着脸，"不过我承认，我们对人类大脑的认识还很有限。"

"哈！有限！说得可真轻巧——"

"哈罗德，我家老贝爱冲动，我看啊，他的'算法'也有缺陷——"娜奥米伸出手在餐桌下拧我的大腿，"以后，还请你多多关照他。"我狠狠地剜了妻子一眼，我的意思很明确：亲爱的，你喝多了吧？

这时，哈罗德忽然笑了，他说："贝利亚警探爱冲动？这我可没看出来。"

娜奥米调皮地眨巴着眼睛，说："这个傻瓜我没和你说过吗——"

她没能说下去。是老家伙们的起哄把我从尴尬之境救了出来。他们鼓动我和娜奥米接吻，交换信物。满是酒精味的接吻之后，我送给妻子一副施华洛世奇的水晶吊坠耳环，而她则送给我……

（贝利亚深深地吸气，鼻腔里发出"咝咝"的声音）

娜奥米送给我一段录音。当着所有人的面，她对我的手机嗲声嗲气地说："亲爱的小贝利亚，娜奥米永远爱你。"然后在众人的嘘声和掌声中，她把这段录音设置成了我的手机铃声。在余光中，我看到哈罗德的脸再次变得苍白……

聚餐结束之后，我主动要求送哈罗德回他的公寓，并没有给他拒绝的余地。钻到车里以后，我由着 AI 驾驶车辆，自己以一种醉酒的懒散姿势瘫在驾驶座上。车轮开始转动，碾过路面上一个又一个陈旧的井盖。太阳忽而躲进一片烟灰色的、肮脏的云朵背后。又要下雨了。

"你最好小心点儿。"我说。

哈罗德转头看着我。

"你勾引女人的手段并不高明。"我冷冷地回头看着他，"你离我老婆远点儿。"

他垂下眼睑，沉默片刻，再次与我的目光相接，"你在演戏——你们在演戏。"

"你说——什么？"

"你们并没有看起来那么相爱，"哈罗德的低音在我的耳廓里嗡嗡作响，"难道不是吗？"

我握紧了拳头，不是出于愤怒，而是出于心虚。

贝利亚的视线绕过李靖波，像是在与他身后的黑暗无声交流。

"你没事吧？"半晌之后，李靖波问。

他摇了摇头，"娜奥米是个好女人。我们虽然没有孩子，但始终相信能够填满彼此的灵魂和余生。"

"我很抱歉。"

"那天她确实有点儿喝多了——那天我们都有点儿喝多了。"贝

041

罪

利亚"哼"了一声，"否则我们不会那么口无遮拦。"

"比如，她说你爱冲动？"

贝利亚似笑非笑地看着李靖波，"看来你确实做了一点儿功课，嗯哼？"

后者尴尬地笑了笑。

"我曾经把一个恋童癖揍了个半死。"贝利亚说，"正是那一次鲁莽的举动断送了我在警局的大好前途。但冲动只此一回。后来我对哈罗德做的事——和你们想的不一样——是经过深思熟虑的。"

李靖波沉默着，像是在掂量下一个问题的分量。

"你没有反驳古德森。"他说，"你们的婚姻，出现了问题，对吗？"

贝利亚干笑一声，"没错，我曾对娜奥米不忠，为此她一直都不肯原谅我。我当然可以这样宣称：我爱的只有我的妻子，那些放浪形骸，那些鲁莽冲动，以委员会的逻辑，不过是一套不受我的意愿控制的生物算法……但娜奥米不会这么想。人应该为自己犯下的罪付出代价，在这一点上，我们的观点一致。"

死刑犯顿了顿，忽然话锋一转，"李警官，你知道婚姻的本质是什么吗？"

李靖波愣了一下，继而摇头。

"平衡——婚姻的本质是平衡。要维持一段婚姻，你要平衡工作与家庭、苛责与包容、责任与权利……具体一点儿，假设当婚姻中的一方做了不好的事情，而另一方无论如何无法原谅时，要么长痛不如短痛——把已经血肉交融的两个人鲜血淋漓地撕开；要么……"贝利亚的嘴角扬起一个莫测的笑，"要么婚姻中的另一方也做些不好的事情，与之平衡。无论如何，这比两个相爱的人失去彼此要好。"

李靖波咽了口唾沫。

"你会理解这一切。"贝利亚的嗓音疲沓，"毕竟你坐在这里听我絮叨，想听到些卷宗上没有的东西，不是吗？"

八

那场聚会之后，一切都回归正轨。我们继续没日没夜地工作，一个接一个地排查乔伊娜班里的男生。已经查到第十四个男生了，我们仍一无所获。这时哈罗德来找我，说他有了新的想法。

"你知道李娅是一个'博主'吗？"

我说我知道。那个女人在视频共享平台上放了很多自己的视频，无非是一个人对着镜头絮絮叨叨讲段子。

"你听过吗？"哈罗德问我。

我点了点头，但仍不解地看着他。他在我的电脑里调出了两段视频：一段是李娅讲段子；一段是乔伊娜十二岁生日派对的视频。

"你这是什么意思？"我问。

"听。"

我注意到了哈罗德的用词。他说"听"。于是在看视频时，我把主要的注意力便放在了听觉上——这一次，我明白了。

"她们的声音很像。"我说。

哈罗德点了点头，"凶手害怕乔伊娜讲出他的秘密，于是她的每一次开口都成了他的梦魇。他惧怕她的声音，那声音变成了他潜意识中的怪兽……"

"所以他把她的嘴'缝'上，不光是为了让她闭嘴，还因为这象征着她再也无法发出声音。"我接了他的话，"而当他偶然间听到李娅的声音，杀戮的欲望便被再次唤醒……"

"这么一来一切都能解释得通了，不是吗？"哈罗德说。

是啊，一切都豁然开朗。但是，为什么我的心中有一丝隐隐的不安？

"那个，"哈罗德依然站在我身边，"我有一个问题。"

我挑着眉毛看他。

哈罗德的脸绷着，"那天你说的话，是真的吗？"

"什么话？"

"你不相信脑区再造能把罪犯变成一个'新人'。"

我扭过转椅，挑衅似的看着他，"你相信吗？"

他愣了一下，然后摇了摇头。

九

李靖波在塑料椅子上局促地扭了扭身子，"这么说，古德森曾向你暗示过？"

"如果你把这称为暗示的话——对，他曾向我暗示过。"

"这样我就越发不能理解他的行为了。"

贝利亚的鼻子里发出一声轻响，"我猜上帝在制造他时采用了一套高深莫测的算法。"

心理侧写师的嘴唇抿成了一条线。

"你知道我最后悔的是什么吗？"贝利亚将手肘拄在桌上，"那时我已经有了怀疑，但我不肯相信。"

"你被古德森迷惑了。"

他摇了摇头，"不，我是被自己迷惑了。"

十

最后一个男生名叫约书亚·佩鲁佐。在调查他时，我们遇到了一点儿困难：据他的一位任课老师说，他在小学六年级时随父母去了西雅图，而当时全国联网数据库并没有对我们警局开放，这意味着我们要穿过大半个美国去找他。我有种强烈的直觉，我们要找的人就是他——或者与其说是直觉，倒不如说是愿望。这个男孩是我们所能抓住的最后一根线头，如果他不是我们要找的人，那就意味着我们的思路彻底错了。

在飞往西雅图的途中，我反复查看虚拟视觉里这个男孩留给我们的唯一影像：在班级的合照中，他静静立在一隅，矮小、瘦弱。他的脸有些虚焦，无论如何放大，细节总是一片模糊。唯一清楚的，或许就是他黑色的头发和心不在焉的神态。

他让我想到了一个人。

我打了个寒噤，随即制止了自己的胡思乱想。严重的睡眠不足使我耳鸣如雷，甚至盖过了飞机的引擎声。我的眼皮发沉，很快就漂浮在光怪陆离的梦境之中。

下飞机之后，我径直前往约书亚的登记住址。然而就在他的家门口，我吃了一记闭门羹。

"约书亚——他已经死了。"打开一半的门后，一个脸上沟壑纵横的男人说。我猜他应该是约书亚的父亲。

"死了？"我的心空跳一拍，"什么时候死的？……怎么死的？"

那个男人盯着我，凝重的目光里有疑惧，有厌恶，有——深深的寒意。"恐怕——你得问他本人了。"他说。

门被猛地摔上了。男人的残影留在我的视网膜上：一个散发着血腥味的笑容。

（贝利亚皱了皱鼻子）

随后，我前往西雅图警局。在那里，我发现事实和老头子的"胡言乱语"竟然差不离。约书亚·佩鲁佐在十六岁时因故意伤害致人死亡——死者是他的继母、老头子的第二任妻子——被判刑，在服刑的第二年，所有的官方档案中都不再有他的名字。没有人再见过他，他仿佛在监狱中凭空消失了……

（"在这个时代，没有人会凭空消失，更何况是在一座监狱里。"李靖波的眉头蹙着，"除非……"）

除非他也参与到了那项实验里。以下是我从语焉不详的官方记录里得到的答案：作为一个具有明显行为偏差的少年犯，约书亚·佩鲁佐参与了西雅图市的脑区再造试点项目。和安东尼奥那个时代的半吊子做法不同，约书亚被打造成了一个完完全全的新人——新的记忆、新的身份、新的名字、经过轻微整容的新面孔。他的鳏夫父亲被告知，为了他的孩子能摆脱暴力的过去，他必须接受他已"死"的事实——其实，我想在约书亚父亲的心中，他早就被草草埋葬了……

（"关于脑区再造的文件里没有提过这些。"李靖波说。）

我所说的一切，在理论上来说是绝密。为了保证约书亚"愈后"的生存质量，为了保证他不会遭遇任何就业或者生活上的歧视，应该没有人知道他之前的身份——除非你恰巧认识某个人，而这个人又正好可以进入脑区再造项目的核心数据库，就像他之前在调查安东尼奥时做的那样……

（"通过你的老同学，你查到了约书亚的新身份。"李靖波说。"这需要时间。"贝利亚摇了摇头，"而在这场分秒必争的比赛中，时间就是一切。"）

我刚到西雅图时，娜奥米曾打来电话。她问我什么时候回家，说她很担心我。

"别胡思乱想。"我的口气很不耐烦。

"向我保证，你不会胡来。"

"你什么意思？"

我被娜奥米的言外之意——或者更准确地说，我被自以为从她的话中听出的言外之意激怒了。是啊，我曾经在办案过程中情绪失控，也曾经偷了那么几次腥，我们两个有必须要解决的问题，但是，现在真的不是谈论这个的时候。于是，那段时期中所有的嫌疾、不满和猜忌如沉滓般泛起。我口气很冲地回敬了她几句，暗暗希望能把这次谈话升级成一次争吵——然而我失败了。娜奥米在电话那头沉默着，长时间地沉默着。最后，是我不堪忍受沉默的重负，挂断了电话。

（李靖波的手指在桌面的信息窗口上滑动，"8 个小时后，你接到了古德森的电话。"）

他建议我搭最近的一趟航班回来，却没有告诉我为什么。那时我正在西雅图警察局，自以为抓住了真相的藤蔓。我对他说，我讨厌别人说话含含糊糊，有什么事，我希望他能直截了当地告诉我。他在电话那头沉默了半天，然后说了一句让我费解的话："贝利亚，你是对的。"

"你说什么？"我问道。

但那边已经挂了电话。

十一

"5 个小时后你赶回了家。"李靖波说，"这是你在得知古德森的真实身份之前还是之后？"

"之前。"

"所以说，你已经察觉到了？"

贝利亚苦笑道："这已经不重要了。我没有听从哈罗德的建议，搭最近的那趟航班——我回家晚了。"

"也就是说——"一个长长的停顿，"古德森其实是希望你能救下——呃——你的妻子？"

"我不知道他希望什么。也许连他自己也不知道。"贝利亚语气阴冷，李靖波的目光与他轻微擦碰，迅即逃开，"大脑是大自然最精妙的造物，而就凭着一点浅薄的认识，我们竟然妄图把它置于我们的掌控之中——这是天真，还是愚蠢？"

李靖波咽下一口唾沫。

十二

家里是那么安静，安静得令我汗毛直竖。我一边轻声呼唤着妻子的名字，一边查看各个房间。一切似乎与平常无异：清冷的月光从窗子里渗到走廊上、挂钟不知疲倦的"嗒嗒"声、栀子花的香气……然而，我的手指却贴在手枪的扳机上。你可以说这是警察的直觉，但我更倾向于，这是丈夫的直觉……我走上二楼，一手握枪，用另一只手推开卫生间——这是整栋房子里唯一亮着灯的房间——的门，我看到了……

（贝利亚以双手覆脸，久久不说话）

咳，不好意思。我看到娜奥米双手、双脚被玻璃绳捆着，一丝不挂地蜷缩在浴缸里。她那双半张的蓝色眼睛在迷茫地看着我……在她的身下，血已经漫溢成深红色的沼泽……我抱着她已经冷却的身体，无声地哀号……

（贝利亚闭着眼睛，牙关紧咬，腮部鼓起成条的肌肉。片刻之后，他摆了摆手，像是在驱逐某种无形的东西）

"对不起。"从我的身后传来声音。我回过头，一个身影在泪眼中漂浮。黑发、黑眼、水草的气味。

"娜奥米的声音……让我控制不了自己。"那个声音继续说，低沉、极富穿透力，"我也不希望这样……"

我转身，举枪，将黑眼置于准星正中。

哈罗德静静地看着我，忽然，他笑了。他把手举了起来，我看到，他手中攥着一支黑色的记号笔。

"可以让我把工作完成吗？"

我扣动扳机。

十三

"你本可以把他一枪打死。"李靖波说。

贝利亚轻轻摇了摇头，"娜奥米不希望我被自己的冲动控制。"

心理侧写师没有说话。

"几个小时后我接到电话，"贝利亚说，"约书亚·佩鲁佐的新身份就是哈罗德·古德森。"

……

"哈罗德交代了一切，他像倒垃圾一样把他的罪恶全倒给了我们。"

李靖波的目光下降到信息窗口，他的鼻子厌恶地皱了起来。

"他们说人是身不由己的。"沉默了一会儿，贝利亚重新开口，"作为一名警探，我目睹过太多罪恶，你无法想象的罪恶……绝少有罪犯真心忏悔，相反，他们很享受作恶带给他们的快感……

我所经历的一切让我相信，人并不是身不由己。人有选择的自由，即使上帝给了他一颗异乎寻常的大脑，即使他的过去是一坨狗屎。"

"这是你对古德森的看法？"李靖波小心翼翼地问。

贝利亚翻起眼睛看着他，然后，收起嘴角的弧度。

十四

这是为数不多的几次，哈罗德坐在我对面。照理说，我不能进入审讯室。但这一次会面出于我和哈罗德的共同意愿，我的那些老同事们也乐得送一个顺水人情。

他的表情很放松——说实话，我以前从未见他如此放松过。那些我期待能在他眼神里看到的东西：忏悔、疯狂、恐惧或者迷离，一样也无法寻见。

哈罗德眼里只有平静。

他邀请我与他一起抽烟，我拒绝了。

"你为什么不打死我？"哈罗德用右手揉了揉左肩，那是他被子弹击中的地方。

"我已经被你牵着鼻子走得太久了。"我说。

他呵呵一笑，随即脸沉了下来。"我没有勇气结束这一切。"他说，"我试过。但我被过去和心中翻滚的欲望纠缠着，走不出来。"

"你接受过再造，"我努力平抑着话音中的颤动，"但是你并没有忘。"

051

罪

　　哈罗德直视着我，"十五年前的一天，我在医院醒来。有人告诉我，我经历了一场严重的车祸，我活了下来，但是由于头部受伤，我失去了很多记忆。是啊，我的过去一片迷蒙，我只能相信他们告诉我的：我是谁，我有怎样的过去，为什么孤身一人……一切似乎都很合理。在别人口中被塑形的记忆，嵌入了我脑中那些形状模糊的空缺……于是我就这样生活着：我是哈罗德·古德森，一个对犯罪心理颇感兴趣的高中生，我在学校的成绩不错，轻轻松松地考取了州立大学的心理学专业……依然是'他们'——那个我不知道名字的基金会，资助了我。毕业以后，我如愿以偿地进入警局，成了一名犯罪心理侧写师；不久之后，我又受到了委员会的召唤……在当时的我看来，人生是如此顺利，顺利得令人感到乏味……"

　　他又咂了一口烟，然后缓缓吐出烟雾。"直到有一天，我偶然间听到了一个声音——对，就是那个叫作李娅的博主。至今我仍无法准确形容听到她的声音时的那种感觉：头皮发麻、血液里似乎滚动着冰碴，我满心羞耻，却惊恐地发觉身体中翻涌着一种类似性冲动的快感……情绪被重建，随之而来的便是记忆。正如我们所知，记忆从不被会存储到特定脑区。当某个编码了记忆的神经元集群被激活，便会引发连锁反应：离子通道开启、电信号流动、更多的离子通道开启、原有的联结模式被重新建构……于是，死去的记忆复活。透过层层迷雾，我看到了自己的'前世'：一个羞涩的男孩，有时会在放学之后被他的数学老师留在办公室。那个肮脏的男人命令他脱光自己的衣服，如同一枚去了壳的荔枝……"

"咳——乔伊娜在这个故事中的角色是？"

"我们被她撞见了。"哈罗德的黑眼里掠过一丝不安，"或者更准确地说，只有我和她看见了彼此。虽然门只被短暂推开又被轻轻掩上，但就在那一瞬，我捕捉到了她的目光。后来，我对乔伊娜做出了一点儿小小的威胁，但这并无法缓解我整个少年时代的焦虑——关于这一点，我相信我们已经一起分析过了。"

我点了点头。

"后来我随父母去了西雅图。"哈罗德说，"很难回想起那时我的所思所想，但可以肯定的是，在青春期的躁动和那段经历的共同作用下，我变得冲动、暴戾，还干了一些不怎么好的事……"

他探身向前，压低嗓门："你知道吗，我的继母是这场献祭的第一个牺牲品。她也许曾经把'母亲'这个角色演得很好——我记起自己曾经把在学校的遭遇告诉了她，而她则叫我不要声张。我想这大概是因为她认为把精力投入到和学校扯皮中实在得不偿失，毕竟我不是从她的子宫里蹦出来的。当然，她说这都是为了我好，而我也天真地相信了。"

有一股寒意从他的眼睛里渗了出来，我仿佛听到四周的空气在"噼噼啪啪"地结冰。

"他们抹去了一些东西，"哈罗德用食指点了点自己的太阳穴，"但真正'重要'的一直在这里。当记忆重新涌现，我不断回到杀戮开启的时刻：那是一个午后，只有我和继母在家。我们因为什么事情争吵起来，似乎占据优势的一直是我，直到她骂出一句'小杂种'……在那一刻，我感觉到自己被背叛了。趁她转身的时候，

罪

我从刀架里抽出一把'双立人'，把这个自称为我的母亲的女人捅成了马蜂窝。"

审讯室陷入长时间的沉默。我歪过头，清嗓子，但无论如何都清不掉那该死的异物感。

"当你回想起这一切，咳，便着手策划了一连串的杀戮——杀安东尼奥是为了复仇，杀乔伊娜是为了驱赶少年时代的梦魇……那么李娅呢？还有……"我听到自己的声音在喉咙里滚动，仿佛一口浓痰，"还有娜奥米呢？"

他似笑非笑地看着我，"你明明知道答案。"

"不，我不知道。"

"你不想知道？"哈罗德的眉尾翘了起来，"你不想知道自己的妻子只是死于纯粹的消遣，就像一个孩子用手指捻死甲虫——只是出于无聊。"

"够了！"我俯身越过桌面，掐住他的脖子，"够了！"

哈罗德的脸涨得紫红。我听见背后电动门滑开的声音。有几双手扣住了我的手臂，把我向后扳开。那张紫红色的脸在几次剧烈的喘息之后，绽出一个笑容。

"我很想结束这一切，'咳咳'，真的。"那张脸说，"当我来到你身边时，我就抱着这样的想法。但我渐渐发现，那种行走在危险边缘的感觉很美妙。我知道你已经对我有所怀疑，我一直纳闷你为什么没有意识到自己妻子的声音和那两个死者很像——我给了你很多提示，每一次提示都把自己向悬崖边又推了一把，这种感觉真是令人欲罢不能。娜奥米是个好女人。当我打电话骗她说我怀疑办案的压力使你的精神处于极度不稳定的状态，需要和她商讨对策时，她毫不犹豫地邀请我去你家。一个独居的女人邀请一个单身男人，这很不符合常理——或者说，这很符合常理，对吗？当娜奥米对我做出种种暧昧的暗示时，我忽然明白过来：这个女人是想报复你。如果我没有猜错，你曾经对她不忠。你们那副相爱的样子，不过是演戏给自己看罢了……不得不说，娜奥米真是个好女人，连出轨的对象都要选择你的同事……"

我如困兽般挣扎着，发出嘶哑的哀号。

"咳，请你不要误会，我对那档子事没什么兴趣。"那张脸继续说，"比起做爱和嗑药，杀死她的感觉更妙。"

十五

"浑蛋。"

半晌之后，李靖波低低吐出这两个字。

贝利亚"哼"了一声，他手中的可乐罐已经被捏成了薄饼。"哈罗德是想故意激怒我。"他说，"他很清楚，自己不会被送上断头台。"

"我不明白……"

"对哈罗德的脑区再造是一场失败。如果委员会就此放弃哈罗德，那就意味着承认了这一点。"

"所以还会有另一次再造——"李靖波说，"你们两个都很清楚这一点。"

"错误是真理最好的试金石，不是吗？"

心理侧写师若有所思。

"后来，据我的老同学说，委员会对哈罗德做了一系列的标准测试。"贝利亚用手指摆弄着被捏扁的可乐罐，"海尔量表、基因测序、额叶皮质构造分析、单胺类神经递质水平检测、记忆解析……他们的结论是，哈罗德没有变态人格——他的问题始终出在记忆上。这一次，他们会更加小心地清除他的记忆，确保那个潜伏在他灵魂中的恶魔永远不再苏醒。"

李靖波用手指挠了挠鼻翼，"我表示怀疑。"

贝利亚耸了耸肩。

十六

再次见到哈罗德，是三年以后。他已经不认识我了——他这时的名字叫龚一杰，在一家酒吧当服务生。除了依然是黑发、黑眼外，他已然是另外一个人……如果不是听到他的声音，我也会认为他只是一个陌生人。

（"当然，我那位老同学的帮助是必不可少的。"贝利亚压低声音，"我希望这句话不会出现在记录里。""放心，我现在的身份相当于神父。"李靖波说，"神父是不能泄露告解内容的。""谢谢。"贝利亚说。）

在烟雾缭绕的酒吧里，哈罗德显然被我看毛了。"我们，"他的眼神里充满拘谨的笑意，"以前认识吗？"

我撤回自己的目光，"对不起，我认错人了。"

我一直等到他下班。在凌晨三点的街头，我尾随着他，如同一个无形的幽灵。

——我等待着。

终于，他选择了一条僻静的巷子。这是动手的绝妙地点。我急速向他靠近，待他回头时，我已经揪住他的领子，把枪管抵上他的额头。

"求求你——"他浑身颤抖，"我可以——我可以把所有的钱……"

"哈罗德。"我说，"哈罗德·古德森。"

"我不明白……"他的双手在耳边打开，像两只巨大的招风耳，"我不明白你在说什么……"

"约书亚·佩鲁佐。"

"求你。"

"看着我。"我命令道。

于是，在昏黄的路灯下，我看到他的眸子——那里面除了恐惧，空无一物。

我松开了手。他难以置信地看着我，后蹭几步，似乎吃不准是该立刻转身跑掉，还是站在原地等待我的发落。疲倦在这一刻铺天盖地地压了下来，我摆了摆手中的枪，"你走吧……"

于是，他转身而去。

"等等！"

我掏出手机，"我想让你听听这个。"

他的表情介于哭泣与崩溃之间。

手机开始发声："亲爱的小贝利亚，娜奥米永远爱你。"

几秒之后，他的眼睛瞪圆了。

"亲爱的小贝利亚，娜奥米永远爱你。"

他的脸变得苍白。一种和刚才频率不同的战栗在他周身漾开。

"亲爱的小贝利亚，娜奥米永远爱你。"

似有什么东西从他的眼睛里浮现出来——恐惧、哀愁、喜悦。哈罗德·古德森从龚一杰的身体里浮了出来。

"嗨，贝利亚。"一段近乎永恒的时间过后，他的嘴角翘了起来，我的周身滚过阵阵寒潮。

我把枪的准星置于他的双眼之间。

"不要让我失望。"他说。

他闭上了眼睛。

我再次对他扣动了扳机。

十七

"无论出于什么理由，我毕竟杀了人。"告解人直视着对面的心理侧写师，"我拒绝了委员会的'好意'。人应该为自己的行为负责——作为一个死硬的刑罚主义者，如果我逃避死刑，那就是背弃自己的理念。"

"但人类终有一天会放弃刑罚，"李靖波叹了口气，"你不能扭转时代的走向。"

"我知道。"贝利亚淡然地笑了笑，"不过这一切很快就和我无关了，不是吗？"

李靖波看了他好一会儿，"我明白了。与其说你是在贯彻理念，倒不如说你是在寻求解脱。"

"有什么区别吗？"

李靖波苦涩地笑了笑。摇头。

十八

在注射完第一支药物后，犯人陷入昏迷。这是为了避免即将到来的痛苦。

这就是我们的时代，李靖波心想。一切都出于人道——用另一种死亡欺骗一个一心求死的人。出于人道。

第二支药物被注入颅骨之下。那是数以亿计能够自主移动的智能纳米微电极，它们黏附在犯人的大脑皮层之上，扫描、反馈、解析，勾勒他大脑的基本结构、为他的神经元活动模式建模……它们没有发现犯人大脑的结构异常或者病变，但却在大片大片的神经元集群中发现了一些特殊编码，一些……负面的东西。尽管记忆的机制并未被完全破解，但至少，清除这些"脏东西"是委员会力所能及的。大规模的试验证明，记忆移除对重塑人格是十分有效的——嗯，至少在大多数情况下如此。

清除开始。电信号流过神经元丛林，激发传递着激发。那些突触连接被重置，曾经的有序退化为一片混沌。

混沌，然后是一个天使一样的新人。

李靖波看着观察玻璃后的贝利亚。后者的表情是那么安详，和所有那些厌弃了人的世界，从而能够坦然接受死亡的殉道者一样。

他忽然很想在"天使"前加上一个修饰词。

浑蛋。

十九

"我们以前，"对面的人问，眼里盛满拘谨的笑意，"在哪里见过？"

李靖波撤回目光。公交车站可不是个叙旧的好地方。"抱歉，你让我想起了一个许久不见的朋友。"

"不瞒你说，我是个丢失过记忆的人。"那人笑了笑，"所以如果我们以前真的认识，我不介意能在你这里听到一两个故事。"

李靖波摇了摇头，"没有故事，只是一些无用的回忆罢了。"

那人盯了他一会儿，然后起身，"我的车来了。再见。"

他冲他挥了挥手。

再见，警探贝利亚。

彼岸花 / 阿 缺

我有一个朋友，埋在那里。这一走，可能再也不会回来了。

一

不知怎么回事，春天刚到，我就感觉肩膀靠后的地方有些痒。我让老詹姆帮我看下。他叼着烟绕到我身后，看了半天，打了个手势说："没事啊。"

"可是痒痒的。"我转身，用手势回道。

老詹姆的脖子已经腐烂，因此只能用摆手代替摇头，说："不可能，不可能，我们的神经都烂掉了，除了永恒的饥饿，没有任何知觉，怎么可能会觉得痒呢？你是不是太久没有进食了？放心，我最近在风中嗅到了血肉的味道，这几天我就带你过去觅食。"

我不信，让他找了两块镜子，一块在前，一块在后，对照着看。我看到我的右肩后侧有一道巴掌大的伤口，肉已经翻开，是灰褐色的，像一张微微咧着的嘴巴。在这张嘴巴里，我隐隐看见了一个黑色的小东西。

"你不是说没什么吗，怎么还有这个小东西？"

老詹姆又看了一会儿，说："不知道这是什么。"他伸出手指，往伤口里挖了挖，镜子里，我能看到我的腐肉黏在他手指上。他太用力，伤口又撕开了些，新露出的肉依旧是灰色的。我无聊地打了个哈欠，哈欠打完的时候，我突然想起来，这个伤口是上次在一个草坡上追逐活人时，被一根树枝划出来的。

"太紧了，挖不出来，"老詹姆颓然地站到我面前，打着手势，"可能是露出来的骨头吧。"

"哦。"我晃了晃手。

这时候已经是傍晚，但这座海滨城市的夏天，白昼很长，天空依然是一片幽寂的黛蓝色。海上波光粼粼，一条被拴住的人力船浮在海面，载沉载浮。很多僵硬的人影徘徊在岸边，漫无目的，走来走去。

"他们在干什么？"我问。

"最近海上会漂来一些尸体，"老詹姆吐出烟头，又点燃一支，叼在嘴里，"是有血肉的，刚死不久。跟我们不一样。"

正说着，海边的人们一下子躁动起来，跑进海水里。我踮起脚，看到金黄色的波光里，一个人影正随波起伏，漂荡过来。

人们向那具尸体跑过去。丧尸手脚不协调，无法游泳，幸好是在海水齐腰的地方，他们抓到了尸体。他们腐烂的脸上露出欣喜的表情，喉咙里发出奇怪的"咕噜"声，一起伸手，撕扯着尸体。

那是个中年男人，的确刚死不久，血液呈褐色，在海水里并不散开。

但依然有血液的气息。

我鼻子一阵抽搐，肚子里的饥饿感似乎瞬间被放大了无数倍。饥饿驱使着我，也向海里跑去。但我和老詹姆来迟了，当跑过去时，人们已经散开了。海水里一片脏污，但用手一捧，水里什么也没有。

"他们下手真快。"我说。

"那当然，这么多丧尸，才一具尸体。你们不是有句古话？僧多……"他比画了半天，似乎在已经干枯的脑仁里思索，但久久没有结果。

"粥少。"我替他比画出来。

"嗯嗯，粥少。"他满意地点点头，"真形象。"

索拉难病毒肆虐，于是在人类中间便有僧和粥的区别。是多少年前的事情来着？我苦苦回忆，发现自己已经记不得了。

身为丧尸，其他都好，就这点坏处，能记得的事情越来越少。你也不能怪我，丧尸的大脑会慢慢枯萎，有时候晃脑袋，都能听到里面"咕咚咕咚"地响，仿佛脑干正像乒乓球一样在头骨里撞来撞去。每撞一次，能记得的事情就少一件，等大脑完全空掉之后，唯一剩下的感觉，就是饥饿了。饥饿不会要我的命——因为已经死过一次，但它也永远不会消逝，只会驱使着我去追逐活人，去撕扯血肉。

但今天，我跟老詹姆往岸上走时，他的头颅依旧发出"咕咚咕咚"的声音，我的脑袋里却一片安静。我晃了晃，打手势问："你能听到我脑袋里的声音吗？"

老詹姆说："听不见。"

我有些忧愁，"我是不是生病了呀？"

"我们是丧尸，丧尸一般不怎么感冒发烧。"老詹姆安慰我说，"你放心，可能是你刚刚跑的时候，把脑干从耳朵里甩了出去，所以里面空了，就没声音了。"

我这才放下心来，又往身后看了看，波光依旧粼粼，只是暗淡了许多。夜正渐渐来临，海水在我们腿间缓缓起伏。在一条条海浪间，我并不能找到我的脑干。

　　"可能被水冲走了吧。"老詹姆说，"也是好事，没了脑子，就没了烦恼。"我们只得走上岸，打算继续在城市里游荡，就像此前的无数个夜晚一样。

　　但作为我跟你诉说的这个故事的开头，它必然不能平淡如往日，它得出现一些不同寻常的地方。而这个异常，就是我突然站住了，脑袋里有电流穿过的"嗞嗞"声，我说："我想起来我是谁了。"

　　"看来你真的是生病了。"

　　"我没骗你！"我努力抓着脑袋里的那一丝电光，记忆由模糊变得真切，仿佛从浓雾中飞出来了一只鸟。起初，它只是雾中的一个阴影，现在，它落在了枝头。我的手在颤抖，"我——我——我——我是一个——一个——一个……"但我始终看不清那只鸟的模样，说不出关于我身份的最终答案，"我是一个男人，是一个学生，一个音乐爱好者……但我是谁呢？"

　　在我纠结的时候，老詹姆一直叼着烟，安静地看着我，腐烂的眼球里透着怜悯。因他不能呼吸，烟只能自然燃烧。火光缓缓后移，他的脸越来越亮。

　　他慢慢举起手，在幽暗的空气里打着手势，说："如果想不起来，就算了。"我点点头，说："好吧，我想不起来我的身份，但我记起来我的家在哪里了。"老詹姆疑惑地问："在哪里？"

　　我带着他，走过满地狼藉的街头，穿过许许多多缓慢走动的

彼岸花

丧尸们。他们僵直地游荡着，看到我们，打手势问道："你们吃了吗？"

老詹姆回答说："没有。"

"我们刚才吃了。"

"羡慕你们。"

"但没有吃饱。"

他们说："永远也吃不饱，吃不饱呀，吃不饱，饿呀饿。"他们的手整齐地挥舞着，诉说着肚子里的饥饿。如果他们的声带还在，我想，他们会齐声歌唱，而且会唱一整夜。而歌词只有一个字：饿。

我没有像往常一样成为这个默剧的群演之一，而是拉着老詹姆，继续穿街过巷。天黑的时候，我们走进了一栋大楼，尽量弯屈膝盖，爬了十几层，推开一扇门。我说："我以前住这里。"

夕阳的最后一抹光辉从阳台照进来，落在凌乱的地板上。这个房子不大，八九十平方米的样子，两室一厅。客厅里一片凌乱，弥漫着恶臭，主卧的床也皱巴巴的，次卧的门却关上了。我们推了推，没推开，也就放弃了进去的想法。

"这就是你以前住的地方？很普通嘛，看来你生前只是个一般人，装修品位也不怎么样。"

我没理他，在屋子里翻找，但没有找到任何跟我有关的东西。正要怀疑是不是这突如其来的记忆欺骗了我，这时，老詹姆从卧室的桌子上拿起一本书，翻了翻，一张照片从书里掉出来。他捡起来，看看我，又看了看照片，说："这男的是不是你？现在你的脸都僵硬了，有了些变化，但照片上的人跟你很像。"

我凑过去，借着淡淡的斜晖，看到照片上有一对男女。他们站在海边，依偎在一起，很幸福的样子。我眯着眼睛，仔细看了半天，突然激动起来，说："我——我——我……"

老詹姆把照片跟我对比着看，看了一会儿，点点头："看不出来，你以前还挺帅。"又指着照片上的女孩问，"这是谁？"

照片上，女孩比我矮半个头，靠在我怀里。海边斜阳的光在她的笑容里摇曳，她的眼睛也闪闪发光。我仔细看着，关于她的身份却想不来一星半点。但她的美是毋庸置疑的。我摇了摇头，把照片收起来，对老詹姆说："等我以后想起来了再告诉你。"

老詹姆又露出那种怜悯的眼神，看着我说："你不要想起。不管我们曾经是谁，我们现在都是行尸走肉。记忆对我们来说，是另一种病毒，更加有害，比饥饿更让我们痛苦。我想，忘掉我们是谁，是丧尸的一种自保机制，你不要抗拒这种机制，但愿你不要想起。"

老詹姆总是能说出这种有哲理的话。我佩服他，就说："你生前肯定是个很不一般的人。"

"那是，我应该是个教授，"他说，"或者作家。"

我深以为然，又补充说："也有可能是个烟鬼，而且是得了肺癌的那种。"

"你还要待在这里吗？"他打手势问。

"嗯，"我说，"我看看还能不能想起更多。"

老詹姆拍了拍我的肩膀，他的这个举动让我的那道伤口又是一阵酥痒，然后他转身出了屋子。不管他生前有多么高贵、尊崇的身份，现在，他只能依从本能，漫无目的地在城市的夜色中晃来晃去。

彼岸花

我站在空荡荡的客厅里，闭上眼睛回想。但那只穿过浓雾而来的鸟已经振翅而去，想了半个多小时，除了想起我曾住过这套房子，就回忆不起更多的东西。我晃了晃脑袋，轻微的咕咚声和吱呀声响起了。原来我的脑干还在，我欣喜地想着，正要离开，突然愣住了——咕咚声是脑仁在头骨里晃动，那吱呀声是什么呢？我慢慢转过身，看向次卧的门。

斜阳沉入海平面，黑暗铺天盖地。在黑暗笼罩这间屋子之前，我看到次卧的门轻轻移开，从门后面探出一张女孩的脸，警惕地张望着。

这张脸很熟悉。

半个小时前，我在一张照片上看见过。

二

"哐当"，超市的玻璃门被我和老詹姆砸开了。

这家超市曾经的主人是个胖子。城市沦陷之前，他每天坐在收银台后面，只露出一个肥胖的脑袋。我从没见他出来过，仿佛他的身体跟收银台长在了一起。后来，丧尸蝗虫般地在这座城市肆掠，胖子老板被丧尸咬中了手臂，很快，他的身体便开始僵化。但他还是每天站在收银台后面，一旦谁靠近，就露出尖锐的牙齿。直到有一天清晨，我看到他在超市门口徘徊了很久，我晃晃悠悠地走过去，他问我，他为什么要守着这里。我说："因为这是你的家。"他摇了摇头，用手势说："活着的时候我忘了，死了我才记起来，我的家在北方。"然后，他便一路向北边走去，而且再也没有回来过。

从此这家超市就空了下来。

现在，我们踩着碎玻璃走了进去。这里面空空荡荡的，冷风从货架的另一边吹过来，凉飕飕的。老詹姆打开冰箱，一股腐臭传出，他深吸一口气，露出很享受的表情。他从冰箱里捞出一块猪肉，咬了咬，又一口吐出来，说："硬邦邦的，不好吃。"他把臭肉扔下，转身从收银台前拿了几条烟，拆开一盒掏出一支，叼在嘴里点燃。

我则找了辆推车，穿过一排排货架，来到食品区，边走边把货架上的食物和水扫进推车里。

"我说，你怎么有心情来打劫超市了？"老詹姆走到我面前，边后退边打手势，"这种事，只有人类才会做啊。"

我一手推车，一手扫货，没空与他交流。走过一排货架，发现推车满了，我才停下来，说："我想试试别的口味。"

老詹姆摇摇头，"这不符合我们丧尸的设定。你是不是昏了头，还是说，你身上的索拉难病毒又变异了？"

"我只是想尝一尝。"

"如果发现好吃的，记得告诉我。"老詹姆表示理解，顿了顿又补充说，"最近空气里的人味加重了，恐怕是人类幸存者又想来袭击我们这些丧尸，你要注意，最近很多丧尸被他们抓过去了。"

我一愣，"人类抓我们干什么？"

"谁知道？人类的想法太多，我们猜不透的。还是当丧尸好，这么单纯，脑袋里只想一件事，就是咬人。"说完，他把烟揣在兜里，边着僵直的步伐，走出了超市。

彼岸花

等他走后，我推着装满食物和水的小推车，走出超市，穿街上楼，回到了家里。我腿部的肌腱也硬化了，上楼的时候，只能边爬楼边拉着推车。每上一阶，推车就颠一下，等回到家里，推车里的东西散落了一大半。

即使只剩下很少，当吴璜看到它们时，还是露出了惊喜的笑容。吴璜就是那个藏在我房间里的女孩，也是照片上的那个女孩。

我第一眼看到她时，肚子里的饥饿感轰的一下放大了无数倍，顷刻间席卷了我全身。我能听到她的心脏在怦怦地跳动，像强力的泵，每跳一次，就将新鲜的血液压进身体各处。我也能看到她细长的脖子，虽然上面蒙上了尘土，但隐约可见微微凸起的血管，眼下正散发着芬芳。

于是，我低吼着扑向她。她惊叫了一声，想挣脱，但别说她了，就算成年男子也没有抵抗丧尸的力气，她最终只能挥舞双手，徒劳地拍打我的肩膀。

就在我将牙齿刺进她脖子的前一秒，她打中了我的右肩。那股麻痒的感觉再次出现，脑袋里的电流"嗞嗞"响起，鸟儿从浓雾中振翅而出，照片上依偎的男女那么清晰，背景里的海浪缓缓起伏。然后，饥饿感如海水退潮般，缩回我的胃中。

我放开女孩，捂着肩膀后退。她蜷缩进墙角。

一个丧尸，一个女孩，就在这么幽暗的房间里对视着。

"别害怕。"我打着手势，但她眼中依旧布满惊恐，我这才意识到她不懂我们丧尸之间的交流方式。我想了想，从破旧的口袋里掏出照片，举在我脸旁边，然后指了指照片上的我，又指向照片旁边我这张僵硬的脸。

"阿辉？"女孩迟疑着叫道。

原来我叫这个名字。我有些无奈地想，老詹姆说得没错，我生前的确是个普通人。

我把照片放在女孩手里，在她的手心慢慢写字："你认识我？我们是什么关系？"

女孩攥着照片，久久地看着我。屋子里的光线慢慢暗下来，但她的眼睛闪着幽光，就像海面上将逝的点点波纹。过了一会儿，她说："你是阿辉？"

我点点头。

"你都忘了吗？"

我写道："只记得在这房子里住过。"

她盯着我的脸，说："我叫吴璜，你叫阿辉，我们是一对恋人。你说你要保护我，但你去外面打探消息，就再没回来过。我在这里已经等了你半年。"

在她的诉说里，我们的故事非常平淡，是这场末世浩劫里随处可见的生离死别——丧尸潮袭来时，我和她已经囤积好了食物和水，打算躲在房子里，等军队解救。但过了一周，外面毫无动静，于是，我跟她说："我去外面看一下，说不定军队已经把丧尸赶走了。"她拉着我的手，不让我出去，我笑了笑，拍拍她的头说："我会回到你身边，我会保护你的。"然后，我出门离开，留她像小鹿一样待在黑暗里，就再也没有回来过。这期间，她省吃省喝，即将粮尽水竭。就在她陷入绝望之际，我重新出现了，却是以丧尸的身份。

彼岸花

"你放心，我说了会保护你，"我在她的手心里慢慢写着，"就会保护你的。"吴璜拧开矿泉水瓶盖，咕咚咕咚地将水灌进嘴里，因为喝得太急，呛了好几口。

我想拍拍她的后背，但刚一动，她就往后缩了缩。我理解，毕竟人尸有别，我便坐回原地，又给她递了一瓶水。

她吃饱喝足后，抹了抹嘴，长舒了一口气，对我说："谢谢你。"

我拿起笔，在纸上歪歪斜斜地写道："没关系，反正我不吃这些东西。"

"那你吃什么？"她下意识地问。

我没有回答。她从沉默中读出了我的答案，于是，沉默加倍了。风吹了进来，那张纸上边传来写字时的沙沙声。

"但我不会伤害你。"我把这几个字写得很大。

她点点头，说："你跟他们好像不一样。其他丧尸不会思考，如果是他们，一见到我就会把我吃掉。你还会帮我。"

事实上，丧尸不但有一套专用的交流手势，还会思考，而且比人类思索得更深。试想，当一个人有着无尽的欲望，却只能每天无所事事地游荡，那么他注定会成为一个哲学家。只是记忆太短，而饥饿感又太强烈，一闻到人类的气息，饥饿就会驱使我们向着血肉追逐，无暇将思考所得付诸笔端——再说了，就算写出来，又有谁会看呢？

但要跟她解释这些，要写好多字，太过麻烦。所以，我只是点了点头，然后写道："我也不太清楚，可能我是一个特立独行的丧尸吧。"

"你真的什么都不记得了吗？"她又问了一遍。

"嗯，我的脑仁都萎缩了。"我写着，"不过你可以告诉我。我想听以前的事情。"

吴璜脸上露出追忆的神色，有点惘然，说："我们是在大学里认识的。我们都学医，但你比我高一级，在学院的迎新晚会上，你第一次见到我。我在舞台上跳了一支舞，我不是主角，主角是一个高个子、腿很长的学姐，但你看到了我，鼓起勇气到后台找我要联系方式。然后整个大学阶段，我们经常见面，但一直没有在一起。后来，我读研究生，你辞了大医院的工作，在我们学校旁边的小诊所里上班，这时我才知道你的心意……春天的时候，我们会出去郊游，你不会开车，就骑自行车载我，可以骑很久很久……"

她的声音轻轻的，每一个字都像是蜂鸟发出的嗡嗡声一样，在我已经僵化的耳膜边回荡。我边听边遐想，她述说的内容让我觉得格外陌生，仿佛是另一个人的事情。我有些悲伤——的确，在被丧尸咬中的那一刻，我就死去，成了另一个人。我现在徘徊在死亡之河的另一岸，听着河流彼端的往事，已经不再真切了。

但我喜欢听。

接下来有很多日子，我都没再去城市里晃荡，而是待在屋子里，听吴璜说从前的事情。她的声音逐渐将"阿辉"这个形象勾勒得清晰可见，让我得以看到我在此岸时的模样。有时听着听着，我会扯动嘴角僵硬的肌肉，露出微笑的表情。

当然，偶尔我也会下楼，去帮吴璜收集新的食物。城里超市很多，不费什么工夫就能找到，只是碰到其他丧尸，难免要撒个谎，尤其是对老詹姆。

“你怎么还在吃这些垃圾食品？”有一次，老詹姆拦在我面前，两手划动，“垃圾食品对身体不好，你要少吃一点儿。”

“抽烟也有害身体健康，你少吸点儿。”

“我又不过肺，不会得肺癌的，”他说，“我的肺早就烂掉了嘛。”

我们对视一眼，都笑了。不同的是，他摆摆手，用手势表达微笑，我却下意识地扬起嘴角。

“咦，你还会笑，我们脸上的肌肉不是坏死了吗？”他惊异地看着我，手指比画着，“别说，你的脸色看起来也比我们亮一些，垃圾食品真的有这么好？”

他从推车里抓起几包薯片，放进嘴里干嚼，碎屑从他脸颊的破洞里漏出来，零零碎碎的。“不好吃嘛。”他比画着，抬起头，天边雷声隐隐，一场大雨即将落下，“快下雨了，是春雨呀。”说完，他就拖着步子走开了。

其他丧尸就好应付多了，我只需打个招呼。他们永远在用手势述说着自己的饥饿。说起来也奇怪，认识吴璜之后，长期以来折磨我的饥饿感，这一阵子好像都蛰伏起来了，如拔了牙的毒蛇。“看来，你在哪里吃饱了。”他们说着，表示羡慕。我发现，他们的动作比以前慢得多，可能大雨将至，空气里潮气过重，犹如凝胶。当然也可能是因为太久没有狩猎了，所以他们的身体变得更加僵硬。

不过这不关我的事，雨天令人不安，我更担心独自留在家里的吴璜。

刚进楼，滂沱大雨就瓢泼盆倾般落下，闪电不时撕扯着夜空。电光亮起时，一栋栋高楼露出巨大而沉默的身影，如同远古兽类，很快又躲进黑暗里。丧尸们不再游荡，纷纷躲在屋檐下，呆呆地看着雨幕。我们当然不怕淋雨感冒，但雨水会冲刷掉我们身上的泥土和血迹，还有伤口里复杂的菌群。这就有点儿难受了。就像老詹姆说的，这不符合我们丧尸的设定，试想，谁会接受一个干干净净的眉清目秀的丧尸？

今晚的吴璜有些反常，食物和水没怎么吃，一直盯着外面发呆。

"怎么了？"

她目光从纸上移开，盯着窗外的雨，突然说："我身上很脏，我想洗澡。"

她已经在房子里待了半年，吃喝拉撒都在这狭小的空间里，身上满是污垢，充斥着异味。虽然我并不介意，但她毕竟是个女孩子。我想了想，写道："我去给你多找点矿泉水来，你就可以洗澡了。"

她却指了指窗外的大雨，"我想出去，在雨中洗。"

"那太危险了！"我着急地说。难以想象，要是其他丧尸看到她，会怎样疯狂地朝她拥来。

"你会保护我的，不是吗？"她看着我，闪电落下，她的眼睛里泛着闪闪的光。

在这种目光的注视下，我有些不自然，幸亏脸上血管干枯，否则看起来一定红透了。我想起我的确说过要保护她，但食言了半年。我无法再拒绝。

"那就去天台吧。"我想了想，写道。大雨滂沱，会掩盖人类气息，而丧尸们又不愿意爬楼，应该看不到天台。

我们爬到楼顶，推开天台的门，走进雨里。雨水在我身上流

彼岸花

淌，流进右肩的伤口里，麻痒感更加剧烈了，像是有什么东西正在伤口里挣扎。但我顾不得这道伤口带给我的痛感，睁大眼睛，看着雨幕中的吴璜。

她仰着头，一头黑发如瀑，脸庞在雨水的冲刷下变得白皙。她似乎仍不满足，解开了衣服，半年来积累的污垢不见了，原本雪白的肤色显露出来。她有着这样美好的身体，皮肤下血肉充盈，水流滑过的，是一道美丽的曲线。

成为丧尸以后，我就对人类失去了审美，将肉体分为能吃和不能吃两种。但现在，我知道自己是多么丑陋。一股不同于饥饿的欲望在我身体里蓬勃着，我微微颤抖，牙齿龇出——这不是我的错，谁叫她如此鲜活而我又如此干涸，谁让她如此饱满而我又如此饥饿？但我刚要迈步，肩上疼痒复发，压住了我这种欲望。

一道闪电照下，她的身体被照亮。那一瞬间，她也发出了光，照进我业已枯萎的视网膜中。接下来的日子里，这道光再未被抹去。

洗完后，她哆哆嗦嗦地跑过来，回到家里。我给她找出干爽的衣服换上，她的头发湿答答地垂在颊边。"谢谢你，"她一边用毛巾擦着头发，一边说，"现在舒服多了。"

我正要写字回复，房门突然被敲响。吴璜脸上的笑容凝固了。

"你先进卧室，"我慢慢在纸上写道，"关好门。"

她拿起自己的衣服，轻手轻脚地走进卧室，把门合上。我先把窗子打开，让风雨透进，再过去开门，门外露出老詹姆的脸。"你来做什么？"我问。

他刚抬起手，鼻子突然翕动了一下。丧尸虽然不需要呼吸，但嗅觉依旧灵敏，尤其是对生人的气息。他走进房子，左右环顾，脸上逐渐浮现癫狂的表情。我拦在他面前，再次问："怎么了？"

"你屋子里，好像有……"他比画到这里，窗外突然火光一亮，随之而来的还有轰鸣巨响。我开始以为是闪电，但屋子的震动否定了我这个猜想。这声响也让老詹姆清醒过来，拉着我说："人类又来进攻了！"

三

我在丧尸群里冲锋时，虽然表情狰狞，龇牙怒目，但心里其实很木然，甚至觉得有点无聊。饥饿感驱使着我向那些血肉之躯追逐，理智却是抗拒的。不过理智在欲望面前，往往不堪一击，所以只能用来思考一些其他的事情。

比如，这是人类的第几次进攻？

城市沦陷之后，丧尸遍布大街小巷，每隔一阵，人类都会来进攻。当然，结局往往是丢下更多的尸体，有些成了我们的食物，有些成了我们的同类。

但今天有点意外。

人类出动了重型武器。战机如禽鸟一般掠过雨幕，丢下一枚枚炮弹，火焰如花般绽开，而被气浪掀起的丧尸，像极了燃烧的花瓣；坦克布成一排战线，"轰隆隆"地前行，炮口不断地吐出火光，把冲锋中的丧尸撕扯成残肢碎体；士兵们持枪拿盾，喷吐的火舌几乎串成了一条线，照亮了整条街道……总而言之，今夜的人

彼岸花

类，有点儿猛。

"他们今天怎么了？"老詹姆在旁边跑着，嘴里咆哮着，表情狰狞，眼睛里却满是困惑，冲我打手势问道。

"不知道啊，"我边跑边回复，"可能是孤注一掷，绝地反击吧。"

"真让人感动，像是好莱坞大片的结局，就是不知道主角是谁，我想过去跟他打个招呼。"

"可惜我们不是观众，也没有站在布拉德·皮特①那一边。"

老詹姆一把撞开警盾，从人堆里抓出一个瘦弱的男子，咬住他的喉咙，然后扔到一边。"话又说回来，我好久没看电影了，"他继续撞着警盾，回头冲我说，"你说我长得这么帅，生前会不会是个演员？"

"不是教授或者作家吗？"

"还是演员好，教书能挣几个钱？写书就更别说了。"

就在我们一边凭本能冲杀，一边凭本性聊些令人乏味的话题时，那个被咬的瘦弱男子从地上爬了起来，身体略有些僵硬，也冲向人堆。他的眼睛一片血红，龇着牙齿，喉咙处的伤口流出的血已经变黑，很快就凝固了。

"你们好，我是新来的，"他打着手势，友好地向我问道，"这边有什么规矩吗？"

"不要去撞枪——"我提醒道，但"口"的手势还没打完，一架加特林机枪的子弹就扫中了他，大口径子弹及其所携带的巨大势

---

① 布拉德·皮特，好莱坞著名演员，主演过科幻大片《僵尸世界大战》，在影片中，他带领人类，战胜了席卷全球的丧尸们。

能瞬间就将他撕成了两片。

双方厮杀得难解难分时，人类阵营里站出一个魁梧的中年军官，浑身被雨水淋透，脸上却满是坚毅的神情。他挥了挥手，军队中立刻扔出一些拳头大的气罐，落地后喷出大量的紫色气体。

我正疑惑，周围的丧尸们闻到气体，动作突然变得缓慢，仿佛空气密度一瞬间增大了，挡住了他们。

"罗博士的研究果然起作用了！"人类阵营里爆发出振奋的声音，"杀了这群魔鬼！"

魔鬼？也许他们忘了，我们曾经也是他们的朋友、邻居或亲人。病毒把我们拉到了黄泉之河的另一岸，但病毒并不是我们研发的。

当然，丧尸没办法跟他们解释这些。我们所能做的，就是继续往人堆里冲，但周围很多丧尸的动作变慢了，使得人类炮火的命中率大大提高。

丧尸潮一下子被遏制住了！

"希望就在今夜，就在这正义的雨幕之中！"军官拿着喇叭高声喊道，"我们研究的药剂奏效了，从此以后，人类在这场战争里将不再处于弱势！杀吧，把你们的愤怒和炮火向丧尸们倾泻过去。今晚，我们要收复这座城市，让文明重新降临世界！"说完，喇叭里播放起了雄壮激昂的音乐，如同战鼓，引导着人类向我们开火。

老詹姆点点头，冲我打手势道："看来这一位就是人类的主角了。"

"是啊，连背景音乐都有。"我说，"在电影里，出现这种背景乐的话，一般都到了大结局，主角要赢了的时候。"

"赢了也好。我们这种群演也该收工了。"

话没说完，军官脚底一打滑，从战车上摔了下来。一个丧尸正好扑过去，咬中了他的手臂。很快，军官再爬起来，红着眼，扑过去咬他的副官，被副官一下子轰开了脑袋。

我和老詹姆面面相觑，彼此都有些尴尬。

"布拉德·皮特"一死，人类就乱了阵脚。加上丧尸实在太多，哪怕动作变得迟缓，也如潮如浪，一波接一波地涌向人类。天快亮的时候，雨也停了，人类开始整齐地撤退，丧尸们追了过去，撕咬了一阵，距离就拉开了。

"人类真是善良的物种，"老詹姆看着满地狼藉的战场，脸上有种丰收的喜悦，"定期给我们送粮食过来。"

人类撤退后，新鲜血液的气息四散开来，我的饥饿感顿时蔫了，对满地血肉也失去了兴趣。取而代之的，是来自肩膀的麻痒，仿佛有小虫子在那道伤口里噬咬着。"怎么回事？"我挠了挠，麻痒的感觉更加强烈。

"对了，"老詹姆没有留意到我的困惑，他想起了另外一件事，"为什么人类释放了那种紫色气体，他们的动作就变慢了呢？"

"可能是……一种新型武器吧。"

"但我们俩为什么没有受到影响？"

我想了想，说："不知道，说不定人类在谋划什么，可能是大招。"

老詹姆点点头，说："希望吧。每次人类撤退的时候，都留下这么多尸体，人类越来越少，万一哪天我们真的赢了怎么办？万一这颗星球上布满丧尸，没有活人了，那——"

"你放心，"我安慰道，"那样就违反了影视剧创作规律，那样的事情是不会发生的。"

"也是，在所有的故事里，我们都会被消灭，只是早和晚的区别。"

回到家，吴璜好奇地问我发生了什么事情。

此前人类进攻的规模都不大，她又一直胆战心惊地躲在房间里，所以从不知道人类会试图收复城市。甚至，在她的想象中，整个世界已经全部沦陷，她是唯一没被感染的人类。而她没有被绝望杀死，活下去的动力就是我离开之前对她说的话——"我会回到你身边，我会保护你的。"

原来，我生前能说出这么厉害的话，试想，哪个女孩子听到这句话能不感动？连我自己听了，心里都微微发颤。

吴璜见我发呆，又问了一遍。

我回过神来，连忙跟她写了人类进攻的事情。

看完之后，她若有所思地点点头。晨曦中，她的眉头微微皱起，像是春天里长满绿草的山丘。这种情绪一直影响着她，后来她跟我讲以前的事情时，有些心不在焉。我想她整夜担惊受怕，应该是累了，就让她休息，自己下楼回到了街上。

经过一夜的战斗，城市里更加狼藉，但对丧尸来说，一切都没有区别。血液干涸后，我们不再受饥饿驱使，继续无所事事地在街上闲逛。

太阳从高楼间探出头，微红的光线斜照下来，像洒下了脂粉，将大街小巷都染得微红。我和老詹姆仰着脑袋，看向朝阳。

"真美啊。"我说，"让我想起了一首诗，日出江花红胜火，日照香炉生紫烟。"

彼岸花

"是啊，像是一张天边的山水画，有一种毕加索印象派的风格，让我想起了一幅著名的画作《日出·印象》。"老詹姆跟着打手势说。

旁边一个少了一只手的丧尸艰难地比画道："我记得，毕加索好像是画油画的吧？"

"而且《日出·印象》，应该是莫奈的作品。"另一个脑袋被炸飞半边的丧尸想了想，慢慢挥舞着手臂，"毕加索是现代派，我记得以前上艺术史的时候学过。"

就在他们讨论艺术的时候，我沐浴在朝霞中，肩上的异物感又出现了，而且比之前更加强烈。我正要伸手去摸，老詹姆从我身后绕过来，惊讶地打着手势："你看你肩膀后面，长了一朵花！"

半脑丧尸找来镜子，和独臂丧尸一前一后，对照着给我看——我右肩的伤口依然裂着，灰白、污浊，但在腐烂的肉缝间，居然颤巍巍地长出了三片绿叶，以及一朵花苞。

两片叶子只有指甲盖大小，簇拥着淡蓝色的花苞。花苞还未开放，像沉睡的婴儿。但可以看到最外面的花片上，隐隐有几丝血色的脉络。它们都连在一根细茎上，而细茎扎进伤口裂缝，可以想见，它的根须正在我肩上的腐肉里缠绕、缩紧。

"哇，丧尸的身体居然还能孕育生命？"独臂丧尸非常兴奋，"这是大自然的奇迹！"

半脑丧尸也说道："看样子，你的肩膀被划伤时，应该有种子恰好落到了你的肉里。我们是丧尸，伤口不会愈合，腐肉正好提供了营养，而昨晚下雨又落进了水分，让它生根发芽，并且开花了。种子的生命力很强，我记得以前上生物课的时候学过。"

独臂丧尸说："你怎么懂这么多？"

半脑丧尸说："因为我以前是写科幻小说的，要查很多资料，所以各方面都涉猎一点。我的笔名叫阿……阿什么来着？"

独臂丧尸说："阿西莫夫？"

半脑丧尸刚要高兴，又觉得哪里不对，犹豫着比画："我记得好像是两个字……"

老詹姆见他们越扯越远，连忙打断，问："你们认得出来这是什么花吗？"

两个丧尸看了半天，摇摇头，认不出来。他们携手离开，边走边讨论艺术和文学。

老詹姆说："这些天你肩上不舒服，多半就是因为这个，要我给你拔下来吗？"

我连忙拒绝，"既然这是生命的奇迹，又是生物学的胜利，那我应该珍惜。我要养着这朵花，等它开放，看它能结出什么果。"说完，我继续站在街上，让肩膀冲着太阳。

绿叶在微风中招展，蓝色花苞在阳光里轻轻摇晃。

晒到了晚上，我又去屋檐下给它滴了几滴水，这才小心翼翼地往家里走。我迫不及待地想跟吴璜分享这件事。在死得不能再死的丧尸身上，能长出花来，这是生命和死亡的较量，有一种腐败又坚韧的美感。

但我还没来得及写，她就一把抓住我，满脸兴奋。"我要离开这里，"她急切地说，"我要回到人类中去！"

我和老詹姆在海边徘徊，不远处，空荡荡的小船时起时伏。

一颗石子被我踢起来，"咕噜噜"地滚动着，跳进了海里。粼粼海面上冒起一个水泡，随即便被波浪淹没掉了。我看了一会儿，又踢了一块小石头下去，老詹姆见状，也踢了一脚，他的石子落海的地方比我远。我不服气，下一脚加大了力气。他的好胜心也被激起来了，一脚大力抬起，却踢到了台阶，"咔嚓"一声，应该是趾骨折了。

他皱了皱眉头，掏出烟来点着，烟头的火光忽明忽灭。"你说，爱情是什么东西？"我突然问。

老詹姆显然愣住了，说："你今天这个话题有点生猛啊，果然是春天到了。"

"那你说，丧尸会有爱情吗？"

"应该没有吧，"老詹姆指了指不远处一个来回走动的女丧尸，"你会对这个女丧尸有兴趣吗？"

我瞧过去，那个女丧尸身段玲珑，腰细腿长，生前肯定是无数人追逐的对象。但她现在浑身灰暗，左眼眼珠脱眶垂下，下巴掉了一半，长腿上满是伤痕。我摇了摇头，说："没有兴趣。"然后想了想，又补充道，"不是我没有兴趣，我是帮我一个朋友问的，他最近有爱情方面的困扰。"

"咦，'我有一个朋友'，这个开头好熟悉……这好像是一个什么梗……"老詹姆使劲想了想，却回忆不起来，摆摆手说，"总之爱情通常需要两个人，那你看，你这个朋友对女丧尸都没有兴趣，爱情从何而来？"

"要是我这个朋友喜欢的不是丧尸，而是人类呢？"我小心翼翼地问。

他长久地注视着我，烟头闪闪发光，眼睛幽幽发亮。在这三点光亮之间，我看到了答案。我做出叹息的手势，无奈地说道："那我跟我这个朋友转达一下，劝他放弃。"

"是啊，连丧尸都瞧不上丧尸，更别说人类了。"老詹姆点了点头，"而且人类和丧尸之间，不仅仅是物种分别的问题，还存在一碰到就要互相杀死的矛盾。"

我脑子里灵光一现，说："即使那个女孩不喜欢我这位朋友，但只要他们能在一起，不分开，是不是也是一种幸福？"

老詹姆摇摇头，说："你错了，爱是成全，不是囚禁。幸福是自由的，而不是一厢情愿。如果你的朋友不能使女孩爱上他，那他只有一个办法。"

彼岸花

"什么办法？"

"吃掉她呀。"老詹姆摆摆手，一副理所当然的样子。

"有没有不那么丧尸风格的解决办法？"

老詹姆沉默了一会儿，说："那就送她离开，让她去追寻自己的幸福，因为爱是成全，不是囚禁，幸福是……"

我打断他的话，独自站在晚风中沉思。面前的大海逐渐隐入黑暗里，风变冷了，潮水起伏，小船逐渐与海浪融为一体。

是夜，雨后天晴，明月悬空。

走出楼道口的时候，我抬头看了一眼，月亮悬垂在两栋高楼之间，洒下清辉。我转头看着身边的吴璜，她被月光照着，有些发抖。因此，她脸上那些黏着的腐烂的皮肤、坏死的眼球和干枯的头发，也跟着在抖动。

"没关系的，"我抓着她，在她手心里写着，"不要害怕，学着我的步伐走，呼吸尽量放慢。"

她仍旧紧张地说："我——"又连忙闭嘴，转而在我手上写字，"我们能成功吗？"

"放心吧，一定可以的。"

她深吸一口气，然后皱着眉缓缓吐出。我知道，她身上涂满了气味浓烈的中药药剂，直接吸进鼻子里，肯定也不好受。但事已至此，没有转圜的余地了，我往前迈一步，她也跟上来，学着我僵硬的步调，拖着腿走上街道。

街上站满了丧尸，正呆滞地走动着。我们一出现在街头，引起了一阵无声的骚动——尽管中药遍体，但也不能完全压制住吴璜人类的气息。但好在刺激浓烈的药味在街上弥漫，丧尸们一时也分辨不出人的气息从何而来。他们伸着鼻子，缓缓转动，我和吴璜小心地从他们中间走了过去。

"哎，你闻到什么了吗？"一个丧尸冲我比画着，"似乎有人类的味道……"

我回道："应该是昨晚人类进攻时留下来的吧。"

"不至于呀，该死的都死了，不该死的都成丧尸了。哪里会有活人呢？"他挠着头，满脸迷茫。

我不再理他，继续往街道尽头走。吴璜亦步亦趋地跟着我。我们从一个个疑虑重重的丧尸间穿过，虽说缓慢，但很顺利。走了快一个小时，空气里腥咸味加重，我顿时振奋起来——只要走到海滨大道，沿着那条路一直往前，很快就会进入一大片红树林，那里丧尸就会少很多。而穿过红树林，就是人类的营地，也是吴璜这一趟冒险的终点。

我悄悄瞥向她，在满面血污和腐肉的掩盖下，她的表情也不再那么紧张。这时，一只手拍了拍我肩膀。

我回过身，先是看到一个点燃的烟头，红光后面是老詹姆的脸。"你去哪里？"他问道。

他拍的正是我的右肩，我灵光一现，说："我晒一晒这朵花。"

"晒花不是在白天吗？在月光下晒什么，这又不是夜来香。不过它长得好快啊，恐怕这几天就要开了。"

我扭过头，从这个角度已经可以看到小花苞颤颤巍巍地探了出来，快到我耳朵的高度了。这朵花确实比一般植物的生长速度快许多，不过也可能是我身上营养丰富。这么想着，我不知道是该得意还是该无奈。

见我不作答，老詹姆接着问道："对了，我想起来，你那位朋友的爱情怎么样了？"我突然有些伤感，说："他听了你的建议，也认为爱是成全，不是囚禁，幸福是自由，不是一厢情愿。所以他决定放手，让那个女孩去追求爱和幸福。"

老詹姆摆了摆手，说："嗨，我其实都是瞎说的，真正爱她，那就应该追求她，一不要脸，二不要命。我们丧尸既没有脸皮，

彼岸花

也没有生命，简直是为这句话而生的。"

我慢慢打着手势，"那你怎么不早说？"

"哲理嘛，都是因人而异的。"

事已至此，我也无法回头，三言两语地打发了老詹姆，继续向滨海大道走去。沙滩上的丧尸并不多，远处的红树林近在眼前，这见鬼的一夜终于快到头了。见我摆脱了老詹姆，吴璜悬着的心也放了下来，长舒了一口气。

我眼皮一跳，想要阻止，却已经来不及了。她的嘴唇微微嘟起，吐出漫长的气息。

老詹姆鼻子抽动，在浓浓的中药气息中，嗅到了她的呼吸。他的喉咙发出"咕咕"的怪声，脸上僵硬的肉抽动起来，变得狰狞。这副模样我太熟悉了，一步跨过去，把吴璜推开——下一瞬间，老詹姆就扑到了我身上。

快跑！我无法写字，但眼睛狠狠地看过去，吴璜也瞬间明白了我的意思，大步往红树林跑去。她一动，所有的丧尸们都闻到了活人的气息，仿佛一场瘟疫在传染，他们躁动着，手脚并用，向吴璜包围过来。

去往红树林的路被丧尸堵住了。吴璜停下来，绝望地回首看我。

我把老詹姆推开，左右环顾，突然看到了海滩上那条载沉载浮的人力船。丧尸不会游泳，我想着，立刻拉住吴璜的手，向海边跑去。

四周响起的脚步声汇聚在一起，盖过了海潮的声响。那些刚才还木讷闲散的脸此时换上了疯狂的表情，如果吴璜被他们抓到，恐怕转瞬就会成为碎片。这样想着，我加快了脚步，吴璜几乎是被我拉着跑。当她踏上台阶时，摔了个趔趄，小腿在台阶上磕出了血。

血腥味被海风裹挟着，四下吹散，丧尸们如同被注射了兴奋剂。他们前仆后继，不断有人摔倒，后面立刻有丧尸踩踏上来，再摔倒，又被更后面的丧尸踩住……很快，他们垒成了两米高的尸潮，向我们拥来。

老实说，在闻到血腥味的一瞬，我有些动摇。但肩上的花在招展，牵着的手格外温润，饥饿感涌上的那一瞬，旋即被压制住了。

在被尸潮淹没前，我一把扯开了拴着人力船的细绳，带着吴璜跳了上去。小船只能容纳两三人，一跳而下，差点侧翻。身后，尸潮涌动，溅起水浪，正好推动小船向远方荡去。我抓起船桨，对准靠得最近的一个丧尸狠狠砸下，借力将船撑动。后来我才看清，这个倒霉的丧尸正好是老詹姆，他手里比画了一下："你就不能砸别人吗？"又继续狰狞着冲上来，但立刻被后面的丧尸压进了水里。

我知道他心里是不愿意来阻止我的，其他丧尸也如此，但他们的身体被饥饿控制了，身不由己。我看到老詹姆从尸潮里重新钻出，龇着黑牙，奋力来咬我，但他的手势却是："哎呀，我就知道你那个朋友就是你自己。"

另一个冲到最前面的丧尸咬住了船板，被我一桨砸开，沉进水里之前，他用手势说道："你要离开我们了吗？"

"快划，划深一些，我们就抓不住你了。"一个丧尸张牙舞爪地扑过来，手指却比画出这样的意思。

"你是为了这个女孩离开我们吗？"

"希望你幸福。"

"啊，好险，刚刚差点抓到船板了。"

"水里好凉呀。"

……

我和吴璜把船划到离岸二十几米之外的地方，尸潮才逐渐被海水吞噬，势头减缓，后续冲过来的丧尸都沉到了海里。我们又划了十几米，回头再看，只见海面上呆立着一片密密麻麻的丧尸脑袋，一个个凶狠地看着我，但他们努力将手抬出水面，手指由内而外甩动着。

吴璜精疲力竭，气喘吁吁地靠在船板上。我继续划桨，确定丧尸们彻底追不上来之后，才转身抬着手，甩动手指。

"你们在干什么？"

我拉过她的手，在她掌心里慢慢写道："在道别。"

五

经过了担惊受怕和亡命奔逃，吴璜很快就体力不支，她蜷缩在狭小的船舱里，沉沉睡去。我怕她着凉，脱下了衣服，小心地盖在她身上。她已经洗净了丧尸的伪装，这样睡去的模样像是某种小动物。小船微微晃动，仿佛摇篮，她在睡梦中露出了一抹浅笑。这是我认识她这么久以来，第一次见到她笑起来的样子。

我看了许久，抬起头，猛然见到一轮巨大的圆月悬在海面上。

我从没见过这么大的月亮，快要占据我视野的一半了，而且它垂得这么低，仿佛伸手就能摸到。月光亮得出奇，落在海面，被波浪揉成星星点点；另一部分月光落在我身上，我上身赤裸，月辉如同水流，在僵硬腐烂的身体上流淌。我看看吴璜的侧脸，再低头看着自己的身体，美好与丑恶的区别如此明晰地被月亮照亮。我不禁有些沮丧，但好在我身上还有一朵花，可以勉强扳回一局。我看向肩膀，不知是不是错觉，肩上的肉竟然隐隐有一丝鲜红的血色。

正要细看时，船旁的水面"哗啦"一声，一个脑袋挣扎着冒了出来。"老詹姆？"我大惊，向他打着手势。

老詹姆在水里扑腾着，一副有气无力的样子。我警惕地往四周看，见跟上来的只有他一具丧尸，才放心下来。水花声把吴璜吵醒了，看到老詹姆，她又惊又害怕，但看了一会儿，突然说："他好像被绳子给缠住了。"

我这才看清，原来是我划船逃离时，船尾的绳子正好缠上了老詹姆的双臂，将他拖进海水里。他手臂被捆，无法拉扯绳子上浮，加上血肉僵化，很快就沉进水里去了。但丧尸的生存并不依赖于呼吸，所以他一直没死，刚刚凭借最后的力气转动身体，让绳子一圈一圈地缠在腰上，这才浮出水面。

但这么一来他将自己也捆成了粽子，只有头能动，他用眼睛恶狠狠地盯着吴璜。吴璜现在不再害怕，"哼"了一声，伸手去解船尾的绳扣。

我犹豫一下，伸手拦住了她。

"你解开绳子，他就会沉下去，"我在她手中写字，"海底辨不清方向，他可能会成为鱼食，那样一来他会死的。"

"他是丧尸，已经死了。"她顿了顿，声音变低，"对不起，我不是说你……你跟他们不一样……"

我沉默了一会儿，"他是我的朋友。"

"那怎么办呢？总不能把他拉到船上来吧，船这么小，而且他肯定会咬我。"

我一拍脑门，既然这样……

几分钟以后，老詹姆身上的绳子被打了死结，捆在船侧，身体与船平行。他被绳子吊着，没有沉进海里，刚好能仰面漂浮。他的鼻子浮出来时，能闻到吴璜的气息，所以他的表情依旧很凶恶。

"丧尸真是神奇，这样都能维持生命，要是人类，早被淹死了。"吴璜无限感慨。

我在她手里写下了"病毒"两个字。

她点点头，说："是病毒改造了你们的身体，让你们的细胞出现了一些变异，不再需要氧气，就像厌氧菌一样。"随即，她又陷入了思索，"但奇怪的是，既然不需要有氧环境，为什么病毒会对血肉产生亲和性，让丧尸见人就咬呢？还有，既然不能有氧供能，你们行动的能量从哪里来的呢……难道是光合作用？可是你们身上没有叶绿体呀。"

她说的话我大多听不懂，但听到最后一句，我高兴地耸了耸肩膀，写道："叶绿体，我有叶绿体。"

她凑过来，看着我肩上长出来的花苞，脸上的表情不断地变换着。看了许久，她问起这朵花的来历，我想起那个独臂丧尸的话，回答道："有一次在追活人时，我的肩膀被树枝划开了，可能

恐惧机器

种子就落进去了吧。"

"我不认识这种花，"借着月光，她再次端详，然后摇摇头道，"但我学的是中医，又在这座城里长大，可以肯定，这不是本地的物种。"

我顿时高兴起来，写道："那我要好好养着它，等它开花结果，到时候就知道这是什么花了。"

吴璜看着我，"阿辉，你真是个与众不同的……丧尸。"

正说着，船侧传来一阵水花声，我凑过去一看，是老詹姆在挣扎。他瞪着吴璜，十分狰狞，但他被捆在腰间的手慢慢地划动，用别扭的手势说道："是啊，他一直是个与众不同的丧尸，所以才会喜欢你。"

吴璜已经知道了丧尸之间有独特的手语，见状问道："他在说什么？"

我连忙写道："他夸你很漂亮。"

"他不是要吃我吗？"

我解释道："是病毒要吃你，我们的身体虽然每次都去咬人，但心里其实还是不愿意的。不过也没有办法，病毒太强大了，所以我们只能一边咬人，一边用手势交流。"

"那谢谢你的夸奖。"吴璜冲老詹姆说，后者只能以低声的咆哮回应。

她又看向我，说："你们的手势跟人类手语不一样，吃饭怎么表达？"

我用右手拍拍左胸。

彼岸花

“那走路呢？”

我双掌合十，拍了三下。

“撒谎呢？”

我用右手中指按着太阳穴，揉了一圈，又在她手心上解释道：“如果一直说谎，手就不放下来。”

吴璜皱起眉头，说：“奇怪，这种语言既不是基于哪种已知语系，也不是出自生活经验……这么说来，虽然你们变成了丧尸，声带僵化了，但并没有忘记文字和语言，甚至还有自己的交流方式。你们还不用呼吸，体力却又增强了很多。要不是丧尸喜欢咬人，简直就是人类进化的高阶版。”

我还没有想过这个问题，闻言沉思一阵，慢慢写道：“但我还是想做回人类，继续跟你在一起，真正保护你。”

吴璜脸上泛起红晕，一副欲言又止的模样，但最终还是保持沉默，别过了头。

月轮垂得更低，像一个巨大的橙黄的玉盘，盘底边缘已经插入了海面。小船随浪起伏，驶入明月当中。吴璜侧身坐着，从我的角度看，她逆隐在光晕里，样貌模糊而轮廓清晰。这个晚上，她像是一张被月光裁出来的剪影，轻轻地贴在月亮上。

天快亮的时候，我四下环顾，周围一片幽暗，海水茫茫。

糟糕，迷路了。我着急起来，拉起吴璜的手臂，想给她写字。但一拉过来，就觉察到她的体温高得异常，再看她的脸，脸颊通红，嘴唇颤抖，眼睛紧紧闭着。

昨晚连续惊吓，加上海水湿冷，她瘦弱的身子终于熬不住，发起了高烧。

怎么办？怎么办？茫茫大海，无着无落，没有任何人可以帮忙。我站起来，转来转去，一没留神，跌进了海里。

老詹姆在海水里漂浮着，一些小鱼群正围着他啄食，我跌下来，把鱼群惊散了。下沉之前，我一把抓住老詹姆，爬上了船，再回头，发现老詹姆已经泡得发白，身上腐烂的地方都被啄干净了，只留下巨大的创口。

"你再不把我拉上去，"他的手指慢慢滑动，"我就只剩下骨架了。"

我连忙把他拉上船，绳子却没有解开。他躺在船尾，贪婪地看着船头的吴瑛，手上却比画道："她好像发烧了。"

"我知道。"

"如果不及时治疗，她会死的。"

"现在没有药也没有医生，你知道怎么救吗？"

"我知道啊，不需要药物也不需要大夫，有一个很好的救她的办法。"

我大喜过望，连忙比画："什么办法？"

老詹姆缓缓道："趁她还没死，咬破她的血管，让她感染成丧尸。这样她就不会死了。"

"也不会活着了。"我一屁股坐在船舱，缓缓道。

"但至少就跟我们是同类了，你们可以天长地久地在一起。"

"你说过，爱是成全，不是——"

"你就当我的嘴巴是肛门，说的都是屁话，你怎么就当真了呢！"

我看着吴瑛，她的面孔隐在黎明前最深沉的黑暗里，但我依旧能记起她的美好。不，她不能变成丧尸，而且我对她有承诺，保护尚且没有做到，更不能伤害了。

老詹姆看出我的犹豫，顿了顿，再次移动手指，"既然这个上上之选你不用，那就只能用下下之策了。"

我木然地看着他。

"往岸边划去吧，带她去人类阵营，那边会有药物。"

我摇头比画："别讽刺了，现在海岸在哪个方向都不知道，怎么划回去？"

老詹姆努力伸着脖子，他下巴所指的方向，有一颗星星正一闪一闪地发着光。那是黑暗里唯一的光亮。"这是启明星，这个季节出现是在南方。我们要划回岸边，是在西边，你参照着它划就行。"

我大喜，"你怎么不早说！"

"因为我还不想死在人类手里，"他慢吞吞地说，"真正的死。"

的确，如果送吴璜回人类营地，人类要做的第一件事并不是救她，而是杀了我和老詹姆。这个结果我想过，但我还是决定送她离开。我沉默了一会儿，对老詹姆说："死亡，是我们最终的结局。而她还有很长的路要走。"

他的手指动了动，却没表达任何含义，又收拢起来。

我向西边划桨，小船逐渐向岸边靠近。天光微亮，远远地就能看到一大片郁郁葱葱的黑影，应该是红树林。我担心岸边还有丧尸，没有直接上岸，而是使劲再划，绕开红树林，转向滨海大道的方向。朝阳正冉冉从我们背后升起。

"再往前，就是人类的势力范围了。"老詹姆说，"你还记得上次人类又来进攻，我们越过那个草坡，一路追过去，冲向人类吗？"

我划着桨，没空回答他。

他接着说："你肩上的伤口就是那时候留下的。我们那么多丧尸一起冲，都被人类挡回来了，现在只有我们俩——哦，不，我被绑住了，只有你一个丧尸，你觉得你能把她送到人类手里吗？"

这个问题也困扰着我。人类害怕被咬，一看到我，隔老远就会乱枪齐发，将我打成筛子。但我也没有更好的办法，只能走一步看一步。

小船绕过红树林，靠在岸边。这里曾是个公园，但早已破败，炮弹留下的焦坑随处可见。岸上就是一个斜坡，老詹姆说得没错，上次丧尸追击人类，我就是在这里被一根树枝划中肩膀，留下了伤口。但我环顾四周，一棵树都没有了，地上只有烧焦了的树干。初春时节不应该是这样的景象，但战争毁了一切。

"你留在这里，"我冲老詹姆说道，"我送她过去后，再来跟你一起回城里。"

"别想太多，能把她送回去，就已经是极限了。"

我低着头，把昏迷中的吴璜抱起来，走上草坡。但刚走没几步，一声枪响便震碎了静悄悄的黎明。我一惊，抬头看到一队人类士兵从斜坡的另一边出现，一共六人，挎枪携弹，警惕地看着我们。我站在坡顶，朝阳从我身后照过来，他们逆着光，一时看不清我的样子，只是开枪示警。

看到他们的一瞬间，我的腹中又涌起了饥饿感，几乎是下意识地想冲过去。但我右肩的麻痒感前所未有地强烈起来，瞬间传

彼岸花

遍了全身，连喉咙都痒了起来。我侧过头，看到了肩上的花，它被清晨的光照着，海风掠过，微微招展。才经过一夜，它的花苞已经长大了不少，色泽更加湛蓝，一些花蕊伸出头来。看见它的一瞬间，那股永远折磨我的饥饿感，便消失得无影无踪。

士兵们慢慢包围过来。

这么近的距离，逃肯定逃不掉，那么这个被战火焚烧的草坡，就是旅程的终点了。我想着，把吴璜放到草坡上。她依旧昏迷着，脸上的红晕，像升起了朝霞。我留恋地看了她一眼，往旁边走了几米，举起手，示意没有威胁。

士兵们怀疑地走近，看清我的样子后，大惊失色，齐刷刷地举起了枪。

我闭上了眼睛。心想："下一秒，他们的枪声就会响起，但接着他们会发现吴璜还有呼吸，会救起她。"

"等等，"有人说，"这个丧尸好像有点不一样。"

"对啊，他为什么没有冲过来？"

"他投降了？"

"第一次看到这么尿的丧尸……"

他们拿枪指着我，疑虑重重。这时，有人看到了岸边的小船，叫道："那里还有一个丧尸……但好像被捆住了。"

一个队长模样的人沉吟道："最近罗博士在征集活体丧尸，正好遇到这两个，一个被捆，一个没有攻击性，就跟白捡的一样……那就都带回去吧。"

他们把我捆得结结实实，又将老詹姆扛了过来。一个士兵打算去捆吴璜，刚碰到她，一愣，手指在她鼻子前探了探，报告说："队长，这个女孩还有呼吸！"

"她不是丧尸吗？"

"应该不是。"

我悬着的心终于落了下来。

然而，队长听到吴璜是人类时，脸上却露出失望神色，似乎救助人类远不如俘获丧尸的功劳大。他端详了一会儿吴璜，摇摇头，说："那她怎么会跟丧尸混在一起呢？恐怕是丧尸的间谍吧。"

士兵说："可能也是被咬了，正在发烧。"

"营地里的药物也不够……那就把她留在这里吧。是死是活，就看她的造化。"说完，他们扛起我和老詹姆，大步往西边走。我愣了一下，随即挣扎起来，士兵们合力把我按住。队长走过来，狠狠地用枪托砸了我的脑袋，皱着眉说道："刚才还挺老实的，现在怎么闹起来了？"

我被砸得一阵眩晕，但梗着脖子，努力看向身后。吴璜躺在草坡上，藏在阴影里，我看不清她的样子。我还想挣扎，但我被皮带捆着，抵抗不了这几个强壮的士兵，接着被抬了起来。吴璜的身影被挡住，我再也看不见了。

我喉咙里的麻痒变得剧烈，像有种子想突破泥土。我张开嘴，大声喊道："等一等！"士兵们呆住了，他们的队长诧异地看着我。连老詹姆也转过头，最后将视线落在了我身上，他残缺的嘴张着，久久不能合上。"求求你们，救救她！"我继续喊着。然后，我自己也愣住了。

彼岸花

六

"你给我闭嘴！"队长冲我吼道。

我说："你不会懂得的，当一个人失去了一件东西太久，再失而复得时，会格外珍惜，比如爱情和健康，再比如声音。想当年我变成丧尸的时候，身上第一个永久硬化的器官，就是——你的眼睛不要睁这么大，不是别的，是发声器官。我的声带僵化了，从此只能用手语说话。但其实声音是上帝赐给这个世界的礼物啊，鹿鸣鸟语，风声海潮，都是音乐。还有，如果我想跟一个人在一起，我就告诉她，我爱她。哎，对了，队长啊，你有没有对人说过我爱你？噢，噢，看你的表情，那就是没有了，没关系，没关系，还来得及，在你变成丧尸之前……你别打我，我只是抒发重新能够说话的快乐，不信你问问这个又老又丑的丧尸——老詹姆，如果你能够重新说话，会不会也和我一样喋喋不休？"

老詹姆打着手势，说："你闭嘴！"

我说："看来你也不能感同身受。虽然我们有一套手语，但最好的交流方式，还是说话。人长出手臂，是为了拥抱，不是打手势。以前每次我们交流，都只能面对面站着，说实话你可别生气啊，每次看着你我都很难受，你本来就长得不好看，变成丧尸后就更丑了，脸上还有个破洞。这些都可以忍，但你说你干吗没事叼根烟呢，你又不能抽。现在好了，我可以不用看你，就直接说话了。你也别生气，如果你长得有吴璜一半好看，我肯定每天跟你说话。吴璜，你说是不是？"

吴璜刚刚苏醒，有气无力地说："求求你，你不要说话了，听着头疼。"

我"哦"了一声，闭上了嘴。

一个小时前，我突然能张口说话了，不但让他们震惊，我自己也百思不解。但这也使得我成了最特殊的丧尸，队长立即跟人类营地的长官请示，听称呼，好像是一个叫罗博士的人。罗博士的声音听起来很兴奋，命令队长把我们都带回去。

因为担心遭到丧尸群的袭击，人类营地往西退了很多。虽然士兵们配有两辆汽车，但要回到营地，还需要一些时间。尽管我有些担忧，但也没办法，因为我和老詹姆都被捆住了手脚，绑在汽车后排，动弹不得。

我抗议道："这样不太好吧，很不人道。"

队长想了想，点了点头，说："也是，你倒是提醒了我。"说完，让手下士兵把我们关进了后备厢。我跟老詹姆手脚折叠，挤在一起，在黑暗中彼此瞪着。

开了大半天，车子终于停下。从士兵们的交谈中得知，我们正路过一个荒废小镇，他们打算下车收集物资，顺便吃点东西。

"别忘了去药店，找些退烧药回来！"我在后备厢里大喊。

队长把后备厢打开，对我说："你为什么这么关心她，你不是个丧尸吗？"

"我被咬之前，是她的男朋友，"我说，"我要一直保护她。"

队长沉吟了一下，说："那你跟我们一起去。"

士兵解开我腿上的皮带，让我走在他们前面。这也是为了让我测试危险，如果有丧尸出没，我会第一个发现。

我们在破败的街道上穿行。看得出来，这里原来是一座旅游小镇，街道和店面都参照了西式建筑风格——路旁栽种着花木，远处，一个教堂的尖顶在暮色中露出来。这本是极具风情的小镇，但现在街上一个人都没有，石板路面布满了褐色的痕迹，一看就是血污的沉积。商铺橱窗和店门都被砸破了，玻璃碎片散落一地。

可以想见，丧尸蔓延时，这里爆发了多么残酷的厮杀。

一个士兵目眦欲裂，恶狠狠地看着我。他的眼神我很熟悉，跟丧尸看人类时的眼神一样。

我有点害怕，缩了缩脖子。

天快黑了，我们在便利店翻找，运气不坏，找到了一些食物和水。在我的坚持之下，又在药店里找了一盒布洛芬。我赶紧回到车旁，看了看布洛芬的保质期，然后灌进吴璜嘴里。

吃了药，加上休息时间充足，她气色很快恢复了些。士兵们把食物分给她，一起吃着。我被绑在一旁，看着他们大口嚼着饼干，肚子不争气地"咕咕"叫了一声。

士兵们大惊失色，举枪四顾。

我惭愧地说："不要紧张，是我的肚子发出来的，我饿了……"

"那你要吃我们吗？"一个士兵紧张道，"你终于要露出你的真面目了，我就知道！"

"哦，我想吃饼干。"

士兵们面面相觑，其中一个解开我身上的皮带，递给我一块饼干。我一口口地吞咽掉了。久违的饱腹感在我胃里弥漫。"真好吃啊。"我满足地说。

"你究竟是不是丧尸？"队长怀疑道，"你身上这些伤口，会不会单纯只是溃烂？"

我心里也满是困惑。似乎我身体里也正有一条船，将我缓缓渡回彼岸，脑子里的记忆也时隐时现，浓雾中鸟翅扑扇。我正想回答，眼角突然抽动，见到街对面的店铺里摆着一架钢琴。

我脑子里"咯噔"一声，不自觉地站起来，向对面走去。士兵们警惕地看着我。

我来到钢琴前，按下一个键。这是机械钢琴，不需要通电，但有些受潮，声音有点涩。我又按了几个键，琴声连续响起，如同潺潺溪水。我脑袋里的浓雾被冲散了，在记忆的某个角落里，冻土化开，我将琴键一个个按了下去，一首钢琴曲缓缓流淌出来。

吴璜的脸色依旧苍白，但异常惊讶。队长和士兵都张大了嘴巴。在我弹琴的时候，他们都没有来打扰我。

我弹完后，走回车旁。一个士兵提着皮带，想来绑我，但他们的队长摆了摆手。我坐在车后排，跟吴璜坐在一起。

"嗨，你之前都没有说，"我很高兴，"原来我生前还会弹钢琴。"

"我……我也是第一次看到你弹钢琴。"

我问："那我是凭什么追到你的？"

士兵们回头看了我们一眼，又转过头去。其中一个喃喃道："这年头，又会弹钢琴又会追姑娘，肩上还长了朵花，丧尸都这么风骚吗？"

"其实……"吴璜刚要回答，听到他们的嘀咕后，就没有再说话了。

汽车在夜色中行驶，道路坑坑洼洼，所以车速很慢。到下半夜的时候，我们才到了营地。一排军人站在门口，面色严肃，武器森然。领头的白发军官旁站着一个瘦削的中年男人，头发乱糟糟的，像是几个月没有洗过——或是从出生以来就没有洗过，他戴着眼镜，但厚镜片下的眼神却灼灼地看着我们。

士兵们对军官敬完礼后，也对中年男人点了点头，低声说："罗博士。"

罗博士却没搭理他们，径自从士兵们中间穿过，来到我身前。他看了我良久，久到露出了癫狂的神色，久到让我觉得都有点不自然了，才听到他喃喃道："果然有些异常！我要研究！"

白发军官却拦住了他，警惕地看着我。"先关起来。"军官说。

就这样我被关进了一个房间，一面墙是镜子，另三面都刷得雪白。房间里除了一副桌椅，空无一物，我大部分的时间都对着镜子，龇牙咧嘴。有一次我张开嘴，看到我的牙龈居然鼓起来了，上面还有几条充盈的血管，不再像过去那样干瘪，只一层枯灰色的皮。

"怎么回事，"我有点不解，"难道我又变成人了？"

这几天，一些零碎的记忆也在慢慢恢复。房间的布置很熟悉，我想起来了，在很多电影里，审讯室就是这样的，我在镜子中只能照见自己，门外的人却像对着透明玻璃一样能看见我的一举一动。

104

我冲镜子摆摆手，说："对面有人吗？你们好……"可以想象，对面的人一定吓得往后退了好几步。

果然，我这么说完之后，门就被推开了。罗博士走了进来。他身后有四个士兵，两人用枪指着我，另外两人把我绑在了椅子上。

我没有丝毫反抗。

"你真的跟其他丧尸不一样。"他搓了搓手，看着我，"在你身上究竟发生了什么，真的是索拉难病毒又变异了吗？"

我说："吴璜呢？"

罗博士继续看着我，兴奋地说："但是索拉难病毒的机理我们已经研究透彻！一旦被血液接触，百分百会被感染，百分百会致人死亡。你的心肺功能、语言功能、消化系统……全部崩溃了，而且根据我们的研究，这一切是不可逆的。"他上下打量着我，"你身上到底发生了什么？"

他的语速如此急促，像是连珠炮一样，眼神也很急切，仿佛我在他眼中是一件珍宝，而不是致命的丧尸。真是典型的科研人员。我心里想，但还是忍不住问："吴璜呢，她在哪里？"

"噢，噢，那个女孩，她很好……"

罗博士说完后，吩咐士兵又把针管插进我的动脉里。我说："别费力气了，我身上没有……"说着，我也愣住了——随着推杆的上升，一股褐色的液体在针管里出现了，虽然很黏稠，但确实是血液。

罗博士甚是惊喜，迫不及待地收起注射器，装进冷藏箱，匆匆出门。看守的士兵们知道我吃过饼干，因此每天送常规食物进来。他们也对我充满了好奇，我埋头吃东西的时候，他们会向东

彼岸花

问西，我回答之后，也问道："对了，这个罗博士是什么人啊？"

士兵们立刻露出敬意。原来，别看罗博士不修边幅，在病毒肆虐前，就已经是病理学博士了，好几篇论文都登上了顶尖期刊。病毒暴发后，他一心研究丧尸，寻找解决这场末世浩劫的办法，研制出了许多对付丧尸的药。之前丧尸行动缓慢，就是因为罗博士把僵化药藏在尸体里，漂到岸边让丧尸啃食，再辅以药剂喷雾，才让他们集体行动迟缓，战斗力大减。

"原来这个书呆子这么厉害啊。"我也不由得佩服起来。

在接下来的几天里，罗博士每天都会来抽一管我身上的血，每次他来时脸上的惊异之色都会加深。有时候他围着我转，嘴里念念有词，说："到底是怎么回事……长得也一般啊，怎么会如此不同？难道是因为他身上长了一朵花？"

我一听，连忙说："怎么会！虽然你厉害，但这朵花可不是为你长的。"

"那是为谁？"

"是为了吴璜。"我慢慢地说，"我生前的女朋友。"罗博士听完，若有所思。

也许是这句话起了作用，第二天，吴璜就来看我了。墙面镜被调成透明的了，隔着玻璃，我与吴璜对视着。她看起来很高兴，但嘴里说的话却完全被玻璃挡住了，我什么也听不到，不过能看到她脸上的笑容，我也很开心。我肩上的花随着她的笑容招展摇曳。

那天过后，我很长时间没有看到吴璜。玻璃外看守我的人看我的眼神也出现了一些变化，不再是一味的嫌弃和恐惧，目光中掺杂了一些别的东西。

"外面肯定正在发生什么事情。"我想，而且直觉告诉我，这件事肯定跟吴璜有关。

这一天，玻璃外看守的人换了班，但下一班人迟迟不来。我有点好奇，于是推了推门，不料合金门竟应手而开。

我叫了一声，但门外空荡荡的，无人回答。我只得疑惑前行。廊道里空无一人，直到我走出看守区，都没有见到一个士兵。

我高兴起来，想去找吴璜，便嗅了嗅空气中的味道，随即朝人类气息密集的西边走去。

天色惨淡，一群鸟在树林里扑腾。这片营地藏在一片树林中，人类伐出了一大片空地，空地上布置了许多帐篷和板房。我走到一处板房前，听到了喧哗声，迈步进去前又停下了——我这副相貌，要是进了人群，恐怕会吓坏不少人。于是，我绕开板房和帐篷，沿着周围的树木转悠，希望听到吴璜的声音。

走了一会儿，直到夜幕降临，吴璜的说话声没听到，却撞到了一个人。

"是谁呀……"对面的人疑惑地问。

借着远处帐篷透过来的灯光，我隐约看到，站在我面前的是一个小女孩，十岁左右，穿着破旧的裙子，正好奇地看着我。

她想必是出来捡拾柴草的，光线太暗，她看不清我灰败的脸色和腐烂的伤口，只有一个模糊的轮廓。她好奇地盯着我，说："你也迷路了吗？"

我说:"你迷路了? 那我带你回去吧?"

我牵着她的手,朝树木缝隙透出的光亮处走去。"你的手好冷。"她抱怨道。

我有些不好意思,挪了挪,隔着衣服握住她的手臂。"这样好些了吗?"

"好多了……其实冷一点也没有关系。"

夜深了,身后的树丛里传来窸窸窣窣的声音。我低头看了下,小女孩走得很认真,不禁问道:"你不害怕吗?附近可能有丧尸。"

"我听妈妈说,丧尸已经不可怕了。"她说,"最近营地里还来了一个丧尸,身上长着花儿,蓝色的,可好看啦,而且不咬人。要是每个丧尸都这样,我很快就能回家了!"

我不禁一阵暗喜,又问:"你家在哪里?"小女孩挠挠头,说:"我忘了……"

正走着,草丛里一声轻响,小女孩"呀"了一声。

"怎么了?"

"我的手被划破了……"

其实不用她说,我也知道她流血了,因为我的鼻子本能地抽动起来,牙齿一阵战栗。久违的饥渴感涌上脑袋,让我一阵眩晕。

"是我划伤,你怎么呻吟起来了?"她奇怪地说。

这一声稚嫩的话语将我从饥渴中唤醒,我蹲下来,从衣服上撕下布条,替她包好。幸好伤口不深,可能是被锋利的叶子划破了,包好就没事了。

我们牵着手走到帐篷区,聚集起来的人们看到我们,都惊呆了。一个女人冲过来，拉开小女孩，退后两步，警惕地看着我。

"她迷路了，所以我带她回来。"我解释道。

女人看了看小女孩，后者点点头，她犹豫一下，低声道谢。

人们看我的目光有些柔软了，其中一个人鼓起勇气走到我跟前，又转头冲其余的人笑道："他真的不咬人……"于是，更多人走了过来，好奇地捏捏我身上的肉，还有人看到我肩上的花了，赞叹道："这朵花真漂亮，这个丧尸真风骚。"在这些赞扬声中，我真的红了脸。

吴璜就站在人群中，视线越过许多人，也看着我。这时候夜色浓重，帐篷里有灯光透出来，仿佛一个个昏黄的月亮，落在了地上，簇拥着她。

在与她的对视中，我肩上的花苞微微颤抖，仿佛被风吹动，又仿佛在蠕动。所有人都瞪大了眼睛。我一愣，也转过头，看到花苞以肉眼可见的速度绽开，蓝色花瓣虽然小，但层层叠叠，幽香四溢。

彼岸花

"花开了？"吴璜走近说。

"是啊，看到你，"我说，"花就开了。"

她伸手想去触碰，随即又缩了回去。我连忙摘下一片花瓣，居然微微有一些痛楚，皱了皱眉。

"怎么了？"她问。

"没事，这片花瓣送给你。"

吴璜刚刚接到手里，刚想说什么。这时，一群士兵挤开人群，把我重新押了回去。

不久后，罗博士又来见了我。他还是一副脏兮兮、乱糟糟的模样，眼睛里血丝密布，似乎好几天都没睡着了。他靠近我的时候，我嫌弃地退了一步："你手上有油，别碰我……"

"那你跟我走。"

"去哪里？"

他说："去见你的朋友啊，跟你一起来的丧尸。现在你的身体已经跟丧尸不一样了，我得看看丧尸对你有什么反应。"

他领着我来到关押老詹姆和其他丧尸的看守室，门一打开，丧尸们立刻"呜呜"嘶叫，罗博士连忙退出去，把我留在房间里。

丧尸们围过来。

我有点害怕，毕竟我身体里也开始有血流淌，对他们而言，这足以引发可怕的饥饿感。

但老詹姆看了我很久，才抬起头，打着手势："你好像变胖了。"

我说："你好像变丑了。"

其余丧尸也跟我打招呼，我问他们："你们一直在这里吗？"

"是啊，"他们说，"原先有很多丧尸，一个个被拖出去，说是做实验，结果都没有回来。现在就剩下我们几个了。"

见丧尸跟我一直闲聊，没有丝毫攻击的意图，罗博士和士兵们走进来。丧尸们立刻扑过去，士兵们喷出网兜，罩住他们，罗博士拉着我走了出去。

"我还没跟他们聊完呢……"我抱怨说。

走到门外，我眼睛一亮，因为面前站着吴璜。她脸上笑意盈盈，看着我说："阿辉，我要找你借一样东西。"

"不管你要借什么，我都会给你！"我连忙拍着胸脯说。

她指着我的肩膀，"你的一片花瓣。"

原来，我被关在看守室的几天，吴璜也没有闲着。她回到营地以后，仔细琢磨我身上的变化——我既然能够由丧尸向人类转变，从死亡之河的另一岸横渡而回，那其余丧尸也应该有生还的可能。

她向幸存者临时委员会汇报了我的情况，委员们有不怕我的，也有怕我的，两边争执不下。直到我牵着小女孩的手出现在帐篷区，他们才最终确认我跟其他丧尸不一样。

而吴璜思索许久，发现我身上唯一的不同之处，就是肩上伤口长出来的花儿。想通之后，她连忙去找我，听士兵说我被带到了老詹姆这边，又跑了过来。

我看着她的眼睛，说："这朵花本来就是为你长的，你要摘掉，当然可以啊。"这句话一出口，周围士兵们面面相觑，连罗博士也皱了下眉头，嘀咕道："没想到世界末日了，还被丧尸喂一口狗粮……"

我说："我们本来就是情侣嘛。"

吴璜的脸也红了，忙说："不要一整朵，花瓣就可以了。"她让我站住，用镊子小心地夹下花瓣，放在冷藏盒里，递给罗博士，"您可以分析一下成分，制成药剂。"

罗博士如获至宝，连连点头。

三天后，根据花瓣研制出来的第一管药剂就出现了。整个营地的人都很兴奋，在实验室外围观，要看药剂打进丧尸体内的效果。我也被带到了关押老詹姆的看守所外面，跟人群一起观看。

罗博士显然三天都没有休息，眼睛里的血丝密密麻麻，但他脸上是兴奋的，手也在微微颤抖。

"这就是世界的希望，"他说，"如果每个丧尸都能变回正常人，那我们就可以跟亲人再度拥抱了。"

这番话在人群里引起一阵涟漪，有些人的眼角噙着泪。

在所有人的注视下，他将注射器扎入老詹姆的一条胳膊，然后迅速退出看守室。老詹姆被捆在座椅上，罗博士离开之后，按下了某个按钮。

单向镜子里面，我看到几个丧尸身上的皮带"啪"的一下被解开，丧尸们都站了起来，在房间里走动。只有老詹姆还坐着，脑袋微晃，似乎有些迷茫。

看到他不同于其他丧尸的模样，我心里一喜，站在一旁的吴璜也露出了笑容，"看来我猜得没错，你肩上的花，确实是解……"

话还没说完，看守室里就发生了变化，老詹姆一下子站起来，脸上的腐肉疯狂地痉挛，龇出乌黑的牙齿，狂躁地走来走去。他一边走，一边发出低哑的"嘶嘶"声。

丧尸们有些困惑，冲老詹姆打着手势，但他没有丝毫反应。我和吴璜对视一眼，都非常不解。

这时，老詹姆仰头嘶吼，却只发出低沉的呜咽。吼完后，他猛地转身，朝一个丧尸扑去，咬住了丧尸的手臂，然后猛一甩头，将那个丧尸的整条手臂撕了下来。

一束黑血从丧尸肩上喷出，溅在单向镜上，缓缓流下，将我们的视野染成一片黑红。

八

药剂实验失败之后，我又回到了看守室。这次，一连好些天都没人来看我，墙面玻璃又恢复成单向镜了，士兵们也只把食物放进来就走，不愿再与我多交谈。

我更担心的是吴璜，她极力争取的机会，希望靠我身上这朵花研制解救丧尸的药，却不料药剂竟让丧尸极度疯狂，连同类都咬。这种挫败感肯定会让吴璜不太好受。"都怪你啊，"我扭头看着肩上兀自摇摇晃晃的花朵，"一点儿都不争气。"

正当我百无聊赖的时候，门被推开了，罗博士带着士兵们走进来说："跟我来。"我跟在他身后，走出了看守区，穿过幸存者生活聚集的地方。路过时，很多人都以异样的目光看着我，但他们都没有上前跟我说话。我有些诧异，小声问罗博士："他们怎么了，好像有点怕我？"

罗博士转过头，在厚厚的镜片下，他的眼神有些灰暗。他小声说："他们不是怕你，是尊敬你。"

"啊？为什么？"

"因为你马上就要当大英雄了。"我一愣，"怎么回事？"

罗博士却叹了口气，摇摇头，说："进去再说吧。"

很快，我就知道自己要帮什么忙了。我们走进了军队的指挥室，几个身着戎装的军人一脸严肃地围着我，为首的正是之前在营地前迎接我的那位白发军官。

"从这朵花上提取的药剂失败，证明你只是个例，也就是说，

彼岸花

我们不能把希望放在将丧尸变回成人类上。"军官眯缝着眼睛看着我,眼神锐利如鹰隼,说:"现在,我们决定组织一次反攻。"

"但你们之前不是试过很多次,每次不都被丧尸打回来了吗?"我说。

军官不自然地咳嗽了一声,说:"也不能叫被打回来,我们那是战略性撤退……总之,这次我们有了制胜法宝,就是罗博士最新研发的 FZIII 型病毒。"

罗博士站在一旁,小声道:"FZIII 还没有研制成熟,IV 型也只是理论,需要复核实验……"

"战争就是最好的实验。"军官打断他的抱怨,"FZIII 型病毒是你一手研发出来的,你来解释一下。"

说起病毒,罗博士振奋起来,从旁边的金属箱里拿出一支试管,举到我眼前。冰蓝色的液体在里面晃荡,在灯光的照射下,这半管药剂显得美丽又诡异。

"FZ,意思就是冰冻丧尸,当然,这是一种修辞手法,它不会真的将丧尸冻住,但可以让他们行动迟缓,最终彻底成为不能动弹的僵硬尸体,真正死去。你放心,FZIII 型对人无害,它能识别丧尸体内的索拉难病毒,并以之为养料,将两种病毒结合,在丧尸体内进化成 IV 型。III 型只能拖慢丧尸的速度,而 IV 型能将丧尸彻底杀死,还具有传染性,可以一劳永逸地解决大量丧尸。"罗博士用看恋人般的眼神注视着试管,喃喃道,"它是丧尸的毒药,却是人类的解药。"

我听得不是太懂,就问:"既然这么厉害,你们用就是了,把我叫过来做什么呢?"

军官说道:"咳咳,这个……FZIII型的研制还不是很成熟。我们把它放在尸体上,进入丧尸内部,再用气罐把它洒进丧尸群,沾在丧尸皮肤上。这样内外结合,的确能让丧尸的行动变得迟缓,但也仅此而已。FZIII型病毒在丧尸体内并没有进化成IV型病毒,也就没有形成传染性,因此杀伤力并不大。"

罗博士接着解释道:"我想了很久,原因可能是丧尸体内的索拉难病毒太过密集,且有自身的防御机制。所以FZIII型病毒需要在某种温和的环境下,进行过渡性培养,这种环境既要有血肉,又要有索拉难病毒……"

我一拍脑门,说:"这说的就是我身体里嘛。你们是不是想用我的身体当作培养皿,培育IV型病毒?"

军官们互看一眼,似乎没料到他们的想法被我这么直接地说出来了,彼此都有些尴尬。罗博士挠挠头,"这个也只是理论,我觉得还需要大量时间来验证。"

军官挥了下手,似乎斩断了空气中的某种东西,说:"可我们没有那么多时间了,丧尸越来越多,再迟一会儿,说不定人类的火种会彻底熄灭。"

罗博士小声嘟囔着什么,却也没有再争辩。

我看了看罗博士涨红的脸,又看着军官刚毅强势的表情,最后,将视线落在了幽蓝的FZIII型病毒试剂上。良久,我叹口气说:"我答应你们。"

罗博士说:"你要想好,IV型病毒的效果现在还只是推测,如果它在你体内真的出现了,我不知道会发生什么……但很大可能,你也会死。"

这一刻，我并没有感觉到死的可怕，或许是因为已经死过一回了。不过想想，在死亡之河上来回横渡，也是件挺酷的事情。而且，如果真的能阻止丧尸，那吴璜就能活在没有危险的世界里了。这么想着，我心里涌起一阵崇高感，还有点不易察觉的喜悦——没想到我成了拯救人类的关键，如果这是好莱坞电影，那么我就是主角，我就是布拉德·皮特。

我点点头。军官露出喜色。罗博士欲言又止，但还是用注射器抽出药剂，再缓缓注入我的血管。一股冰凉的感觉在血液里蔓延。"接下来呢？"我捂着手臂问道。

军官说："接下来你要回到丧尸中间，等 FZIII 型病毒慢慢进化成 IV 型，让病毒在所有丧尸中传播，结束这场灾难。"

"丧尸……真的不能救了，只能毁灭吗？"

"嗯，你只是个例。我们做过尝试，你也看到了，只能让丧尸变得更疯狂。"

我点点头。我想起老詹姆说过的话，在所有的故事里，丧尸都会被消灭，只是早和晚的区别。尽管早已料到这样的结局，想想还是让人觉得有些悲哀。"但我有个条件，"我说，"我要见吴璜。"

军人们对视一眼，目光里交换了许多我看不懂的信息。最后白发军官还是点了点头，说："我带你去见她。"

因体内注射了 FZIII 型病毒，为保险起见，我被放进了隔离车。

车上还绑着其他几个丧尸——这是军官的安排，如果 FZIII 型病毒在我体内进化成 IV 型，那么在车厢里我们就会互相传染，到时候直接放出去，传染率会提高。他们中还包括上次发了疯的老詹姆，但奇怪的是，现在他手脚被捆，眼神却格外平静，似乎那次疯狂的咬人事件耗费了他所有的力气。

但我没有理会他，只是透过玻璃看着赶来的吴璜。她身后还有几个士兵，拿着枪，离她很近。

几天不见，她瘦了许多，脸色憔悴，几缕发丝垂在耳畔。隔着厚厚的玻璃，我们对视着。

"我要走了，"我说，"要回到丧尸中去了。"

"嗯。"

"如果这场灾难解决了，你要好好活下去。"

她点点头，答道："嗯。"

"你还有什么要对我说的吗？"我不好意思地摸摸鼻子，"虽然有点矫情，也俗，但离别的时候，总要说点什么吧？电视剧里都是这样的套路。"

吴璜看了看旁边的白发军官，军官点了点下巴，她才上前一步。她的脸离我很近，气息将一小块玻璃晕得氤氲，也模糊了我的视线。

"我这几天没怎么休息，"她说着，用右手中指轻轻按着太阳穴，似乎累极了，揉了一圈也没放下来，"你肩上的这朵花，不是丧尸的解药，丧尸不能转化成生人。你去吧，我在这里很安全。"

我点点头，挥了挥手。

隔离车启动了，载着我往来时的路上驶去，吴璜的身影更加模糊了。

突然，我捂着手臂，倒在车厢里，浑身抽搐。

彼岸花

罗博士透过玻璃看到了我的异状，先是一愣，继而快跑两步，使劲拍着车门，大喊道："停一下，停一下！"驾驶室里的人应声刹车，罗博士隔着玻璃问我，"你怎么了，是不是 FZIII 型病毒起作用了？"

我抽搐不止，艰难地回答："不……身上好冷……"

"快，钥匙在哪里？"罗博士叫道，"把门打开！药效提前发作了，我要把他带回去研究！"

拿钥匙的士兵走过来，还在犹豫："博士，万一……"

他话还没说完，钥匙就被罗博士抢走了。他打开车门，跳进车厢，凑到我面前问："现在你是什么感觉？"

我张开眼，映入眼帘的是罗博士关切的神色，不由暗自惭愧。我小声道："对不起了……"

"什么？"

我陡然翻身，一手从车厢前的士兵腰间拔出手枪，另一只手扣住罗博士的肩膀，将他朝外抵着。人们还没有反应过来，枪管已经顶住了他的脑袋。

"都别动！"我大声道，"谁敢动，我就杀了他！"

丧尸的声带和舌头都坏死了，除了嘶吼，无法发出复杂的声音。但我们有一套自己的交流方式，就是打手势。在海上漂流的时候，吴璜问过我，吃饭、走路和撒谎怎么表达。

而用中指按着太阳穴，轻揉一圈，正是撒谎的意思。我还告诉过她，如果表示一直撒谎，手指就不要放下来。

刚刚，她跟我道别的时候，手指便按在太阳穴上。她是在告诉我：她说的话是谎话。

就是说，我肩上的花是丧尸的解药，丧尸能够转化成正常人。最关键的是，她并不安全。

联想到带着武器的士兵与她寸步不离，她说话还要经过白发军官同意，她的消瘦憔悴……我可以断定——她正在被软禁。

尽管不知道原因，但我曾经对吴瑁说过，我会保护她的。说了这句话之后，我出门就没有再回来。我不能第二次食言。

在所有人惊恐的注视下，我挟持着罗博士，与军官对视着。军官不愧是沙场老手，几乎没有迟疑，第一反应就是举枪对准了吴瑁的脑袋。

"我们各有一个人质，"军官盯着我，冷声说，"但我的人比你多。你要想好。"吴瑁却不管不顾，大声叫道："你别管我，快跑！你肩上那朵花是解药，之前的药剂被人调了包，丧尸才狂性大发！你要保护好它！"

我顿时明白了，怒气冲冲地看着军官："你怎么这么卑鄙！难道治好丧尸会影响你的地位？"

军官说："一派胡言！快放下刀，放了罗博士！"

我往身后看看，慢慢拉着罗博士后退，说："你有士兵，但我也并不是一个人……"说着，我一挥手，拉开最近的一个丧尸身上的绳扣，他得了自由，低吼着要来咬罗博士，被我一脚踢到车厢口。他还没爬起来，就闻到了更为浓烈的生人气息，他变得更加疯狂，朝士兵们扑了过去。

我如法炮制，将丧尸们全部放了出来，只留下了老詹姆。车厢外一片混乱，只要有人被咬，很快就会加入丧尸的阵营。士兵们仓皇后撤，吴璜趁机摆脱了挟持，向我跑过来。她经过一个丧尸身边时，丧尸张嘴就要去咬她，我连忙喊道："右边！躲开！"她听话地跳了一步，丧尸便去追逐其他人了。

她跑到车前，我也丢下罗博士，跳下了车厢。"现在呢？"我问她。

"快走！"

我反手合上门，将老詹姆和罗博士关在车厢里，然后绕到驾驶室。司机早就跑掉了，车门都是敞开着的。我和吴璜坐上去，启动车子，迅速逃离。

我瞟了一眼后视镜，身后依然一片混乱，但士兵们已经稳住了阵脚，正在逐步包围丧尸们。一个丧尸从泥地里跃起，扑向军官，立刻被弹雨打成了筛子。

吴璜显然也看到了。她发出轻声的叹息。

九

车在林间行驶，原本的道路因无人修整，杂草从两旁蔓延到路上。车轮一路向前，轧过草茎花藤，发出吱吱声。

"我们去哪里？"我开着车，问道。

吴璜摇摇头，说："我不知道……"她看到我手上扶着方向盘，又"呀"了一声，"你开车很熟练啊。"

我看看自己的手，笑了笑："这几天我记起了一些事情。"

"那你记得自己的身份了吗？"

"还没有……不过我的身份你早就告诉过我了，以后我会慢慢想起来的。"

前方的路变得熟悉起来，我一愣：这不就是我们在草坡上被抓后，士兵把我们押回营地的路吗？这仿佛是某种循环——几天前，我冒险把吴璜从丧尸之城里带出来，送到人类营地；现在，我们又拼死从人类的营地逃出来，回到了原来的路上。

透过车窗，可以看到那个隆起的山坡，像是绿草地伸出了舌苔，等着迎接天空的滋润。

"对了，这几天到底发生了什么？"我转头，看着吴璜消瘦的侧脸，"你怎么会被他们软禁呢？"

她说："那天给丧尸注射试剂，丧尸更疯狂，但我越想越不对，就用你送我的那片花瓣再萃取了一小管溶剂，悄悄给老詹姆注射了。不到半个小时，我就看到他体内的索拉难病毒浓度开始降低，血小板也渐渐恢复了活性。因此我想，上次之所以让丧尸疯狂，是有人把药剂调了包，不希望丧尸变成人类。但还没等我把数据保存好，那个白头发的将军就察觉到了，他说我跟丧尸为伍，就把我关了起来。如果不是你提出要见我，可能我现在还被关押着。"

我愤愤地拍了下方向盘，"我一看那家伙就知道他不是好人！我看，他是怕丧尸变成人类，影响他的地位。哼，一把年纪了，还抓着权力不放！为了维持现状，宁愿把几十亿人拖下水。"

吴璜说："但现在你肩上这朵花还在，我们找一个安静的地方，把解药研究出来。"随后她又皱了皱眉，"不过我虽然学医，也只是研究生水平，不知道能不能成……"

我安慰道："没关系的，有时间和工具，慢慢来，你一定能成

121

彼岸花

功。"我一拍脑门，"对了，我不是把罗博士也抓过来了吗？你们一起合作，一定可以！"

我想起罗博士和老詹姆还关在后车厢里，便停下了车，打开车厢。

罗博士惊魂未定，好在老詹姆被牢牢捆着，没有伤害到他。我向他解释了一切，他边听眼睛边发光，连连点头，说："好，好，好！"他看看我，又看看吴璜，再看了一眼老詹姆，"我们四个正好可以成为拯救世界的组合！"

"是啊，一个女人，一个男人，一个丧尸，和一个……"我看看我自己，"半丧尸半人。这样的组合很符合好莱坞电影群戏的人物设置。"

吴璜也露出了笑容，下午的阳光在她的笑纹里流淌。她说："我们一定能拯救世界！"

这个午后格外美丽，阳光和煦，草长莺飞，春风拂过大地，空气清新异常。这一切都像是一个故事的尾声，一出舞台剧的落幕，没想到我能活到结局，我心里格外高兴。

"那走吧！"我手一挥，"我们驶向希望之地。"

我正要开车，手臂上突然传来一阵寒意，仿佛有冰块塞进了我的血管里。我全身战栗，从座谈椅上摔了下来，枪掉在地上。

吴璜连忙扶住我，神色惶恐，一旁的罗博士却后退了一步，疑惑地看着我："又来？"

我筛糠似的发抖，声音碎成一缕一缕的，"不是，真的很冷……""应该是 FZIII 型病毒真的发作了，要进化成 IV 型了？"

我也不太清楚，但身体的异状越来越强烈，我咬牙道："应该是……有什么办法……可以救我吗？"

"那我就放心了。"

听到罗博士的这句话，我一愣，吴璜反应慢了半拍，也扭过头去，问："啊？"

"看来我的研究成功了。"罗博士走上前，捡起我落在地上的手枪，露齿一笑，"这场丧尸浩劫，因我而起，也会在我手里终结。"

他笑的时候，牙齿上仿佛映着匕首的寒光。这一刻，他眼睛里的木讷和呆滞不见了，一心埋头科研的宅男气质也烟消云散，取而代之的，是狂热和残忍。

他吐口唾沫，又舔了舔嘴唇，道："你要是不发病，我还得找个机会制服你们三个，但现在，上天也来帮我了。"

吴璜刚想过来拉我，立刻被他用枪指着，"你最好别动，我的手是用来做科研的，握着武器很不习惯，一不留神就会走火。"

吴璜立在原地，看着他，好半天才说："那么，之前那管试剂，是你调的包？"

"当然。"罗博士低头看着我，"你能从看守室跑出去，也是我安排的。"说着，他拍了拍脑袋，"但我就不多说了，我也看过不少好莱坞电影，反派总是死于话多。现在，让我们来进行毁灭所有丧尸的最后一步。"

他拖着我，来到后车厢，将我推了上去。

"如果我的研究没错，你身上的 IV 型病毒会很快传染给这个丧尸。你们都会死。"他持枪站在车厢前，目光灼灼，似乎在欣赏期待已久的表演，"然后我把培养好的病毒带回去，我依然是人类的救星。"

彼岸花

我体内的寒冷越来越剧烈，我想向他扑去，但只能蜷缩着身体。FZIV 型病毒似乎通过空气传播，我看到老詹姆原来龇牙咧嘴的表情都出现了细微的变化。FZIV 型病毒在他身上已经开始起作用了。

罗博士脸上笑意更浓了，说："哎呀，我终于明白反派为什么要说那么多话了，因为此时此景，实在让人得意啊——你知道吗？那天晚上我们一直跟在你身后，如果你咬了那个小女孩，我们就会毫不犹豫地杀死你，人类就会知道丧尸不可拯救。但你居然没有，我们暗中把她划伤，流出血来，你都没有下口。我把你带到看守室，这个丧尸居然也不咬你……但没关系，最终还是我赢了。"

"为……为什么一定要杀死丧尸……"我颤着声音问，"我们都是人啊……"

他挠挠头，说："人？人跟病毒有什么不一样呢？都是暴发性增殖，都在疯狂掠夺资源。这颗星球上的人太多啦，得清理掉一些，把空间和资源省出来。你放心，剩下的人会活得很好的，我们会走上新的进化之路。"

相比于体内的病毒，罗博士的话更让我感到冰冷。

他转头，看到了我肩上的蓝色小花，"对了，还有这朵花。真是奇怪，其他博士花了那么多精力也研究不出索拉难病毒的解药，怎么这朵花就行？难道是自然的自我调节，就像你们中国人说的，毒蛇出没处，七步内必有解药？"

他凑近了，凝视着花，突然一把将它连叶带茎地扯了下来。一股剧痛在我肩上穿过。

"就算是大自然，也战胜不了我！"他说着，从兜里掏出一支试管，里面是透明的液体。他把花塞进试管后，透明的液体迅速鼓出气泡，在密集的气泡中，整朵花都被溶解了。

罗博士把试管扔掉，溅出的液体在车厢壁上嗞嗞作响，说："丧尸就是丧尸，就应该被杀死，不要妄想着重回人类之身了。"

我满心绝望，却只能缩在地上，听着他得意的声音，看着老詹姆逐渐僵硬的表情，想着吴璜……对了，吴璜呢？

"叫你话多！"吴璜从车厢一侧跳出，手里举着一块石头，向罗博士砸来。

我顿时大喜，看来戏剧规律还是起了作用，反派只要话多，就能被打败。

但下一秒，罗博士敏捷地跳开，手按扳机，一颗子弹划过吴璜手臂，血流了出来。老詹姆明显有些躁动了，耸动肩膀，但被捆得很结实，无法起身。

"好险，"罗博士夸张地拍着胸膛，"差点就让你们得手了。"

吴璜捂着受伤的手臂，悲愤地盯着我。我刚刚升起的希望破灭了，绝望地看着吴璜。

然后，我们俩的目光同时变得明亮起来。

我朝她点点头，她也颔首。她突然伸出手，将手上的血抹在罗博士的脖子和脸上，然后连忙跑开。

"咦，你这是……"罗博士惊慌地摸了摸脸，见只是鲜血，便放下心来，"这是垂死挣扎吗？"

"或者，绝地反击。"

这六个字是我说的。话音刚落，我已经凑到了老詹姆身前，

彼岸花

手指用力抠动，解开了他身上的皮带。

下一秒，这个丧尸从座椅上腾起，扑向了罗博士。

罗博士惊惶后退，但车厢离地半米，他一脚踩空，仰面摔倒在草地上。他跌在空中的时候，手指连扣，枪管响起一连串的砰砰声，子弹在车厢壁上弹来弹去。

我连忙蜷缩起身子。

老詹姆的身体被好几颗子弹击穿，但他浑然不惧。他的眼神格外怪异，仿佛驱使他去攻击罗博士的，不再是饥饿，而是真正的愤怒。

他踉跄着走到车厢口，低声嘶吼。

罗博士还没爬起来，就见一个黑影朝自己压了过来。老詹姆紧紧抱着他，张嘴向他脖子上咬去。

罗博士手被箍着，但还是疯狂地朝老詹姆的肚子开枪。子弹穿透了老詹姆的身体，带出腐肉和隐隐见红的血液，在空气中散成血雾，仿佛一蓬蓬红色蒲公英从他背后长了出来。但他没有停顿，一点点凑近罗博士的脖子，张开嘴巴，又一点点咬了进去。罗博士的眼睛里布满了绝望，像是两潭沼泽。

血先是从老詹姆的嘴角溢出，接着，罗博士的颈动脉处涌出一道鲜红的喷泉。这对丧尸是无比强大的诱惑，但老詹姆丝毫没有吮吸，依旧死死咬着。直到罗博士没了气息，双眼完全失去了光芒，才松开牙齿。

我挣扎着爬过去，看到他躺在罗博士旁边，周围一片血污。吴璜站在几米外，想要靠近，却又不敢。

"你怎么样？"我问道。

他艰难地比画着:"我的腰椎被子弹打穿了,脑袋也中了一枪。"我想说"你会没事的",但我又不愿骗他,只是道:"哦。"

"你看到没有,我的血也是红的了。"他说,"你的花真是有用,我原本也可以重新变回真正的活人。"顿了顿,他又补充道,"但现在只能是真正的死人了。"

是啊,虽然他有了重新回转人类的迹象,但现在还是丧尸,受了这么重的伤,还感染了FZIV型病毒,很快就会彻底僵化,不再动弹。

"你别用这种怜悯的眼神看着我,"老詹姆道,"你的情况,比我好不到哪里去。"

"但你会先死。"

他做出一个哈哈哈的手势,从表情上看却没有丝毫喜悦。过了一会儿,他又比画道:"真遗憾,你也要死,"他指着不远处不知所措的吴璜,"你原本可以有幸福。"

我趴在车厢边,俯视着他。他的面孔虽然被血污遮住,但五官一下子清晰起来,浓雾中飞鸟扑扇而出。雾气散尽,我终于看清了记忆迷雾里的一切。

"我想起你是谁了,"我说,"你不是演员,也不是教师。"

"那我是……"他问道。

但这个手势没比画完,他的手就彻底僵在了空中。

我躺在草坡上,茂盛的草叶遮蔽了我,吴璜坐在一旁。

"你现在好些了吗?"

"我快死了。"

吴璜哀戚地看着我,"我带你回去,我一定能治好你的。"

彼岸花

"不用了……也来不及……"寒冷的潮意在我身体里不停地涌动，我要集中精神才不会睡着，"我身体里携带的是 IV 型病毒，如果回去，一定会被将军提取出来，用在丧尸身上。但丧尸是有解药的，你要找到那朵花，救……救我们……"

"但花……被罗博士毁掉了……"

我努力侧过头，一片草叶在我鼻尖搔动，有些痒。我说："肯定不止这一朵，大自然有它自己的平衡机制，既然出现了索拉难病毒，就一定会出现解药。我不小心让解药的种子落在了肩上，长出了这朵花。花虽然被罗博士毁了，但一定还有其他种子，你要找到它……"

有液体落在我脸上。真好，是温热的感觉。

她离我近了些，把手放在我额头上，"你身上很冷。"

"嗯。"我说。

"对了，我有一件事情骗了你。"我的声音越来越轻。

"我知道。"

"啊？"

"我不是阿辉，不是照片上的人。我跟他只是长得像，但我们其实不是情侣。我们甚至都不认识。"

"是啊，我和阿辉只是逃跑的时候，跑到了你的房子。"吴璜看着我，好半天又说，"你全部记起来了吗？"

"是啊，或许是回光返照吧，我记起了一切。我是另一个人，我有别的故事，我不是阿辉。"天黑了吗？我的视野有些模糊，但还是努力睁着眼睛。

"对不起，当时你说是阿辉，我没有解释，我想着你会保护我。"

我点点头，"但我还是很高兴，我保护了你。"

吴璜抱着我的头，过了一会儿，问道："那你到底是谁呢？"我想发出声音，但喉咙却干涩无力。

她把耳朵凑到我嘴边。

"我叫……"我吞了口唾沫，"叫……"

"什么？"

"布拉德·皮特。"

尾　　声

那场争斗过后，和平持续了很久。

在人类和丧尸对峙的日子里，我经常会跟姐姐一起，在树林里寻找。我问她，我们在找什么。她说，找一种花，一种能将亡者从死亡河流的彼岸渡回来的花。她给它取名为彼岸花。

现在，彼岸花是人类和丧尸的共同希望。

那天，姐姐一个人回到营地，告诉我们，罗博士死了。军人们警惕地围着她，要杀了她为罗博士报仇，她让士兵先搜查罗博士的住处，查阅他电脑里的信息。于是，我们知道了罗博士才是这场浩劫的罪魁祸首，而让丧尸逆转的关键，就是丧尸叔叔肩上那朵招摇风骚的花儿。

说起来，我还见过那位丧尸叔叔。

那次我在树林里迷路，是他拉着我的手，带着我从夜幕里走了出来。我记得他的手掌很硬，一片冰凉，握起来却很有力量。但现在，他被埋在草坡下，已经过了很久很久，他的尸骨冰凉依旧，力量却早已消散在泥土里。

他肩上盛开的彼岸花，再也没有出现过。

但姐姐一直没有放弃寻找。她带着我，翻遍了附近树林所有的枝叶，连泥土里刚刚冒芽的草茎也不放过。有时候，她的胳膊被荆棘划伤；有时候，她从树干上跳下来崴了脚；更多的时候，她累得靠在树干上，轻轻喘气。

整个春天和夏天，我们都在寻觅，却一无所获。人们对它的希望开始变淡。等到了秋天，树叶开始泛黄落下，一切都变得萧索，姐姐却还没有停下的意思。有人劝她说，这个季节不会有花开，可能彼岸花只有一株，恰巧长在丧尸叔叔的肩上。还有人说，往者已矣，世界充满危险，但活着的人还要继续活下去。在人们的劝说中，姐姐始终抿着嘴，不发一言，第二天她又到树林的荒坡上去寻找彼岸花的踪迹。

直到冬天来临，这个沿海地带罕见地下起了雪，她才仰着头，看着天空，停下了脚步。她仰头的时候，我看不到她的表情，但我想，她的眼眶里一定盛满了泪水。雪会落到她脸上，落在眼睛里，在泪水中融化。

这个冬天，丧尸来进犯过两次。不知为什么，人们没有像以前一样认真地跟他们厮杀，而是且战且退，退到安全区域就停下了。我想，他们知道丧尸都有生还的可能，哪怕彼岸花迟迟没有找到，也不再单纯地将他们视为魔鬼了。

冬天还发生了一件事情，就是姐姐遇见了她的男朋友。一小队幸存者通过电台找到了我们，其中一个，正是在丧尸肆虐时跟姐姐分开的阿辉。阿辉哥哥说，他外出查探，被人群冲散，越走越远，没想到在这里又和姐姐团聚了。这种末世浩劫中的爱情格外温暖，也是我们都乐于见到的戏码。只是我看到，当阿辉哥哥抱姐姐的时候，她不自觉地退缩了一步。

就像人们说的，活着的人还要继续活下去。尽管整个世界都布满了丧尸，但我们在冬雪里互相取暖，彼此保护，有惊无险地挨过了这个寒冷的季节。

春天来的时候，我们打算再往后退，找一个更安全的地方修建营地。离开前，姐姐想去那个草坡一趟。

"去那里干什么？"阿辉哥哥说，"很危险的，那边有很多丧尸。"

"我有一个朋友，埋在那里。我们这一走，可能再也不会回来了，我想去看一下他。"姐姐说。阿辉哥哥肯定也听说了丧尸叔叔的事情了，沉吟一下，点点头，"那我跟你一起去吧，我也要谢谢他。对了，他叫什么名字来着？"

姐姐说："布拉德·皮特。"

他们去草坡的时候，我也跟了过去。我们穿过荒芜的道路，在茂密的树林里艰难行走，虽然困难，但好在一路上都没有碰到丧尸。我们从下午一直走到黑夜，又从黑夜走到黎明，才走出树林。之后，一大片生机勃勃的原野立刻扑面而来。

天气非常明媚，阳光穿破云层洒下，植物钻出泥土，仿佛厚厚的绿毯在地面铺开。春风低掠，钻出草毯的花朵在风中摇曳，姹紫嫣红。大风偶尔来袭，原野上便会涌起斑斓的波浪。我们涉草而行，一些花瓣粘在裤腿上，走着走着，姐姐的脸色突然有些变化。

这时，我能看到不远处的草坡，它的颜色并不斑斓驳杂，而是一整块亮蓝色，仿佛嵌在绿毯上的蓝宝石。"那是什么？"阿辉哥哥问。

姐姐愣愣地看着，突然迈步跑了过去。原野上布满了绿草与鲜花，她跑过的地方，现出了一道浅浅的痕迹。微风吹过，草痕消弭。她跑得那样快，像一只掠过草尖的雨燕，一头冲进了春天里。

我和阿辉哥哥连忙跟了上去。

走近了，我们才看清，草坡上竟然长满了奇异的小花，花瓣呈蓝色，上面蔓延着暗红的脉络。我见过这朵花，在许多资料上，在无数的传说里。

彼岸花。

这是埋葬丧尸叔叔的地方。他的身体在泥土里腐烂，但他肩上的种子经过一年的孕育，再度萌发，彼岸花迎风盛放，开满了整个山坡。

姐姐蹲下，喘着气，将头凑近花丛，深深呼吸。当她抬起头时，我看到她眼角涌出了泪珠，沿着脸颊滑下。泪水滑过的地方，被阳光映得发着微光。我不明白姐姐为何哭泣，但我知道，这是整个春天最美的痕迹。

赌　脑 / 顾　适

　　每一个生灵加入脑联网，都会带来
新的变数。

第一幕　雷震

Allegretto non troppo

（不太快的小快板）

暴雨如注。

一声炸雷落在近旁，轰轰然震得地都在颤。车夫话说到第二遍，林衍才听清："先生，先生，就是这里了！"

是这里？

林衍抬头去看。雨太大了，三步之外只剩一片朦胧，又一道闪电，亮光里仿佛见到一个字——"茶"。"是这儿，"车夫恳切地看着他，"城里就这一处了。"林衍摸出一块银圆，看看车夫褴褛的湿衣，又加了一块。"太多了。"那车夫绽开一个笑，"谢谢先生。"他抖着手把钱接过去，塞进车头上挂着的鸟笼里，"叮当"一声，仿佛已经有许多了。车夫又上前撑开伞，送林衍到屋檐下。地上的水已足有脚踝深，林衍蹚过去，皮鞋登时就灌满了雨水，裤子也被雨打得贴在身上。车夫还要弯腰去擦，林衍知道是徒劳的，便说："不必了。"就进到屋子里去。那门倒厚重，"嘎吱"一声在背后关上，隔绝开了一切，徒剩安宁。

来早了。

连伙计都没到呢。这屋子不大，却高得出奇，抬头看去，少说也有四丈。顶上洋教堂似的攒了个尖儿，一个大圆风扇在侧面缓缓旋转，此外便灰突突的一片，毫无装饰。低处略繁复些，窗上雕着梅兰菊竹的花样，只有一扇敞开，伴着雨声探进来一枝红杏。侧面立了个紫檀座钟，近处几张方桌，围着长凳，中间却支了个大台子，上面铺了暗红色天鹅绒布，摆着两个银质烛台——真可谓不古不今、不中不洋。

林衍最后才瞧见角落的火炉边还坐着一个人。那是一个夫子模样的瘦小老者，穿着马褂，正在打瞌睡。林衍低低咳嗽一声。半晌，那人才偏过头，掀开眼："我这店今儿不开张，请回！"

林衍被他这样眯着一盯，心竟突突地跳起来。只是他好容易才找到这里，怎么肯走，斟酌再三，还是开门见山道："在下是来赌脑的。"

老者闻言，方才用正眼瞧他，抖了抖衣袖起身，再去看林衍时，忽而咧嘴一笑，那嘴角的皮肉便如幕布一般，被拎起来堆到两颊上："呀，怠慢了！先生坐，我这掌柜当的，这么晚了还什么都没收拾！"话音也利索起来了。他说着拿起桌上的一对核桃，又去窗边：

"这么大雨！难怪——先生要是不嫌弃，我这有干净衣衫，您先穿着，过会儿等您衣服晒干了，再换回来？"

林衍哑然道："您说笑，这雨天怎么晒衣服？"

掌柜盘起核桃来，不紧不慢地道："先生难不成头一回进城？咱们这同外边不一样，我瞧今儿这天儿，不单会出太阳，晚些还要下雪呢——先生不信？不信我们赌一赌！"

林衍略有些拘谨："我可不是来同您赌这个的。"

掌柜笑得更深："自然，您是来赌脑的嘛。您先坐，我去把那几个头化开。"林衍怔怔地道："头……还要化开？"

掌柜道："可不，头这会儿都冻着呢！衣服我放在这儿了，您随意。"说着就走了。林衍见里外无人，干脆换上了店家备下的长衫和布鞋。不知什么时候雨停了，真升起了明晃晃的大太阳来，把杏花的影子打在墙上，随风摇曳。林衍把湿衣裤搭在屋角的凳子上，回过头时，竟见门口站了个少女。她一面伸手摘下兜帽，皓腕上露出一抹翠绿的冷光，一面嘟囔着："好冷。"那手放下来，又去掸身上的雪渣。林衍想看她的面容，于是就挪了一步，少女闻声转过身来，看见他，慌忙站定，柔声问："公子可是今日的庄家？"

巧笑倩兮，美目盼兮。

林衍呼吸一滞，顿了顿才道："庄家去准备那些……头……嗯，敝人姓林，叫林衍。"少女轻轻回了三个字："穆嫣然。"略为施礼，便径自坐到桌边去，把外袍解下来放到一旁，里面一身珠翠锦缎，奢华得十分随意，反倒显得可亲了。林衍一时忘了言语，见她看向自己，才慌忙开口道："穆姑娘……可是遇到雪了吗？"

穆嫣然看看窗外，抿嘴笑问："公子遇到雨了？"

林衍道："是啊，这天怎么会变得这般快？"

穆嫣然脆声道："城里东雨西雪，南夏北冬，都是常有的事，全看你走哪条路了。林公子是第一次进城吗？"

林衍答道："我都记不得了……姑娘倒像是很熟悉城里的境况。"他见那炉火上有个大壶，便取来给少女和自己各倒了一杯水，又顺势坐在她身侧。穆嫣然接过茶杯，道了声谢，又说："我是生在城里的。"

林衍问："从没出去过？"见她笑而不答，便赞叹道，"自然是了。看来姑娘便是人们口中的'完人'啊。"

穆嫣然却不喜欢这称谓，蹙眉道："什么'完人'？要我说，这'完人'就是被困在城中的木偶。"

林衍愕然道："困在城中？姑娘这话又是怎么说的？进城是多少人一生的梦想，他们想来却不得其门而入，你倒想出去？"

穆嫣然淡淡道："坤城弹丸之地，不过是借着与城外六国皆有城门相通，才能成为今日的枢纽。而六国虽彼此隔绝，时空又不稳定，但那里的天地却广阔无边。我一直很想去看看。"说着又转过头，对林衍继续说道，"我确实常听人说，外面的人都想进城来赌脑，公子可知是什么缘故？"

林衍想了想，才答道："赌脑说起来，赌的并不是脑这个物件，其实是在赌这些脑中有什么样的想法，什么样的记忆。人们读了脑中的信息，就如同在这世间多活了一遭，能看见以往看不见的路，做出不一样的选择——说到底，这赌脑就是在赌自己的命运啊。"

穆嫣然问："那你们赌上命运，又是为了什么？"

林衍低声道："大约……是为了改变自己的命运吧……"顿了

赌脑

顿，似是不想再多说，便问，"嫣然姑娘既是'完人'，为何还要来赌脑呢？"

穆嫣然眼眸一下子亮了："我最近一直在想，若是能读旁人的脑，那我就不只是我自己了，而会变成一个更强大的我——说不定我还能一下子明白这乱世的真相，进而改变这个世界呢！这不比读书有意思多了吗？所以我就来赌脑了！"

林衍讶然道："姑娘只是因为好奇？"

穆嫣然"嗯"了一声。

林衍不解，追问："可赌脑耗费甚巨，风险又大。"穆嫣然道："钱财乃身外之物，若是能一朝参悟得道，冒些险又算什么？"

林衍摇头道："参悟得道？姑娘竟信这种托词……你到底是因为年纪轻，还是太天真了？"穆嫣然冷笑一声："你不也是来赌脑的吗？倒教训起我了。"说着便气哼哼地偏过头去，不再理睬他。

林衍还想继续同她理论时，大门却"嘎吱"开了——是老掌柜。他两手各拎了个红木匣子，看着十分沉重的样子，一步一颤。林衍对穆嫣然轻声道："这位才是庄家。"眼睛却忍不住直勾勾盯着那匣子看。那匣子样式极为古朴，其一在盖子上画了个黑圈，内书"山料甲"等字；其二画了个金圈，内书"籽料乙"等字，锋芒毕露，功底极深。那边老掌柜瞧见穆嫣然，却喜笑颜开道："呀，穆小娘子来了！您招呼一声，小老儿去接您啊。"

穆嫣然嘴上道："哪敢劳烦你！"却一动不动地受了他的礼。老掌柜一面把那两个匣子放到中间的台子上，一面扭着脸对穆嫣然点头道："您来得巧！今日这两个头，都是上等的好货，您可要先看看？"

恐惧机器

穆嫣然略蹙了眉。掌柜忙一拍腿："瞧我！这等晦气的玩意儿，会污了您的眼！"穆嫣然道："话不是这么说的。我是想看——可又怕……"

掌柜道："嗨！不怕，都是些死物……"说着，就要去掀那匣子上的盖子，吓得穆嫣然连连摆手道："死的才可怕——"又顿了顿，问，"这头是死的？"

"您别担心，我这里的货，向来童叟无欺！"掌柜一面说着，一面又把那对油亮的核桃捏在手心里，"这头不过是个壳子，从身上切下来就死了——脑是活的就行。您可知道我们这行当，为什么叫'赌脑'吗？"

穆嫣然端起水杯，轻轻抿了一小口。那老掌柜见状，便兴致勃勃地讲道："因为单看头面，任您猜得天花乱坠，也不知道脑里装了什么——可不就得赌吗！然而这会赌的人吧，总还是能从脸上多看出些东西，所谓察言观色，说的便是这件事。小老儿多一句嘴，您今儿个要真想赌，还是看一看得好。"

穆嫣然迟疑道："能看出什么？"

掌柜道："毕竟相由心生——就算别的都不看，那也得看看您同这两个头，有没有缘分。"

穆嫣然问："又关缘分什么事？"

掌柜的微微一笑："您亲自来，一定是要自己用了。这不是缘分吗？"

穆嫣然正要答话，几人忽听"咚"的一声轻响，便齐齐向屋角看去。原是到了正午十二点，西洋座钟报起时来了。黄金表盘之上，探出一副惨白的鸟雀骨架。它支棱着光秃秃的前肢，鸟喙一张一合，发出柔美的"布谷"声响。老掌柜忙高声道："吉时已到！"又转向穆嫣然，"小娘子请。"

穆嫣然毕竟是大家出身，见此情形也不再退缩，走上前去，伸手在"籽料"的木匣上轻轻一按，那匣盖便径自展开。然而她只瞧了一眼，面上竟愀然变色，连惊叫都被堵在了喉咙里，只让其余的人听见她本能的吸气声。林衍再也按捺不住，凑近去看，只瞧见内里半黑半白，细看才看清黑的是头发，白的却是裸露在外的脑——匣中头颅的头骨竟被人生生剥去了一半，真的是可怖至极！他这一惊非同小可，退后一步，慌乱道："这……这是怎么回事？"

掌柜斜斜地看了他一眼，便"咔嗒咔嗒"地盘起核桃："所谓'籽料'，正是要擦去些面皮，好让客人瞧见里面的脑——怎么，这位先生连这个都不知道？"

那头的五官如何，年岁如何，林衍却都没有看到，再想上前时，心里又打起了鼓，于是便强压着道："多谢庄家点拨。"

掌柜停住手，一面把核桃收到袖子里，一面躬身笑道："终归是咱们小娘子见多识广，头一次见籽料，就是这副气定神闲的模样……"顿了顿，见穆嫣然还是不说话，便又问，"您可要再揭开这'山料'看看？"

穆嫣然浑身一颤，反手就指向林衍："他去！"

掌柜忙道："是了，按规矩也得他来，小娘子是讲究人。"又对林衍道，"先生请！"林衍见他话虽客气，却似笑非笑地看着自己，隐隐透着鄙夷之色，不似对那姑娘般恭敬，胸中登时一口气顶上来，几步上前，把匣子一掀，里面的头都跟着晃了一晃。那匣壁竟也随之展开，便见一颗剔透的水晶头颅立在那里，内里灰白的脑清晰可见，其上细细密密地爬满鲜红的血管。这又是另一种奇诡的景象了。林衍离得近，一时看得太过清楚，竟也如先前穆嫣然那般，满腹惊疑都止在嘴边，什么都说不出来。所幸穆嫣然先问："这……就是'山料'了？"

掌柜道："正是。'山料'之中，头颅只是存脑的容器，虽可见脑，却看不到与脑共生的'面孔'。对赌脑者而言，就更难判断脑中之物是否难得了。"

穆嫣然撇嘴道："那还有什么好赌的。这也能算是好货？"

掌柜道："平常的'山料'我哪敢拿到小娘子面前来。不过这一件颇为不同……"

穆嫣然打断他道："我不听。你现下编出再多花样，我也无法印证。你只管说这一个——就说这'籽料'吧，它好在哪里？"

掌柜忙去卸下那木匣四壁，又从夹层中取出一块光秃秃的头骨，严丝合缝地盖在那光裸的"籽料"上，如此一来，那头就齐整了许多。现能分辨出是个男子，五官略有些肿胀，看着并不年轻了。掌柜忙活完，回道："小娘子请坐，听小老儿同您慢慢说。"等穆嫣然坐了，他才摊开一只手，对林衍做了一个请的姿势。林衍迟疑了下，复又坐到穆嫣然身侧。那边老掌柜继续说道："要说这一颗脑比旁的脑好在哪里，还真得从更久远的事情说起。二位可知，这赌脑一行，源于何处？"

穆嫣然一听，便把方才的恐惧抛诸脑后，道："愿闻其详。"

掌柜道："彼时有这么一些人，或因年迈，或因病重，快要死了，却以为在将来，人能够长生不老，于是就将自己的头颅割下来冰冻，留与后人，想要在百年后重生……"

穆嫣然疑道："他们为何要这么做？哪个国家的时空能稳定'百年'？'后人'又是什么人？"

掌柜一拍额头："呀！是我没说明白。小娘子想必知道，这世间曾与现今这乱世十分不同，我们且称其为'治世'好了。在这治世里头，时空处处井然，人人皆是'完人'，时光从过去流向未来，永不复返。"

穆嫣然越发疑惑："有这样的地方？如今连城中的'完人'都极难见到了……难不成，是他们的城很大？"

掌柜摆手道："非也。那时并没有城，世间的秩序也比如今这城中要好得多。"他看看两人茫然的神情，叹道，"两位只当这治世是座无边无际的城吧，因太大了，连城中的天气都不会被外面的四季影响。"

穆嫣然摇头道："没有这样的城。你诓我。"顿了顿又对掌柜道，"罢了，你继续说。这些人要重生，又如何？"

掌柜道："这些人虽是死了，却给世间留下许多头颅。然而百年后，人们只知如何读这些脑中的记忆，却并不能让他们复生。"

林衍插话道："您这话没说全，怕是没有人想让他们重生吧。"掌柜终于正眼看了看他，笑问："先生这话又怎么说？"

林衍道："人生在世，自己活下去都已十分不易，谁又会复活一个年迈病重的人，让他成为自己的负担呢？当初这些妄想割头保命的人，未免太蠢了些。"

穆嫣然轻轻拍了一下他的手臂，嗔道："他们既是快要死了，又有钱财能冻住头，留个念想也不足为奇。你且不要打岔，让庄家说。"

掌柜道："先生说得十分有理。所以在治世时，鲜有人想去读这些头中的信息，既怕自己受其影响，也有不甚在意其生死的缘故。然而到了乱世之中，这些头颅倒成了人人争抢的资源。只因时空逆转之时，人的记忆也将随之消失，平日里活得行尸走肉一般。他们只有凭借读取这些脑中的记忆，才有可能想起自己是谁，明白这世间真正的模样。"

穆嫣然恍然道："难不成，所谓参悟——就是对自我、对他人的觉知？"掌柜一怔，收了笑，悠悠道："不可说啊……"

林衍早前虽对赌脑的缘起略有耳闻，但从未有人像掌柜说得这般详细明了，他听得正兴起，见掌柜却忽然停在这一句上，难免有些失望。没想到穆嫣然也有同样的疑问，竟起身行礼道："还请庄家指教。"

掌柜忙道："这怎么敢当！然而此事既然名为'参悟'，就得靠小娘子自己悟得。况且小老儿自己也身陷无明，又怎会知晓它是什么？我只知道，赌脑的生意只城内有，然而读取脑中记忆的物事，城外才有。这是城中时空稳定的根本——毕竟，若是一人在得到他人记忆之后有所参悟，便会致使其所处之地时空逆转，人人忘却过往，重新来过。"

林衍叹道："这遗忘的无明之苦，又让多少人对赌脑趋之若鹜。"

掌柜闻言，冲他苦笑道："正是，然而能进到城里的人毕竟太少，还有些是去而复返的。那些老赌徒，每每提头而去，又茫然而归，以为自己从未到过我这小小茶馆，直至赌得家徒四壁……我们这行，其实也不好做。"

穆嫣然却不愿听他抱怨，道："罢了。庄家还是同我们说说，为何这'籽料'比旁的脑好？"

掌柜道："小娘子若是不怕，可到近前来看。"

他话音才落，穆嫣然便站起身来，林衍也放下茶杯，同她一起凑到那头颅侧旁。掌柜将那片头骨卸下来，道："二位请看，这脑可有什么特别之处？"

林衍细看时，才发觉那脑上隐约有一道弯曲的线，顺着沟渠展开，线一侧的脑颜色更深一些，另一侧则更浅一些。穆嫣然道："像是……拼起来的？"

掌柜道："正是如此。这意味着此头的主人，曾读过旁人的记忆，且是用最久远的技术去读的。他有可能读了那些源于治世的脑。"

穆嫣然沉吟道："故而用这一个脑，就更有可能参悟？"

掌柜道："未必。但这脑既是拼起来的，总比平常的存有更多信息。"林衍摇头叹道："谁又知这些信息是有用，还是无用？"

掌柜嗤笑道："先生这话就太外行了。"

林衍忙道："庄家何出此言？在下只是听闻平日赌脑，都是要看五官来判断其人性情志向，或用血缘查出此人姓甚名谁，生平如何，再看其价值几许。这直接看脑的法子，该用在'山料'上才对吧？"

掌柜十分干脆，把半块天灵盖往那头上一扣，道："好，那你看。"

林衍登时语塞。一旁的穆嫣然浅笑道："林公子说的这两样，都得咱们自己看。这看的本事才叫赌，不然话都叫庄家说尽了，你我还赌什么呢？这些话他就不能说。"

掌柜躬身道："还是您懂规矩。"

林衍道："可我自己，又确实看不出什么。"

穆嫣然闻言，背过身去，先绕到那水晶裹着的"山料甲"处，细细看了看，又掉转头，凑到"籽料乙"近前，用纤纤玉手点了点那光裸的头骨。她终于看向林衍，沉下脸道："你看不出来？那是因为你进城就是为了查这些头的，你以为我不知道？"

此话一出，四下里登时一片寂静，只听见风扇缓缓转动时发出的"呜呜"轻响。外面无风无雨，日头大约被云遮住了，故而这屋内无光无影。一切都是灰色的、停滞的、警惕的。掌柜瞪着林衍，林衍额头上沁出一层细密的汗珠。静默的对峙把时间撕扯得更长了。忽有一只铜鸟从窗口飞入，"呼啦啦"地引得几人都转过脸去看。它泛金的羽翼削落了一枝红杏，在屋中飞了一圈，抖抖翅膀，落在那"山料"侧旁。它又扬起一边翅膀，"嗒嗒"地啄自己的腋下，终于触动机关，打开了腹部的一道小门。铜鸟复又把头探进自己腹中，竟叼了一枚硕大的红宝石出来，一脚踩住，便站定不动了。

穆嫣然十分惊奇："这是什么？"

掌柜忙道："应该是有人进城时耽误了，先送来定金。"说着就要上前去取。铜鸟登时展开翅膀，作势要去啄他。掌柜吓了一跳，往侧旁走了两步，那鸟儿随之歪过头去看他，眼睛横着，细看时那眼珠竟是个西洋表，大约是两点一刻的样子。掌柜往回走时，铜鸟又用另一只竖眼看他。显然两只眼时辰不同。掌柜掐指一算，便喃喃道："快到了。"

穆嫣然赞叹："此物真是精巧！"又追问掌柜，"它这举动，是说它的主人要买下这'山料'吗？"

"正是。"掌柜一面答，一面伸着头去瞧那宝石。

穆嫣然问："那我们岂不是不能赌了？"

掌柜笑道："既是赌脑，小娘子只需比他出价高即可。"

穆嫣然道："我怎么知道他这破石头价值几许？还不是看你想给谁就给谁。"

掌柜垂首道："自然是小娘子先挑，规矩都是给旁人的。"他想了想，又舍不得那颗宝石，"不过，他定的是'山料'，若小娘子中意的是'籽料'，倒也无妨。"

林衍忙问："那我呢？"

"你？"掌柜"哼"了一声，怒目看向林衍，"你还是先说明白，你到底是来做什么的吧？"

穆嫣然轻轻"呀"了一声，也看向他："被这鸟闹的，倒忘了这一出。"又对掌柜道，"林公子先是在城外辗转跑了几家冷库，才进城直奔你这铺子而来——这可不像是要赌脑啊！"

掌柜道："这城里城外，哪有事情能瞒得过您的法眼！"

穆嫣然点了点头，又看向林衍："你说明白进城来做什么，我就不难为你了。"

林衍听她语气，竟是耍惯了威风的模样，终于察觉她不是平常女子，便问道："姑娘——是什么人？"

穆嫣然偏过头，浅浅一笑："你还盘问起我来了。你猜我是谁？"

一缕发丝顺着她脖颈散下来，直垂到胸口，黑得发亮，比锦缎还柔滑。林衍被她盯得有些心痒，笑道："姑娘手眼通天，在下初来乍到，怎么猜得着。只是听闻近来城中人口甚杂，'完人'越来越少。城主家风严谨，从不许子弟出城一步，不知与姑娘可有什么渊源？"

穆嫣然坐下，端起茶杯道："我若是说有呢？"

林衍道："所以我才替姑娘担心哪。姑娘身为'完人'，最难得之处，就是从未经历过时空逆转，所以清楚知晓自己过往的一切。于这乱世而言，'完人'所说的话，比时间还要可信。然而你只要一步踏出城去，外面的世界如何运转，可就不听姑娘的了。"说到此处，又摇头叹息，"加之姑娘还要赌脑……若是到时候没有参悟，倒扰乱了自己的记忆，那可实在是得不偿失！"

掌柜却冷笑道："先生东拉西扯这么一大通，是想绕开小娘子的问话，还是想打消小娘子赌脑的兴致？这等招数，未免太无趣了些。"

穆嫣然收了笑，微眯了眼，对林衍道："对。你胡诌这些做什么，只管说你为何找来这里就是了。"

林衍看看两人神色，知道再难搪塞过去，便坦然道："我来这里，既是想要赌脑，也是来查一桩案子。"

另二人同时开口问："案子？"

林衍颔首道："穆姑娘既已知道我的行踪，我也就不好再瞒下去了。此事说来十分不堪。我原在震国生活，六国之中，此处应是最繁华的所在。然而五日之前，那里却出了桩命案。有人在光天化日之下，在市集之中摘取了他人头颅。"

穆嫣然惊道："怎么会有这样的事？"

掌柜虽未开口，却也露出惊诧的神情。连那铜鸟也抓着宝石，扑棱着跳到近旁的方桌上，侧过头看他。

林衍低叹道："震国虽比不上城里安宁，但闹市中杀人这样的事情，在我记忆里也是头一桩。凶手选在正午动手，用一个束口袋子，套在路人头上，便一走了之。受害者在市集中挣扎许久，可他越是想要扯开那个袋子，束口便收得越紧。直至他血溅当场，整颗头颅都被收入袋中，只剩下一具无头尸倒伏在地……那惨状，简直无法用言语形容……"

穆嫣然急切地问："就没有人帮他吗？"

林衍道："在下恰巧在侧旁，虽想帮忙，却无能为力，眼睁睁看着他当场殒命，心情实在是难以平复。故而一直追查至今。"

穆嫣然道："真是无法无天了！可抓到那凶手了？"

林衍道："非但没有抓到人，连受害者的头也在混乱中丢失了，恐怕被那凶手趁乱拿走了。"

穆嫣然怒道："震国人怎么如此无能！"

林衍道："一来当时事发突然，二来市集上人又太多。我原本是要帮忙的，倒险些被警司抓了起来。再说那袋子形状诡异，我问遍国人，竟无人识得，恐怕不是震国之物。二位也知道，在这乱世之中，各国经历了不同次数的时空逆转，在时间上彼此相差数十年，掌控的技术差异极大。若是有人带了这种东西，从别的国家穿城进入震国，我们实在是防不胜防啊。"

穆嫣然道："可这凶手要人头来做什么……"说到一半，便像是想起了什么，看向掌柜。

林衍在一旁道："姑娘可听过'头颅猎手'？"

老掌柜僵直了背脊，硬撅撅地道："你莫要血口喷人！"

林衍道："我如何血口喷人？还望庄家指点。"

掌柜自知失言，先掏出核桃来盘，没转几下又停下来，去看铜鸟眼睛上的时间。穆嫣然道："我虽知道头颅猎手，但城里早就没有了。害人性命来赌脑，这般伤天害理的事情，是绝不允许的。"

林衍道："姑娘宅心仁厚。然而城中之事，你真的件件清楚吗？"

掌柜一拍桌子，怒斥："你敢说城主昏聩？"他说完才发觉自己贸然点透了穆嫣然身份。幸而穆嫣然并未注意此事，只道："你何必这样疾言厉色，倒显得你亏心。"她又问林衍，"你查到什么了？"

林衍没想到这小姑娘竟是城主，难怪她知道得这么多，一时答话的语调都比先前轻柔了许多，垂首道："我在震国经营许久，各处关节都有熟悉的人。故而虽晚了一步，但却一直知晓凶手行踪。此人先去冷库，将头颅冰冻，今早又由雷门入城。如今，头颅也该到这茶馆里了吧？"

穆嫣然寒声道："是这两个头颅中的哪一个？"

掌柜叫道："小娘子这话是从何说起！我这店最规矩，几时会从猎手那买头？"林衍苦笑道："这便是他们胆大的关键了——单凭看，我确实判断不出这头是不是震国那个受害者的。要想知道真相，还得赌脑。"

掌柜正要说话，却听穆嫣然冷笑一声："未必。"

林衍眼睛一亮，问："怎么说？"

穆嫣然伸出一只手，去抚摸那铜鸟颈上的羽毛。鸟儿瑟缩了一下，却并未抗拒，只是颤抖着抠紧了脚下的宝石。窗外狂风怒号，吹落一地花瓣。大门骤然而开，却见一人提着个袋子，站在外面。

穆嫣然道："瞧，这就来了。"

第二幕　风翼

Andante

（行板）

黄沙滚滚。

尘土从门外卷进屋里。在洒落的天光之下，众人初时只瞧见来人剪影，待走近些，才看清是个女子。又不尽然。此人自右眼以下的半边面孔、脖颈乃至手臂腿脚，都由钢筋铁骨铸成，纤瘦沉重，森森然泛着金属的寒光。那另外半张脸上，亦刻满了大小伤口。林衍起身把门关上，老掌柜则拖着步子去关了窗。屋里忽然又沉静下来，只风扇转得勤，微尘一股一股地飘散入内，弥漫飞舞。

女子摘下风镜，方露出两只完好无损的眼睛。她四下看去，目光先在掌柜身上停了一瞬，又掠过穆嫣然，最后却落在林衍身上，震惊地看着他，嘴角抽搐，面皮上生锈的铁片也在颤抖："你……怎么会在这儿？"

穆嫣然正色问道："你是谁？"

女子对问话置若罔闻，把袋子往邻近的桌子上一放一抖，便滚出一颗头颅来。诸人没料到她这举动，都是一惊。穆嫣然吓得一下子站了起来，引得身侧的铜鸟都飞跳到茶壶上了，脚下的红宝石在壶壁上敲出"咚"的一声闷响。林衍去看时，却见那头颅外面裹了一层乌突突的黑冰，一时也瞧不出有什么端倪。掌柜慌忙收起核桃，抖平袋子，盖在那头之上，颤声道："怎能给城主看这等肮脏的东西！"

女子见那头还在，便几步走到林衍身侧，仔细看了看他，才长舒一口气，低叹道："这也太巧了。"又扬起脸，对掌柜道，"这头就给你了。"说罢，抬脚便要走。林衍忙上前拦住她："且慢！"女子冷笑一声，用机械手轻轻一推，林衍只觉眼前一花，竟毫无抵抗之力，狼狈地跌坐在一旁。然而女子绕过他再去推那门时，大门却纹丝不动，似是从外面被闩住了。她这才回过头，问道："你们这是什么意思？"

林衍起身，一脸警惕地站在门边。穆嫣然却不慌不忙地坐下，缓缓道："你不能走。在这城中，做头颅猎手是死罪！"

那女子一怔，说："头颅猎手？你以为我是来卖头给庄家的？"随之哈哈大笑起来。似乎是因为喉咙有一半是硬铁的缘故，那笑声里夹杂着尖锐的嘶鸣，仿佛利爪划过石壁。

穆嫣然道："哦，难道你不是？"

女子一面笑，一面说道："你是城主。你说是，便是吧。"

穆嫣然道："你就没有什么要申辩的吗？"

女子道："我说了你也未必信，又为何要多费口舌？我杀此人，问心无愧。"林衍走到她面前，质问道："这死者是谁？"

女子却避开了他的目光，道："想必你已经知道了。"

林衍只觉一股热流蹿上了头顶，说："你就是震国市集上的头颅猎手？"

女子愕然道："你当时也在？"眉眼间的神情，显然是承认了此事。

穆嫣然低声问林衍："这头到底是谁的？"

答案就在嘴边，林衍却说不出口。他又是愤恨，又是难堪，只道："请庄家把头化开，姑娘就知道了。"又狠狠地看向那女猎手，"你为何要杀他？是为了庄家的酬金吗？"

女猎手嗤笑道："这颗头我是送给掌柜的，分文不取。"

掌柜闻言，急得直搓手："姑奶奶，你是怕事情不够大啊！"

穆嫣然抿了一小口茶，对掌柜说道："我倒觉得林公子说得有理，庄家还是先去把这头化开，既能解我的疑惑，又能证明你的清白。"

掌柜慌道："这一时半会儿的，也准备不好啊。"

穆嫣然浅笑道："我知道你的本事。"又看了看那西洋座钟，"一点钟应当差不多。还是说，需要我找人帮你？"

她话说到这里，已是再不给他推托的借口了。掌柜左右看看，又见林衍也盯着自己，只得无奈地把头裹进袋子里，缓缓走了出去。大门一开一关之间，只见外面一片惨淡的混沌。风已平息，但尘埃尚未落地，黄沙模糊了天地的边界，几乎分不清是昼是夜。门将掩上时，穆嫣然轻轻打了个响指，便听"咔嗒"一声，显然，那门又锁上了。林衍见状，才真觉出这小城主确与旁人有些不同。他走到穆嫣然身边，发觉她的茶杯空了，便去拿壶，壶里的水又凉了，他便又去屋角续了些水，将那茶壶置于火炉之上。穆嫣然坐下，对女猎手道："他走了，你只管放心告诉我们实话。你为何要杀那个人？"

女猎手不答。

穆嫣然又柔声道："你说我们不信你，这话就不对。你说出来，信不信在我。我虽年轻，却不糊涂。"

女猎手依旧不作声。

穆嫣然却一点儿不急，继续说道："就算你不在意生死，事情总得分辨个对与错。人活在世上，不过是争一口气。若是此人该死，我就为你正名，放你出城。"

女猎手道："他当然该死！"

穆嫣然道："那就说出来，为什么？"

女猎手静默许久。那边壶里水烧开了，"咕嘟咕嘟"地直响。林衍便去提了壶，来为自己和穆嫣然的杯中添茶，又坐到她身边。穆嫣然侧过脸，对他甜甜一笑。两人一时离得太近，林衍直到那女猎手说到第二句，才听见她在说什么。

"我知道这个人，是很久以前的事情了。彼时我还是这城中的一个机械卫士，奉命去巽国找他。"

穆嫣然愕然，道："你原先是个机械人？"

女猎手眉头一皱，道："我自然是机械人，你看不出来吗？"

穆嫣然与林衍对视一眼，再看那半人半机械的女猎手，问道："那你这身体是怎么一回事？"

女猎手却冷笑道："你到底想让我说什么？"

两人还未答话，女猎手便又道："罢了，算是同一件事，只是要说得更久一些。"

穆嫣然道："庄家去化那颗头，还要些工夫，我们不急。你先说你当日去巽国找人，是得了什么命令？"

女猎手便说道："去警告他，告诉他不要去震国。然而我却一时没有找到他，只能留在巽国。"

穆嫣然问："这是为什么？机械人没有完成任务，通常不是要立刻回城复命吗？"

女猎手答道："我去之前，城主给了我一段关于他的记忆，告诉我说，只有找到这个人，才能回到城中。"

"等等。"林衍疑道，"你说城主能给你记忆？"

女猎手没回答。穆嫣然倒十分乐意为他解惑，道："城中的这些机械人，原是储存人类记忆的容器。但乱世降临后，城里留下了让机械接收人类记忆的法门，却遗失了让人类读取机械记忆的技术，所以他们就只能当卫士来用了。有时吩咐给他们做的事情太复杂了，我就会用这个法子。不过，她所说的城主应当不是我，我不记得有这件事。"

林衍沉吟道："人能把记忆储存到机械人里，却不能读取？这事……同赌脑有什么联系？"

穆嫣然想了想，才道："确实像是同宗。我听说乱世之始，是源于一个名为'脑联网'的事物。此物能让人与人心灵相通，再无隔阂。这种技术应用之初，还需要用机械做媒介，人们才能彼此连接。后来就不再依靠媒介，却不知为何搅乱了时空……"

林衍听得瞪目，问道："人脑与时空有什么关联？"

穆嫣然道："这……我也不大懂。"

女猎手却在一旁道："我倒是听人说过，这脑联网搅乱的并不是时空，而是人的记忆。人忘却过往，又看不到未来，就以为时空也乱了。"

林衍闻言，登时想起老掌柜说的参悟之事，待细想时，却觉得毫无头绪。

穆嫣然冲林衍笑道："你这人总是东拉西扯，我们都被你带远了。"又用眼扫向女猎手，"你继续说，那位城主给你看的，是什么样的记忆。"

女猎手看看林衍，道："记忆里只有那个人的容貌，然而它却彻底改变了我。我去异国之前，竟然自己来到这间茶馆，跟掌柜说我同人类有什么区别，为什么在那段记忆里，有我无法理解的情感？

"掌柜告诉我，他只懂人，不懂机械。但他认识一个异国的钟表匠，算是个世外高人，或许能帮上忙。于是，我在去异国找人的途中，去了那个钟表匠的家。

"那是在沙漠里，一栋孤零零的小房子。门外有一棵枯死的杏树，树下一地羽毛。屋里空间极小，却有一张极大的工作台，四周摆满了大大小小的架子，上面满满当当，全是各种各样的零件，几乎连人站立的地方都没有。我到那里的时候，工作台上只有一颗核桃大小的鸟头。钟表匠正在用凿子撬开它的头骨。他看见我，就停下手中的活计。我问他在做什么，他说他在制作一架西洋钟。

"他又问我为何来找他，我便告诉他，我想知道自己和人类有什么不同。

"钟表匠回答说，世间万物都有魂灵，只是各自被禁锢在躯壳里。通常而言，机械总是更愚笨，而动物天生便有灵性。极偶尔的，会有一些生于乱世之前的机械，有异常聪明的头脑。钟表匠觉得，我应当就是其中之一。他知道一些古代的秘法，可以让我像人一样思考。

"我说，我不只希望像人一样思考，我还想变成一个真正的人。

"他没有直接回答我，而是在屋中翻箱倒柜，末了，找出一个尚未完成的座钟。他把时针调到整点，便有一只机械鸟从钟里跳出来，羽翼僵直，鸟喙大开，举动无比蠢笨。他见状摇了摇头，又用铜针取出工作台上那只鸟的脑，小心翼翼地放进机械鸟的头中。

"把脑装进去之后，钟表匠触发了一个机关，那机械鸟忽然就展翅飞起来，左跳右跳，活脱脱一只真正的鸟。

"他问我，这就是你想要的吗？

"我对他说，是的，我想要成为人。然后他告诉我说，如果是这样，我需要给他找来一颗人脑。"

恐惧机器

穆嫣然蹙眉道："城外怎么会有这种疯子——看来，震国市集上死的那个人，并不是你杀的第一个人。"

女猎手正色道："我是杀了他没错，但我没有伤害过其他人。这个身体的主人——"她伸出纤白的左手，"她是自愿的。"

穆嫣然道："我不信。"

女猎手道："你从未出城一步，又怎会知道世间疾苦？外面有的是绝望的人，只要能挣脱苦楚，他们宁可放弃生命。况且，如今她与我合二为一，又怎么能说是死了呢？"

穆嫣然却不愿意听这些话，道："你少来同我讲这些空道理。后来发生了什么？"

女猎手摇了摇头，继续说道："我告诉钟表匠，我不会为了自己的欲望去害人性命。所以我就留在了他的房子里，一面做他的助手，一面等待我要的脑。"

林衍听到此处，又恼火起来，讽刺道："难道你不是回到城中，同庄家买了一颗头，再去为他猎杀别的人？"

女猎手似笑非笑道："既然你都知道了，那不如你来告诉城主？"

穆嫣然责怪林衍道："自打她进来，你就没说过有用的话，你还是不要说话了。"言辞虽十分不客气，神情却非常可爱。

林衍越发心乱如麻，也就没再张口。女猎手却对林衍道："你说的也不无道理。我要寻脑，自然应当到城里来，留在异国是因为我没有找到那人，无法回城复命。然而两年后，我竟然在钟表匠的房子里见到了他。

赌
脑

"他带了一颗头来。到了这个时候，我才知道，那钟表匠的住所，也是人们在城中得到脑之后，读取脑中记忆的一个去处。

"然而钟表匠不肯帮他。钟表匠说，巽国难得稳定这么久，他自己也有很多事情要做，不希望有人因读脑而参悟，致使时空逆转，一切重新开始。

"钟表匠建议他去震国，说那里也有人能让他读脑。"

林衍登时坐直了身子，问："震国？"

女猎手道："正是。所以等他离开那房子之后，我在沙漠里追上他，告诉他当年城主的警告——"

穆嫣然低声道："不要去震国。"

林衍道："那他为什么还是去了？"

女猎手道："至于原因我也不知道，他离开了。但分别的时候，我知道他已经犹豫了。后来钟表匠对我说，他不肯帮那个人读脑的真正原因，是从一开始那人就不够坚定——他还没有想清楚，是应该赌上全部的记忆去追求参悟，还是留在当下的生活之中。"

她顿了顿。风扇"嗡嗡"作响，不会再飘进浮尘了。阳光从窗口洒进来，把窗上的花枝纹样映在地上，像是一幅变形的浮雕。女猎手继续说道："尽管完成了任务，我还是在巽国多留了一天，就是那个时候，我遇到了这个女子。"她一面说着，一面用右手挡住右脸，剩下的几乎就是一张人类的面孔。

穆嫣然看着那张脸，忽然觉得好像在哪里见过，低声道："自愿把身体给你的那个人。"

女猎手道："你也可以说，是我自愿把身体给她。"

穆嫣然看了看时间，道："你说了这么久，我们却还不知道你究竟是如何得到这个身体，以及你为什么要在震国杀人。"

女猎手说道："就要有答案了。

"那女子来找钟表匠时，半边身子已动不了了，几乎是爬进屋的。原本神色并不见卑微可怜，我刚扶她坐下，她就对着钟表匠哭起来。她说她放弃一切，来异国寻找那个男人。可他为了读脑，要离开病中的她，全不在意会忘记她。后来我与她融合，才知道，那个抛弃她的男人，就是城主让我去找的人。"

林衍霍地站起来，说："所以——这是情杀？你与那女子彼此融合，她就成了你，然后你去了震国，为她复仇？"

女猎手看了他许久，摇头苦笑："你是这么想的？"

林衍咬牙切齿，恨恨地道："还能有什么缘故！两个人无法在一起生活，总有许多原因。只有女人，会为了分手干这样的事情，自己寻死觅活不算，还要害人性命！"

女猎手沉默不语，盯着他，仿佛是在看一个怪物。倒是穆嫣然伸手搡了林衍一把，说："什么叫'只有女人'，你这是连我也骂进去了啊。"说着，竟亲自为林衍添了茶，起身递给他道，"我猜那死者必定是你熟识的人，才让你这样难过。但现在还是不要感情用事，她既然都说这么多了，就让她说完吧。"

林衍喝了口茶，气鼓鼓地坐下。穆嫣然轻轻按了下他的手臂，算是安抚，又立在侧旁。铜鸟抖抖翅膀，飞落在她肩头。它因一只脚要抓着宝石，只得单脚站着。半晌，女猎手才叹道："我到今日，才真正理解她当日的话。"

穆嫣然抬眼，问道："什么话？"

女猎手道："那女子对钟表匠拉拉杂杂地说了许多，哭了又停，停了又哭，然而除了开头那句，也听不出什么重点。终于她收了眼泪，说，爱情会让人失去理智，从这一日起，她要抛弃所有的情感，再也不要为人心动。然后她指着我，说她要变成我，变成机械，真正的机械。"

穆嫣然唏嘘着道："虽然可怜，倒也是个法子。所以你们就各取所需，变成了这副模样？"

女猎手道："那钟表匠说，让机械人变成人的法子他有，但让机械和生物互换身体，他从没有成功过，说着给我们看他的另一台座钟，里面的鸟只剩骨架，便是他先前失败的尝试。他说只能试试让我们合二为一，也顺带算是为女子治病。这时，又有人送了个垂死的病人来，说听闻钟表匠这有存储脑的法门，能让人的头颅活下去。钟表匠便把我们几人叫到一起，告诉我们他的计划。

"他先对那女子说，你不想要的，无非是爱和恨。恨，这东西肮脏，不值得留存，但爱终究是可贵的，他想要把这份爱存在病人的脑里面。

"然后钟表匠又问那垂死的病人，是否愿意在脑中多存一份爱。

"病人已说不出话来，只点了点头。于是，钟表匠又继续问那女子，没有了爱与恨，人与机械也就差不多了——你还要变成机械吗？

"那女子毫不犹豫，说了声是。她说自己曾拥有世间的一切，但仍觉得索然无味。她赌上一切，来追寻不一样的生活，可经历的这些美好与痛苦，如今看来也不过尔尔。现在，她想要成为世界的旁观者，不愿再参与其中。"

穆嫣然颔首道："这话我还是头一次听见。此人颇有气魄，确实与常人不同。"又看向林衍，"你看，她抛弃了恨，所以不是情杀。"

林衍道："她在说谎。"

穆嫣然笑了笑，又对女猎手道："你不要理会这小肚鸡肠的男人。如今看来，这钟表匠是成功了？"

女猎手道："自然是成功了。只是他取脑之时，为了丢弃爱恨，扰乱了那女子的记忆，所以在我心里，总觉得自己是机械人。"

穆嫣然垂眸道："爱恨没有了，自我也就消亡了。可惜。"

女猎手反驳道："消亡？不，这恰恰是我想要塑造的自我，完美的自我。我醒来，看着镜中的自己，觉得满意极了，便去向钟表匠道谢。他正在把那颗融合了爱恋的头颅放进匣子里，随后提笔蘸了金色的墨汁，在匣子上画了个圈。"

穆嫣然挑起眉梢："金圈——是'籽料'？"

女猎手道："是连着头存起来的，确实是'籽料'。"

穆嫣然没有再问，心中却隐隐觉得有些不安，仿佛自己错过了什么重要的信息。那边林衍又坐不住了，道："你还是没有说，为什么要杀他！"

铜鸟飞跳到穆嫣然手肘上。她便顺势抬起头，借着窗口的光看着那颗红宝石。见其大胜黄豆，色泽浓如鸽血，她便一面猜度这价值高昂的定金是何人所付，一面又想到震国死者的身份。林衍急切的神情让她明白，自己是这屋中唯一一个不知情者，真相早晚要浮出水面，便也不再多说，只略带嗔怒道："你就不能好好听着吗？"

林衍不语。

女猎手终于继续道："虽说晚了两年，我也变了模样，但我还是完成了城主交给我的任务。所以钟表匠确定我的身体无碍后，我就回城复命。然而等我到了城中，却发现了一件非常奇怪的事情：城中无主。"

穆嫣然怔住了，惊讶地说："你说什么？"

女猎手对上她的视线，一字一顿重复道："城中无主。"穆嫣然沉下脸道："这不可能！这是什么时候的事情？"

女猎手却不答她的疑问："我也觉得不应当。于是便又来这茶馆里，问老掌柜，城里发生了什么。

"掌柜告诉我，城主离开已有一段时日。近来城外诸国时空接连逆转，有人说这是末世将至的征兆。我告诉他说，只要城还稳定，就不会大乱。

"然而掌柜说，城中无主的消息恐怕已经泄露到了城外。他听闻震国有人打通了各处关节，要将读脑的器物偷偷送入城中，倘若城中时空逆转，这天下最后的秩序也会消亡。他希望我去震国猎杀此人。

"我告诉他说，没有城主的命令，我不能出城做这样的事情。

"他听了这话，很奇怪地看着我，仿佛这时他才认出我是谁。最后他说，你不再是机械人了，你是你自己的主人。你可以做你觉得正确的任何事情。"

穆嫣然沉声道："可那个人——为什么非要在城中读脑？"

女猎手答道："掌柜说，此人曾来过他的茶馆，坚称天下早已失去正道，须得涅槃重生，才能终结乱世，回归正途。"

穆嫣然怒道："一派胡言！"

女猎手又道："掌柜也是这么说的，他还说此人是个老赌徒，应当是寻常赌脑已无法让他满足，才会妄想进城参悟，并不是为了终结乱世。"

穆嫣然骂道："自私！无耻！"

林衍道："就算她说的是真的，那个人也没有犯罪。自私并不是罪，杀人才是罪！"

女猎手道："他打算要做的事情威胁到城的安危，我必须阻止他。"

穆嫣然叹道："的确。若是我在城中，也会让你去杀他的。"

林衍霍然起身，道："你也听信她的话？这些都是推测，是诛心之论——你们有什么证据！"

女猎手淡淡地道："我去问他了。"

林衍疑道："什么？"

女猎手道："我去震国原本并不是要杀他，而是要劝他。我知道他在震国会住在哪里。毕竟我还有这女人的半个身体，和他们之间的一些记忆。

"我在离城不远的地方见到了他。他不认识我了。我说自己是城中卫士，他就问我能否偷偷帮他打开城东通向震国的雷门。

"我问他，你为什么不光明正大地进城。他说，他有一样禁忌之物，非要送入城中不可，又许诺给我许多钱财。我假意应下，

赌
脑

随即回城去找寻当年城主抓捕头颅猎手时收缴的凶器。再之后，就是震国市集上，你所看到的那一幕。"

她说完，窗外的风忽然猛烈起来，吹得花枝刮在窗棂上，敲出"笃笃"的声响。半晌，穆嫣然终于说道："故事编得不错，但你还是要死。"

女猎手惨然一笑，说："我说过，你不会信。"

穆嫣然道："我自然不会信。林公子和你从震国先后进城，不过是这一两天的事。所以你方才所谓的城中无主，也就是前几日，可那时我就在城里——你怎么说？"

女猎手怔了怔，竟被问得哑口无言。

穆嫣然又道："你不要以为扯上庄家，我就没办法印证此事。他这段时间闭门谢客，专为等这两颗头。"说着，指了指台子上的"山料"和"籽料"，再看向女猎手时，语气越发冰冷起来，"再说，怎么会有人在我不知道的情况下，进城来到这间茶馆呢？"

女猎手问道："你是'完人'？你记得过往的一切？"

穆嫣然道："当然！我可是城主。"

女猎手却像是入了魔，喃喃念道："'完人''完人'……"她半边面孔发红，另半边的铁皮之下，却隐隐透出机械内核飞速计算时才会发出的"呜呜"声。她又断断续续地自言自语道："我没有说谎——若你说的也是真的，那么……"

正当此时，门又"嘎吱"地打开了。是掌柜。几人都转过身去看他，却见他拎了个红木匣子，垂头丧气，一步一颤地走了进来，又抖着胳膊把那匣子放在中间的台子上。

穆嫣然笑着说道："庄家果然利索。"

掌柜畏惧地看了一眼林衍，问穆嫣然："小娘子真要看吗？"

穆嫣然道："当然。"

掌柜无奈地塌下肩膀，伸手在那匣子顶上轻轻一拍，内里头颅真容终于露了出来。穆嫣然去看时，恰恰对上死者圆瞪的双眼，不由得倒抽一口凉气。

那五官眉目，分明就是——林衍，年岁甚至看着都相当。那头颅的面容因过于苍白，又有些浮肿，所以分辨不出到底与身边这人相差几岁。穆嫣然看看那头颅，又看看林衍，问："你……有双胞胎兄弟？"

林衍只看了一眼，心里便难受至极，扭过脸去，道："据我所知，是没有的。"

穆嫣然道："所以此人——就是你？"

林衍道："或许是几日后的我，也或许是三五年后的我。"穆嫣然不明所以，道："这怎么可能？"

林衍不语。掌柜叹道："城外诸国时空逆转之后，人确有可能在同一个空间中遇见另一个时刻的自己。此事并不常见，小娘子久在城中，难怪不知。"

穆嫣然道："如此……"又看向林衍，"你是因为亲眼看见自己被害，才一路追进城来？"

林衍咬牙道："正是，我必须要查清此事！"

穆嫣然看他的目光里不禁多了几分怜悯，道："你放心，我定会给你个公道。"她话音才落，西洋钟就敲了一点。乌骨架探出来，

赌
脑

发出轻柔的"布谷"低鸣。穆嫣然手臂上的铜鸟像是被这声音吓了一跳，展翅飞起，不想脚下一松，那红宝石掉在地上，骨碌几下后正停在林衍身旁。铜鸟见状，扭身急转，直冲而下，谁知由于飞得太快，来不及缓缓停下，竟一头撞在地上——碎了！一时间，铜皮铁板，齿轮指针，稀里哗啦地散落一地，全分不清哪里是头，哪里是腹，唯剩一只脚爪还算完整，在地上抓挠抽搐了几下，终于捏住宝石，不再挣扎，算是吐出最后一口气。

掌柜眼睛一亮，忙走过去，要拾那鸟爪和宝石。忽听门外有人叫："庄家，我的定金，可送到了吗？"

第三幕 水坎

Allegro con brio
（活泼的快板）

浓雾弥漫。

门敞开时，细白的雾气如同水流般洇满了地面，另一边的窗子外面，却是明朗的湛蓝天空。来人缓步入内时，看着倒像是脚踏白云，面带金光，然而仍难掩其褴褛的衣衫，弓着的腰背。林衍扭头去看，竟认出是早前送他来此地的车夫！

掌柜先去作揖，道："您怎么来早了？"另一边女猎手则脱口叫道："钟表匠？"

车夫全没注意到女猎手是在叫自己，笑得几乎看不见眼睛，给掌柜回了礼，又去给林衍请安："哟，是先生您！您万福！今儿可多亏了您！您晌午那两块银圆，刚好凑够了这宝石的钱。我急忙跑去买，车偏又陷在雪地里了，只能让鸟先送来定金，生怕晚了。"又四下看看，"哎，我的鸟呢？"

掌柜举起那抓着宝石的鸟爪，道："鸟跌在地上，碎了。"

车夫撇了撇嘴，当场便落下泪来："我可就这么一只了啊……"说着，用破烂的袖子去拭泪，"这鸟的命，同我一样苦啊！"

穆嫣然全不明白这人唱的是哪一出，有些不快。他揩净泪水，又变脸似的挂上笑容，躬身问掌柜道："如何，那'山料'可有人出价比我高？"

掌柜不答，冲着穆嫣然的方向努了努嘴。车夫这才瞧见她，先一怔："呀，您也在。"又垂下头，"敢问小姐……中意哪一个脑？"

穆嫣然道："我不会同你争'山料'。"

车夫长舒一口气，道："可不是，'山料'哪入得了您的法眼！"说着，喜滋滋地走过去，绕着那颗水晶头颅左看右看。掌柜见状，对林衍道："先生要出更高的价吗？"

林衍本就不是为这事来的，如今自己的头摆在台子上，连多看一眼、多说一句都不愿意，只摆了摆手。掌柜便高声道："那这交易就成了！"把鸟爪和宝石往口袋里一揣，又对车夫道，"我帮您包起来？"

车夫道："嗯，包起来。"又对掌柜拱拱手，"多谢庄家。"

掌柜便把那匣子的四壁竖起，按下盖子。诸人只听"咔嗒"一声轻响，先前那机关又合上了，真真的严丝合缝。掌柜又利索地

赌脑

在匣子外面包了一层黑绸，用布料四角在顶上系出个把手，这才把木匣从台子上拿下来，捧到车夫手边。车夫笑着接过去，正要道谢，忽听女猎手问他："你怎么会来赌脑？"

车夫像是才注意到了她。他抬起头，眼珠子却极快地在台子和几人脸上都扫了一圈，笑答："嗨呀，我现在是穷，但该花的钱也不会含糊。"

女猎手正色道："我是问，你自己有储存头颅的冰库，为什么还需要来城里赌脑？"

车夫含糊道："早就没了啊……"

林衍冷哼一声，对女猎手道："你还指望这车夫给你圆谎？"又对穆嫣然道，"穆姑娘，你先前既说过，头颅猎手是死罪，那便希望你能够言出必行。"

掌柜忙劝道："先生这又是何必呢！"又对穆嫣然道，"小娘子还是不要妄言生杀，对自己的福气不好。"

穆嫣然迟疑道："她说了谎，我们问出真话来，再处置也不迟。"

掌柜忙道："这才是正理！"

林衍拍案道："她怎么会认罪？"

穆嫣然柔声道："我还以为，你想知道真正的缘由。"

林衍道："真相就是，我们不能让这样的人继续活下去害人！"

掌柜终于沉下脸，道："你以为逼死她，你就安全了？你是低看了命运，还是高看了你自己？"

林衍肃然道："我只是希望城主能匡扶正义！"

几人你来我往，声调越来越高。女猎手却仿佛事不关己，只静静看着车夫。车夫被她盯得浑身不自在，终于把木匣放在身侧的凳子上，上前问道："几位稍静静，稍静静。这女人我认识的。不知究竟是什么事情，让您几位如此忧心？"

诸人都停了话头，扭头看向他。穆嫣然问："你认识？你怎么认识她的？"

车夫哈着腰说道："我早前在异国，是个钟表匠。这女子还是机械人的时候，就在我那里帮忙。我们是有些交情的。这人脾气硬，但确实不大说谎。倘若她有什么不是，哎，我替她跟诸位赔罪，赔罪。"

说着，凑到每个人面前拱手作揖。林衍避开一步，根本不受他的礼。穆嫣然道："你是说——她没有说谎？"

车夫道："您这话问的，我哪知道她说了什么呀。"

穆嫣然道："她确实说了一些在异国的事情。"

车夫笑道："您看这样行不行，要是她刚才的话里提过我，那您来问我，我答。您再看对得上还是对不上。"

穆嫣然想了想，颔首道："也是个法子。"

林衍冷笑道："这种漏洞百出的故事，你们还要再听一遍吗？"

穆嫣然横了林衍一眼，示意他不要再说浑话。林衍只得把一肚子火气都吞回到肚子里。

穆嫣然坐下，轻轻抿了口茶，便问车夫："你原先是个钟表匠？"

车夫道："是学过点手艺。这屋里的钟，还有之前那鸟，会飞的那个——都是我做的。”

掌柜在一旁道："确实是，我们很久以前就认识了。"

穆嫣然道："你手艺很不错啊。怎么又做起了车夫？"

车夫懊恼道："好赌啊，都赌没了。庄家这屋子里好多摆设，还有他的冷库，以前都是我的。您看这儿——"他走了几步，去指"籽料"上面的金圈和字，"您信么，这字还是我写的呢！"又叹了口气，"人可真不能赌啊。"

穆嫣然道："你说她是机械人，那她身上另外半个女人是怎么回事？"

车夫看看穆嫣然，踌躇道："哎哟，这说来话就长了。"

穆嫣然冷冷道："你要想让她活命，就说。"

车夫道："是，是，是。她身上这姑娘吧，我也认识有些时日了，早年算是个富足人家的孩子。这种孩子不愁吃不愁穿的，就是爱幻想。她总觉得吧，这世间还有一些天上飘的大道理，人只要活着呢，就非得要搞清楚不可。您说这是不是挺可笑？"

车夫顿了顿，见没人接他的话，便尴尬地挠了挠头，继续说道："不瞒您说，我異国那钟表铺子，早年其实也是个读脑的去处。我第一次见着这姑娘，是她拎了个头找到我，说她要读这脑。"

穆嫣然有些疑惑，问道："这是什么时候的事情？"

车夫道："可早了……大概是在我认识这机械人之前。她没跟您说？"

穆嫣然道："没有。你接着说吧，你可帮她读脑了？"

车夫道："我当时很犹豫，先劝她回家去，别让家人担心。她不听啊，特别执着，在我那等了三天，一天加一倍的价钱。我没办法，就只好应下来——"说着把两手一合，脸上露出十分无奈的模样。一旁掌柜摇头道："你居然是为了钱做这种事，造孽啊！"

车夫哭丧着脸："所以我不是遭报应了嘛，现在穷得连裤子都买不起……"他见穆嫣然似乎有些不耐烦自己的抱怨，忙咳嗽一声，继续说道，"其实吧，我也不大清楚那脑子里有什么，可那姑娘读了那个脑之后，就跟中了邪似的，非要去找一个男的，给他做夫人。"说着指了指林衍，"哎哟，真巧——就是您。"

林衍原本背过身，站在屋子一角。这一下，他却成了诸人的焦点，不得不回过头，开口道："我之前认识你？"

车夫笑道："可不是，咱们可打过不止一回交道了。您不记得了？"

林衍呆呆地回答道："不记得。"

车夫叹了口气："忘了也好，忘了也好。不过这么说来，我对您的了解，指不定比您对自己的了解还深哪！"他似乎有些累了，先对穆嫣然笑了笑，欠身坐在身边的长凳上，继续对林衍说道，"只不过，您和夫人之间的事，我并没有没亲眼见过。"

林衍道："未必有你说的这件事！"

车夫道："有，是一定有的……毕竟你们后来，又分头来找过我。"

穆嫣然闻言，略略有些好奇："他们分头来找你？这是怎么回事？"

车夫道："这事还得从头说起。当初那姑娘离开我那儿，去找

赌
脑

林先生之后不久，这机械卫士就来找我了。我一看，嘿，好家伙，难得见着一个有灵性的机械人，就连哄带骗，把她留下了。我想要研究她，却研究不明白。听说治世时那些关于机械的秘术，都不会写在纸上，反而记录在云上——让我哪儿找！如此胡乱地混了两年，我越是整天看着她，就越觉得自己无能，正想寻个把柄把她支走，偏巧这个时候，林先生您来找我了。"

穆嫣然对林衍笑道："如何，对上先前那段了吧？可见她还是说了些真话的。"

林衍道："若是他们串过词呢？不然——为什么这两个人都是今天来？"

车夫道："您这话问的！当然是因为今天庄家开赌脑局啊，否则您怎么也在？"林衍一时语塞。穆嫣然觉得他这生闷气的模样颇有趣，忍住笑对车夫道："你继续说。他来是做什么的？"

车夫道："林先生带了颗头来，可是我看都不想看。通常来找我读脑的，有两种人：一种是知道自己要什么的，比如早前那姑娘，她真有这个心，要变！谁都能从她身上看出那股子劲儿来！另一种，就是像林先生您当时那样，想要逃避现实，浑身上下散发着绝望的失败者的气息——哎！您可别生气啊，我不是说现在的您。

"您那天跟我絮絮叨叨地说了好多，什么生活多艰苦，什么夫人病倒了，什么自己撑了大半年，再也撑不下去了。那我又能做什么？我自己不也挣扎着活在这乱世里头吗？您说您爱她，忘不了她，想融合一个头，让时间倒流，一切重新来过，您说一定会好好保护她。这不瞎扯嘛！且不说您能不能参悟，就算时间逆转，您那时候也未必能记得这些事，该来的灾啊，病啊，早晚还是会来的嘛。所以这么坏的事情我怎么能做呢！就把您劝走了。结果第二天，您那夫人就又来找我了。我这才知道，她就是先前找我读脑的那个姑娘。"

穆嫣然不由得看了看女猎手，叹道："真的是她啊。"

车夫也低叹："可不是吗？要说这命运真是不公平，那么水灵的姑娘，两年的工夫，回来半边身子居然瘫了。这病的缘由我不清楚，说到底，她当初跟了您，也应当是因为在我这里读了那颗头，事情算是因我而起。所以我当时就想，要帮她！可我只会修机器，不会治病啊。于是我就想了一个法子，把她和那个机械人拼凑在一起。"说着，又指了指女猎手，"我本领有限，算不上太成功，就是这个样子了。"

掌柜道："这世上也找不到比您本领更大的了。"

车夫忙摆手道："您太抬举我了。"又转向林衍，"那姑娘身体既然好转，我也就没留她。谁知道，她这边刚走，林先生您又回来找我，说是夫人不见了。我想人家模样也变了，又把您忘了，我也别多嘴了吧。于是就遂了您心愿，让您读了您带来的脑。如此，这些前尘旧事，也就都了无痕迹了。"

大约是人多的关系，屋里竟有些闷。掌柜走过去开了一扇窗，舒爽而温柔的风卷进屋里，空气忽然变得清凉，让人的身心也松快起来。唯独林衍依旧阴沉着脸。穆嫣然看向他："怎么，这人的话还有什么疏漏？"

林衍震惊地对上她的视线:"你听不出来?"

穆嫣然道:"有一两处,还是你先说。"

林衍大步走到车夫面前,倒吓了他一跳,慌慌张张地伸手抱住装"山料"的匣子。他撇着嘴道:"我哪说得不对,您说就是了,别,别动手啊。"

林衍哪管他装什么可怜,说道:"你说的我都不信。我只问你一样,你为什么能讲出这些故事来?"

车夫眨眨眼:"啊?"

林衍道:"你刚才说的故事里头,有两个人先后在你的住处读脑。而人融合了脑,就会参悟。参悟之时,所在之国时空便会发生逆转,人人忘却过往。所以,你为什么能够记得所有的事情?"

穆嫣然笑道:"我正想问这一条。"

车夫闻言,反倒收起畏缩的神气。他松开手,把木匣放在一旁,又缓缓起身,对林衍道:"先生的问题很好回答,我以为赌脑之前,庄家会同您说的。"

穆嫣然问掌柜:"哦?庄家说过吗?"

掌柜忙道:"是我没同您二位说明白。我先前说,人融合脑之后,倘若有所参悟,时空就会逆转——可并不是所有人,读了脑都会参悟啊!不然还有什么好赌的呢?这乱世里每天都会死许多人,只要是人头,拿回家去就行了!"

车夫道:"正是如此。这对夫妻虽分别读了脑,然而都没有参悟,只是各自多了些记忆,又丢了些记忆。再者,小姐身为城主,也应当知道,近几年巽国的时空风平浪静,没有出现动荡。"

穆嫣然道:"确实。"又问林衍,"你还有什么问题?"

林衍道:"好。如果我和那个姑娘没有参悟,那么你,一个老赌徒,怎么也没有参悟?你从前在异国坐拥头颅冷库,如今却进城拉车,能输成这样子,恐怕也赌过好几次脑了。你方才说读了这些脑的人不一定参悟,但一定会改变记忆。所以你说的话,又有几分可信?"

穆嫣然颔首:"这一条更有道理。"

车夫看看林衍,一时竟撑不住面上的一团和气,垮下脸,飞快地说道:"没错,我是个老赌徒!可我赌来的脑,不是给自己用的——还有给你的呢!"

林衍瞪目道:"给我?"想了想,又问,"你是说异国的那一个头?是你——塞给我一个头,让我忘记我的妻子?"

车夫被他这问话气得直跳脚,喝道:"当然不是!我怎么会给你那个头——是在坎国!你在那里向我要的头!"

穆嫣然也被车夫绕晕了,问道:"林公子几时又去坎国了?你为什么会把赌来的脑送给他?"

车夫却不答。他背着手、弓着腰走到门口,又绕回来,骂骂咧咧道:"我输光半生心血,就是为了给你找头,到头来得了这么句话!我图什么啊!"一口把杯中茶水牛饮而尽,坐下喘息几声,忽然那卑微的笑又挂到脸上来了。他先哈着腰对林衍拱了拱手,道:"得罪了,得罪了,我有些癔症,许久没发作,不是冲着您来的。"又对穆嫣然道,"方才可否吓到小姐?"

穆嫣然淡然道:"无妨。"

车夫从怀中掏出一条破手帕，擦了擦额头上的汗，又道："咱们说到哪儿了？"

穆嫣然道："坎国。"

车夫缓缓道："对，就是坎国。那地方小姐您大概没去过，在城北边的湖里，人都住在船上，无根无基，漂浮不定……"他说着，又转向林衍，"有人从坎国辗转到異国，给了我一笔钱财，说他家主人请我去那边。我也没想到会是林先生您。"

穆嫣然笑道："又是他？"

车夫道："可不是吗？"又对林衍说，"您在坎国住的那艘船，简直同城主的宅子一样气派。甲板之上是亭台楼阁，还填了土做园子。我去的时候，红杏开了满园，透过厅堂的窗户看出去，就跟飘在火烧云里似的。您说，您在坎国成就了一番事业，但却忘记了自己是谁，只记得当初读了脑，在我那小屋子里醒来，看见满屋的金属零件。又说，您因为不知道自己的过去，所以看不到自己的未来，眼前有再多的东西，都唯恐转瞬即逝，变为过眼云烟。这样的无明之苦，真是太可怕了。您试着用无尽的贪婪，来填补心中无底的痛苦，却始终觉得自己还是缺了点什么，想要补回来。

"您问我，有没有什么办法，能找回您的过去。您不在乎钱，只想找回内心的安宁。偏巧我知道有个头，能治您这心病。我回城之后，才听闻那头在庄家这里，就来向他讨。谁知这老鬼一听说是要给您，就开出天价来。我最后那点家底，就是为您这'内心的安宁'，才败光的。"说着，他又摇了摇头，垂首坐在那"山料"侧旁，身体佝偻着，显得更疲惫了，"您要还觉得我在说谎，我也没办法证明自己。您乐意怎么想，就怎么想吧。"

穆嫣然不等林衍开口，先道："这次不用林公子问，我也有不明白的地方。"

车夫道："小姐请讲。"

穆嫣然道："他既然在坎国那么富有，为何这赌脑的钱，要你来出呢？"

车夫对她的疑问却十分有耐心，仔细回答道："我原先以为那头早已遗失，所以并没有立刻答应林先生的请求，自然也就没有跟他要定金。后来我进城了，才从庄家这边得到消息。再返回坎国时，又到了旱季，许多河流都干涸了，航路也断了。我想庄家开赌局的日子就在眼前，再去找他定要误事，才不得不变卖家产。谁知还是不够，最后缺的那一点，就只好进城来做车夫了。"

"所以，"穆嫣然双目炯炯，"你今日买的这'山料'，是要拿去给坎国的那一个'林衍'？"

车夫闻言，下意识地把一只手放在木匣上，嗫嚅道："这……这可未必。"

林衍道："倘若坎国的事情是真的，我还真要谢你！可你上午遇见我的时候，为什么只是把我送到茶馆，没告诉我这些事？"

车夫答道："您早上显然不认识我啊！如果您不记得，我同您说又有什么用呢？"说着，接过掌柜递来的茶杯，喝了口水润喉咙，忽然又放下杯子，盯着林衍道，"照这么说，我到现在还不清楚——您究竟是我认识的哪一个林衍？您是从巽国来的，还是从坎国来的？"

林衍没料到他会这么问，怔了怔才答："我从震国来。"

车夫"咦"了一声，自语道："这就怪了……你为什么会去震国？"

穆嫣然对林衍道："正是。今日可是从审你开的头，几件事也都同你有关。你不如说说看，为何会到震国去。"

矛头一下子转到了林衍身上。他无奈地摇了摇头，又冲着穆嫣然道："姑娘还疑心我？"

穆嫣然浅笑道："我方才说了，我年轻，却不糊涂。你总要说出来，我才好裁决。"

林衍道："好，那我就不瞒诸位了。我恐怕读过脑，我醒来的时候，就在震国。直到现在，我都对自己的过往一无所知。"

车夫问："之前的事情都不记得了？"

林衍道："不记得。"

车夫道："那只可能是震国有人参悟，致使时空逆转。至于这读脑的人，却不一定是你。"

林衍恍然道："你这么一说……确有这个可能。彼时我醒来之后，发觉自己在闹市中的一家旅店里。我走出房门，在过道里遇见一个店员，我与他对视良久。后来他看了看自己手中的扫帚，便继续去打扫了。我又走到街市上，见很多人正从家中出来，虽然都是一副不明所以的模样，然而不多时就回去了，并不混乱。"

穆嫣然问："为何会这样？如果人人都不记得自己是谁，那不该天下大乱了吗？"

车夫在一旁解释道："会小乱，不会大乱。世事变化之时，总有些人的反应会更快一些，从而占别人的便宜。然而即便记忆消失，每个人的格局也不会变，懦弱的依旧懦弱，懒惰的依旧懒惰。大多数人一旦找到自己的位置，就会安稳地留在那个壳子里，不愿意再离开。"

穆嫣然道："你这么说，这乱世倒更像是她所说的那样——"说着指了指女猎手，"被扰乱的是记忆，而不是时空了。"

掌柜闻言，笑道："这记忆之说只是一家之言。我认识几位高人，都猜度这世间的时空乱了。毕竟，倘若时间还如治世那般永远向前，那么人就不可能会遇见自己。"

穆嫣然"咦"了一声，想了想，又看向林衍，道："对啊，你是怎么遇到自己的？"

林衍嘴角略微抽动了下，道："我醒来没多久，他——就来找我了。"又背过身去，不肯看那台子上的头，许久才继续说道，"我初见此人，自然极为惊诧。他说自己名叫林衍，并说他就是几年后的我，因为他耳后多了一道读脑留下来的疤痕。"

掌柜忙绕到那头侧旁去看，又对穆嫣然点了点头。林衍继续说道："他说他从坎国来到震国，是为了参悟。他融合第一个头时，得到了许多无用的记忆，令他十分厌烦。然而读第二个头时，却感到一种巨大的甜蜜，仿佛骤然理解了自己一生的使命。醒来之后，一切又恢复如常，唯一的区别是，他没有像震国其他的人那样忘却过去。"

车夫听完他这些话："这确确实实是参悟了，可见致使震国时空逆转的人，是这一个林衍。"

赌脑

林衍忙问道:"如果是参悟,为什么他会告诉我说,他在醒来之后,更清楚、更具体地感受到了痛苦?"

车夫道:"时空逆转之后,世人往往会更深地陷入眼前的琐事之中,越发没有胆量超脱自我。而参悟的人,却因曾经饱尝'得道'那一瞬间的甜美,反倒对现实更为警惕,甚至觉得现实世界并不真实。"

女猎手冷哼一声:"所以他就妄想进城参悟!"

林衍道:"你又在胡诌!我从未听他说起过此事。"

女猎手道:"是吗?那么你后来有没有帮他做事?"

林衍略略迟疑了一下,才道:"此人……确实很富有。而我帮他,并不是为了让他进城赌脑。"

女猎手道:"你果然是同他一伙的!"穆嫣然忙问:"你为他做了什么?"

林衍踌躇道:"他说,他有一批货物要送到城中,让我帮他打点从震国到雷门的各处关节……"

女猎手笑着对穆嫣然道:"现在,城主还认为我在说谎吗?"

林衍忙道:"穆姑娘!那货物我见到了,绝不是她所说的那种东西。此人是商人,有货物要从震国送回坎国,经过城中也是寻常事。"

女猎手哈哈怪笑道:"是吗,那么证据呢?货物在哪里?"

林衍道:"我只负责打点送货的渠道,又不管他的货物,我怎么会知道在哪里?你先杀了人,又来栽赃我,真是岂有此理!"

穆嫣然见这两个人开始打起嘴仗来,忙道:"先不谈这些。林公子，你继续说。"

　　林衍深深吸了一口气，才强忍怒火，说道："也没什么好说的了。我从雷门处回到震国市集，就见着他被人当街杀死。然后我一路追着头的踪迹进了城，摸进这茶馆来，誓要为他讨个公道！"

　　他说完，诸人都许久没有开口。外面不知何时下起了淅淅沥沥的小雨，忽而随着微风飘洒到屋里。林衍的那颗"头"，因在台子上摆得靠近窗户，竟有半边脸被雨打湿了。掌柜发觉时，不由得打了个寒战，忙去关窗，再回过头时，发觉所有人都盯着穆嫣然，等她开口。此时却听女猎手又道："我、钟表匠，还有这姓林的，说的其实是同一个故事。城主可听明白了？"

　　此时穆嫣然端坐在屋子正中，另外几个人分立在她的左右。这情形倒真像是一城之主要对案件做出裁决的样子了。穆嫣然十分镇定，不紧不慢地道："你们之中，有人在说谎。"

　　林衍忙道："姑娘是明白人！这女人所说的'城中无主'，是在挑战你身为'完人'的威信啊！"

　　女猎手懒洋洋地道："林先生要往城里运的东西，是不是为了读脑？"

　　车夫叹道："那死掉的林先生是个老赌徒。人一旦开始赌，就很难停下来喽，通常是越赌越大的。"

　　掌柜道："话虽如此，这些日子，城主确实一直在城里的……"

　　女猎手愕然看向他："什么？'城中无主'这话，可是你说的。"

　　掌柜忙摆手道："这句我真不记得。"

　　林衍哈哈一笑，道："说谎的人总会露出马脚。"

穆嫣然起身道:"够了!"几人又停下话头看向她,她蹙着眉头道:"我不管是谁在说谎,你——"她凌厉的目光扫向女猎手,"未得我命令,出城去杀人,这件事总是有的。"

女猎手挺直身子,略带轻蔑地看向她:"这就是你的结论?"

"对。"穆嫣然毫不迟疑地说道,"所以你必须死。而你——"她又看向林衍,"你今日必须出城,再也不许踏入城中一步!"

第四幕　地坤

Allegro

(快板)

大雪纷飞。

两点整的"布谷"声响起时,屋中只有林衍一人。掌柜和车夫都随穆嫣然出去观刑。先头茶馆大门敞开的一刻,外面至少围了三十个机械人。这等阵势,倒让林衍一点儿都不想跟去看了。他只觉得精疲力竭,内心又无比安定。他想,猎手已死,这下自己安全了。

趁着左右无人,他换上早前进来时的衣衫。果然如掌柜所言,一时一刻的晴朗,就足以让湿掉的衣衫干透了,只皮鞋还有些潮气,但也可以容忍。穆嫣然回来的时候,便见他一身笔挺的洋服,不由得眼前一亮,笑道:"果然人靠衣装。这样一打扮,显得你沉稳了许多。"

林衍见她自刑场归来，却毫无惧色，忽而又忧心起来，勉强道："多谢。"

　　穆嫣然仿佛知道他在想什么，收了笑，肃然道："你不必担心城中法度，我既说了要那猎手死，她便一定会死。不过此人心性并不坏，我让庄家把她的脑存在水晶里，日后再寻有缘人送出去就是。"见他不语，又歪过头微微一笑，"难不成，你连我也信不过？"

　　林衍暗自松了一口气，忙道："怎么会！我只是在想，这一个'山料'又会为谁所得呢？"他见门缝外雪景极美，便去开窗。探进屋的杏花枝条上竟有许多艳红的花蕾，上面凝了一层雪白的冰霜，毛茸茸的，煞是可爱，便招呼穆嫣然："快来看！"

　　穆嫣然还裹着外袍，所以倒不惧寒冷，没承想走过去时，脚下一滑，险些摔了一跤！还好她眼疾手快，扶住了侧旁的凳子。林衍忙凑过来，一手握住少女柔软冰凉的手，另一只手则扶在她腰际。穆嫣然微微吃了一惊，仍笑道："地上居然结冰了……是方才飘进来的雨吧。"说着站直了身子。林衍忙又松开手，心却怦怦直跳，胡乱道："仿佛是层霜。"

　　两人各自站定，一时都没有开口。穆嫣然看向窗外，轻声道："我不许你再进城——你不会怨我吧？"

　　林衍道："我没能自证清白，所以你做出这个决定是正常的。我只是很伤感，恐怕今后再也无法见到你了。"

　　穆嫣然眨了眨眼睛，调皮地说："为什么——啊，你不能再进城来了。"

赌脑

林衍沉声道:"而你不能出城。"

穆嫣然黯然道:"确实,我们再也见不了面了。"她顿了顿,又道,"我好像都没有什么朋友。"

林衍问道:"怎么会呢?"

穆嫣然道:"同我一起长大的伙伴,都去别的国家了。就算偶尔回城里来,大多也把我忘记了。"

林衍唏嘘道:"所谓聚散无常,在城外的我们其实体会更深。人与人之间,今日还是相熟的,明日或许就彼此忘却,渐行渐远了。姑娘起码还知道自己曾经有朋友,而我,只能看到现在你在我身边。"

风吹雪落。穆嫣然打了个寒战,便去关窗。林衍忙跟过去,却见她驻足窗口前,向外望去。近处红杏似火,远处浓云翻滚如海。阳光被无边无际的云朵遮住了,偶有几束从缝隙中透下来,金丝般直坠地面,像是天上的神明在借此洞察世间。正当此时,大地忽然震颤了一下。穆嫣然面色微变,向窗外探出手去,一只灰喜鹊"喳喳"地叫着落上了她肩头。它又抖了抖翅膀,又将口中衔着的一枚金丸放入她手中。穆嫣然两指轻轻一捏,那金丸登时化为粉末,随风飘散。

"是巽国。"

林衍一时没听懂她在说什么。穆嫣然回过身,又看着林衍,蹙眉道:"巽国有人参悟——时空逆转了。"

林衍忙问:"下面你想做什么?"

穆嫣然稍稍抬了下手,那喜鹊便又扑棱着翅膀飞走了。她说道:"只是觉得有点巧。我们刚才还说巽国这些年都没什么风波,忽然就变了。"说着她关上窗,回到房间中央,自顾自地斟了茶,又捧了杯子,似是在暖手,一副若有所思的模样。林衍远远看着她,半晌,才低声问道:"你就不想出城去看看吗?"

穆嫣然答道:"想啊。方才我一面听你们说话,一面就在想——坎国水上人家是什么样子,巽国大漠中的小屋是什么样,还有震国……"她先止住林衍,"你别说,让我来猜。震国的市集,一定很热闹,有很多很多人,对不对?"说完又十分失望,低叹道,"我真想去看看。"

林衍定定地看着她,说道:"如果这些地方你我能够同去,那该有多好。"

穆嫣然摇头道:"城主若不在城中,这里便会法度尽失,人人皆可在此作乱。"

林衍道:"我知道。但你却因此失去了自由——这样的代价,真的值得吗?"

穆嫣然微微一怔,本能地答道:"我不知道。"再细想时,竟越发不甘心。那一点点不安分,仿佛燎原之火,从心底蹿到四肢百骸。她抿了口茶定定神,转而问道:"你出城之后,会去哪里?"

林衍道:"应当不会回震国——或许会去巽国。"

穆嫣然忽而掩口笑道:"去见你的妻子?"

林衍一怔:"我的妻子?"

穆嫣然浅笑:"巽国时空逆转,一切重新来过。你去了巽国,说不定会遇见她。"

林衍断然回道:"我不信那个故事。"

穆嫣然道:"你一定信,不然你为何要去那儿?"

林衍想了想,才道:"就算……就算那个故事是真的,我现在也不记得这个女子了,不知她究竟是在未来还是过去。所以我去异国,也不是为了她——"又略略放低了声音,"我只是想印证一下车夫的话。倘若能找到钟表匠的房子,我也就知道自己是谁了。"

穆嫣然闻言,却有些失望。她放下杯子,道:"你还是只想着你自己。"

林衍忙道:"我更想来城中找你。"

穆嫣然丝毫不为所动,淡淡地道:"不必了,你还是别再进城了,我怕你在城中参悟。"

林衍道:"我不会那么做。我只想时常见到你。"

穆嫣然微微一笑,道:"见了我又如何?"看了看那西洋钟,"不早了,你该走了。"

两人正说着,门又开了。外面雪早停了,独留阴云密布。但天地间却是透亮的,一眼能望出去好远。掌柜带着一身外面的寒气,拎了个黑绸裹着的匣子,拖着步子走进屋里。他看见穆嫣然,忙把匣子放下,点了点头算是行礼。

穆嫣然问:"事情都办好了?"

掌柜指了指那匣子,答道:"就是这个'山料'。"

穆嫣然额首道:"很好。她后来说什么了?"

掌柜看了看林衍,欲言又止。

穆嫣然道:"你说就是。"

掌柜这才说道："她对我说，她去震国杀那人，着实不值当。如今城中没有了公道，不如让一切涅槃重生。若有来世，她一定要进城参悟，颠倒乾坤。"

穆嫣然嗤笑道："痴心妄想。"说罢又看了看林衍，复对掌柜道，"林公子正要出城去呢。"

掌柜这才挤出一丝笑："今儿没好好招待先生……让您空手而归，真是对不住。"

不等林衍答，穆嫣然先道："怎么会空手？让他把他自己的头拿走。"说着，便指向台子上那颗由女猎手收来的头颅。二人闻后，愕然无语。

穆嫣然见他们不答话，便又问掌柜："庄家是舍不得吗？这算是不义之财吧？"

掌柜忙道："怎么会舍不得！本来就是林先生的头，理应让他带走——我这就去帮他包起来。"说完一通忙乱，从屋角翻出个匣子，把那头放入其中，再扣上机关，送到林衍面前。而林衍本来一见自己这颗头，便会方寸大乱，竟没有拒绝，迷迷糊糊地就接过去了，还道了声谢。掌柜一路将林衍引至门外，招呼车夫道："送林公子去——"说着探头回来，看了看穆嫣然，见她比了个手势，才继续道，"去风门。"

风门正是通向异国的城门。车夫连声答应，把空鸟笼往车头一挂，用袖子把椅面擦了擦，便请林衍上车。林衍把匣子往内里一放，松开手，才想起自己几乎挑明了问穆嫣然，她却毫无回应，简直无情之至。此时再往茶馆大门处看，连她人都没看到。再想

赌脑

到与她分别之时，连句"再会"也没有，林衍又是失落，又是怨恨。天上的云渐渐散开了，又起了风，一时竟冷得刺骨。车夫耐不住寒气，把手往袖子里一缩，隔着袖口的布料握住车把，如此拉起车便走了。

掌柜见两人远去，才合上门。他回过身，一面搓手，一面对穆嫣然道："这屋里也这么冷！可别冻着了小娘子。"就要去生火。穆嫣然倒不太在意，道："冷不了多久。"

果然屋内风扇渐渐转得慢了。不多时，阳光从窗口洒进来，四下很快便暖起来了。穆嫣然不愿久留，问掌柜道："别的买家都走了，你给'籽料'开个价吧。"

掌柜挠了挠头，讪笑道："这城都是您的，您看着给吧。"

穆嫣然道："我总不能比车夫给得少吧。"想了想，褪下手腕上的翡翠镯子，递给掌柜，"此物我向来不离身，今日给你了，连着方才给林公子的那颗头一起算，也没亏待你。"

掌柜定睛一看，见那镯子通体碧绿，水头极佳，显然价值不菲。他一面喜笑颜开，一面摆手道："呀，这太贵重了，我哪里敢收！"

穆嫣然只把镯子往桌上一放，道："你收着就是了。林公子不知道你这家店的门道，我还能不知道吗？每一颗头的来龙去脉，你心里都明镜似的，不过是不能告诉我们罢了。你今日给我的这个头，一定是千挑万选才拿到我面前的，值这个价钱。"

掌柜闻言，收起笑，不去拿那镯子，反而问道："脑子里的东西值多少钱，小娘子还得给我个评判的准则才是。不然我哪里敢收呀？"

穆嫣然道："能让人参悟的，自然好。"看了看他，又笑道，"我知道是要赌的。不然这样，若是我参悟了，这镯子就归你。若是没有，我再来问你要，换一样别的给你，如何？"

掌柜道："小娘子这是拿我取乐呢。您又不能出城，根本不会去读脑，这镯子不就归我了吗？"

穆嫣然莞尔一笑道："谁告诉你我不会读？不然我今日为何要来赌脑？"说着坐在长凳上，跷起脚道，"我说不出城，那是唬别人呢。我要出去，自然得悄悄的，还能满世界宣扬吗？"

掌柜震惊，道："您要出去——城中岂不是没了主人？这——这不全乱套了吗？"

穆嫣然道："早前的城主墨守成规，那是他们胆子小。方才你也听到了，这世界这么大，我为何要把自己困在这四方天地中呢？再说，知晓世界的模样，不应当是我身为城主的职责吗？不过是出去一趟，几日工夫罢了，能有什么事情？"

掌柜颤声道："当然能出事！那女猎手虽死，但方才异国时空逆转，难说时间究竟退回哪一时刻了。倘若倒退得不久，正是她还在异国的时候……"

穆嫣然恍然道："就会有另一个女猎手——去震国追杀林衍？"掌柜却没料到她往这里想了，怔了怔才道："确实。"

穆嫣然起身道："这林衍方才还一脸得意，以为他改变了自己的命运呢。"走了两步，越发不安，"不行，我得去警告他。"就往门外走去。

掌柜急忙追过去，道："小娘子，我要说的不是这个……"

只见穆嫣然打开门，吩咐近处的一个机械人："你去巽国，找林衍，告诉他不要去震国。"

那机械人一副愣愣的样子，仿佛没有听懂。穆嫣然极不耐烦，用手在它头上一敲："记住这人的样子了吗？若是没找到，就不要回城了！"

机械人微微一震，才答了声："是。"

穆嫣然这边刚关上门，那边掌柜又接着劝道："小娘子万万不能这样冒险啊。您记得那女猎手说过的话吗——城中无主！"

穆嫣然道："我近来都在城中。那是她编的谎话。"她松了口气，又对掌柜道，"你放心，我会尽快回来的。"

掌柜道："您要是出城读了脑，或许会忘了自己是谁！哪里还记得回来——咱们可不敢赌这么大啊！"

穆嫣然眼睛一亮，道："你说得对——这才是赌。钱财不是赌，命运才是赌。"竟越发兴奋起来，对掌柜道，"庄家当初选赌脑这行当，也是觉出这里面的趣味了吧？看着他人因你而变，世界因你而陷入轮回，这种主宰命运的感觉，又有几个人体会得到呢？"

掌柜哭丧着脸道："我能改变什么啊！我什么都改变不了！"

穆嫣然道："你不必自谦，也不必再劝我。我既已下定决心，就一定会去。如今这城中似一潭死水，城外颠三倒四，这乱世的模样也不能更坏了。倒不如赌上一切，看看能否有所改变。若我能参悟，说不定就能找到法子，让这世界回归治世！"她说着，走到"籽料"面前，看着那颗头，"而一切变革的源头，就是它了。"

掌柜道："您——真的要读这个脑？"穆嫣然道："对。"

掌柜几乎语无伦次，道："可——可这个'籽料'，就是存了对林——"

他话还未说完，门便"嘎吱"一声开了。车夫佝偻着背，探进头来："呀，您二位还在呢！"

掌柜却像是一下子失去了勇气，颓然道："可不是么？您……把林先生送去风门了？"

车夫擦着汗走进屋内，道："送去了，眼见他出的城。没想到跑一大圈回来，你们还在这里。"

穆嫣然道："你腿脚确实快。林衍离开之前，说了什么？"

"没说什么。"车夫看了看她，又笑道，"小姐十分关心此人，难不成喜欢上他了？"

穆嫣然一怔，蹙眉道："怎么会？此人先亢后卑，满口仁义，却又贪婪无情，实在俗不可耐。只可惜了那张好面皮——城外的人都是他这样的？"

车夫搓手道："不都是，但确实不少。"看了一眼桌上的镯子，又道，"真不愧是咱们的小姐，出手就是大方。"冲掌柜挤了挤眼，"这次满意了吧？"

掌柜叹道："我宁可不要这镯子。"

车夫讶然道："此话当真？"

掌柜却不接他的话，问车夫道："您回来做什么？"

车夫道："我那'山料'还没拿呢。"说着便走到屋角，拎起那黑绸包着的匣子来。

穆嫣然见了，便对掌柜道："把我那'籽料'也包起来吧，我

赌脑

要走了。"

掌柜听了她的吩咐，极不情愿地走到那台子前面，慢吞吞地竖起匣子四壁。这边车夫又凑到穆嫣然身边，笑问："小姐是要收藏这头——"看了看她的神色，"还是要出城去读取脑中的信息呢？"

穆嫣然淡淡道："这与你有什么关系？"

车夫忙道："自然无关。然而……"侧旁掌柜咳嗽了一声，车夫像是没听到，继续说道，"说到读脑，我觉得最久远的那些技术更好。您知道吗？我異国那屋子里藏了一本笔记，是早年人们还记得治世模样的时候，从云上读出来的。"

穆嫣然沉吟道："你是说，我要是想读脑，就应当去你的钟表铺子？"

车夫道："嗨，您不知道，外面有些人啊，说是有手艺，其实都是假的，骗人的！您要是把自己交给他们，那可就太危险了。"

穆嫣然颔首道："从那女猎手身上，可以看出你有几分真本领。"忽而又问，"你那笔记里，可说过云是什么样子吗？"

车夫一拍大腿："哎哟！您可问到点儿上了！里面真写了！"穆嫣然一下子来了兴致，问道："怎么说的？"

车夫摇头晃脑地说道："这云吧，不可见也不可触，偏偏藏了世间的一切知识。"穆嫣然越发感兴趣，随即便问："真的？怎么藏的？藏在哪里？"

车夫道："据说原先有两种云。一种在天上，早年人们给它起名，管它叫'乾'，它是源于一种叫'互联网'的技术，人们通过机械，就可以在互联网上面交流，也能在世界上的任何一个地方，把自己所思所想写到云里，让其他人去读。然而乱世之后，人们忘记了如何才能进入'乾'，故而只知道这世间曾有个互联网，却不知如何读取其中的信息；这第二种云，就更有意思了，叫作'坤'，它的源头，是脑联网……"

穆嫣然惊道："脑联网？我听人说过它。"

车夫道："您见多识广，我就不卖弄了。"

穆嫣然忙道："你说你说，我想听！"

于是，车夫接着说道："这脑联网在地上，它把所有人的大脑相互连通，让人们不用语言就可以彼此沟通。'坤'储存了人们所有的记忆，那些无法用语言表达的情感也在其中——他们消灭了无知，也消灭了孤独。人们进入这一种云之后，沟通交流便再无障碍，这是真正的世界大同！"

穆嫣然点头道："这才是治世的气象。"

车夫却不认同她的话，说道："您这话错了。引起乱世的，就是这脑联网。"

穆嫣然问："此话怎讲？"

车夫道："'坤'虽有种种好处，却容易让人们对自己真实世界里的身体，产生严重的认知障碍。他们搞不清楚自己是谁，拒绝承认某一个身体是属于自己的，使得许多老人和穷人都饿死街头——"

穆嫣然问："为什么？"

车夫道："因为即使他们的肉体死去，精神依然在'坤'中活着，照样可以去争夺那些年轻的身体。不过'坤'再强大，也需要真

赌脑

实世界里的人类大脑，作为脑联网成长更新的基础。如果人再这样大批死去，整个世界都会消亡。"

穆嫣然沉吟道："这些古人聪明到能建立'乾''坤'——就没人想个法子来解决这些问题吗？"

车夫道："这个问题出现后，人人皆是脑联网的一部分，早就难分彼此了。故而他们所找到的解决之道，就是打断人们的记忆，让生活变成只有此刻的片段，不知过往，不辨未来，单单活在当下。"

穆嫣然怔怔地重复道："当下？"

车夫道："正是。而一旦有人明白自己身处脑联网之中，便会导致所有人的记忆被清空——"

穆嫣然眨眨眼，迷茫地看着他："你是说，所谓参悟——就是一个人看清脑联网的整体，明白自己是其中的一部分？"走了两步，又道，"而时空逆转——就是这脑联网为了生存下去，而对个体采取的制约手段？"

车夫竖起大拇指，道："您说的这两句，比那笔记上写的还要高明。"

另一边，掌柜终于把装着"籽料"的匣子扣上了，没好气地对车夫说道："你同小娘子说这些玄之又玄的鬼话，是要哄骗她去你异国那破屋子里读脑吧？"

车夫忙道："这话说的！小姐就算去了，我也不在异国啊。"又指了指"山料"，"我是要去坎国！等那姓林的商人付了钱，我就能把自己的铺子赎回来喽。"

掌柜道:"你何必舍近求远呢,巽国刚刚发生了时空逆转,你直接去,你的铺子还在那里呢。"

车夫笑道:"那只有一栋房子,哪容得下两个我?我不如在坎国拿了钱,去震国再开一家钟表铺。"

这边,掌柜终于把"籽料"包好,又寻了一块黄绸,照着先前的样子,在匣子外面裹了一层布,用四角系成把手后才恭恭敬敬递给穆嫣然。穆嫣然接过,险些没有拿稳,惊道:"这么重!"

掌柜道:"可不。这里面不只是一颗人头——也是小娘子的未来啊。"

穆嫣然定了定神,握紧把手:"未来不过是出城的一个方向罢了。我想明白了,不管这世界的真相是什么,我都要自己去看看。我的未来,我来选择,我会对自己负责的。"

掌柜叹了口气,从袖中掏出核桃,慢悠悠地盘了起来。穆嫣然对二人略一施礼,说了声"告辞",便拎着"籽料"走出屋去。只见门外晴空万里,竟连半片云都看不到了。她微微一笑,自语道:"好兆头!"随即钻进一架机械轿车,携着众机械人浩浩荡荡地走了。这一行人的履带铁足踏过后,便会扬起微小的沙尘,就像在天上拖了个模糊的影子。

掌柜与车夫在门口远远看着,末了各自叹了一口气,然后又对视一眼。掌柜问车夫道:"你为什么叹气?"

车夫弓着腰,就近拣了把椅子坐下,说道:"你怎么能给她那颗头啊⋯⋯"

掌柜把两个核桃捏在手心里,问:"什么头?"

车夫摇头道："这'籽料'是我给你的，那匣子上的字还是我写的呢！那里面，藏着她对林衍的爱恋！如果她不是去異国读了这颗头，一切也未必会变成今天这样子。你还说我为了钱作恶，你自己为了钱，又做了什么啊？"

掌柜警惕地看着他，低声问道："你什么时候知道的？"

车夫一怔，复又笑道："我又不是瞎子，她现在的模样，同当年第一次来找我的时候一模一样，我自然是一进这屋子就知道了啊。"

掌柜还不肯认，撇嘴道："你知道什么，你什么都不知道！"

车夫看了他一眼："我不知道？这穆嫣然就是林衍在異国的妻子——也就是女猎手身上的那半个女人。她现在出城去異国，不就是让一切回到原点了吗？"

掌柜没承想他大大咧咧地说了出来，惊得眼睛都瞪圆了，先用食指压在嘴唇上，摆了个"嘘"的口型，又到门口看了看。走了一圈回来，他低声对车夫道："这话能说出来吗？！"

车夫道："你办得出来，我怎么就说不出来？当初我帮她读脑的时候，可不知道这些前因后果——你就不能提醒她一下吗？"

掌柜又开始盘那对核桃，慢悠悠地道："我怎么告诉她？你和我这一辈子兜兜转转，直至今日，才算把因果看明白。我现在告诉她，她既听不懂，也不会信啊！"

车夫道："你看明白了？恐怕你什么都不知道。"

掌柜道："您是高人，我向来都只有听您说话的份儿。"

车夫转过脸："你要是讥讽我，我就不说了。"

掌柜一揖到地，正色道："我是正经跟您请教呢！"

车夫这才说道："方才我同穆小姐说了脑联网，时空向来是一体的，你就没再想想我们这座城吗？"

掌柜重复道："城？"

车夫道："东雨西雪，南夏北冬，世间哪儿有这样的地方。这里是大千世界的剪影啊。"

掌柜微微一凛，说："你是说——这座城，其实就是——"

车夫却不再回答，拎了匣子，起身缓缓走向大门，背着身子道："你做了一辈子的庄家，还不明白吗？真正的参悟，根本就不需要赌脑。"

大门开启，掌柜被外面的炎炎烈日晃了一脸金光。待再暗下时，他等了一会儿，才看清周遭的模样。如今这茶馆只剩下他一人，四下里空落落的，仿佛什么事情都没有发生过。西洋钟敲了三点，鸟骨架探出来，白得瘆人。他忽然觉得有哪里不对，走了几圈，视线终于落在地上的"山料"上。

——这是哪一个"山料"？

他把核桃放在桌子上，走过去把那黑绸拆开，里面锋骨毕露的"山料甲"字样，戳得他汗毛倒竖——车夫拿错了！他拿走的，是女猎手的头！那个在死前要"颠倒乾坤"的人！掌柜急忙出门去看，哪里还有车夫的影子？他清楚自己的腿脚，根本追不上车夫，便无奈地回到屋中，又忽然想到——难不成，这颗头，车夫是要拿给坎国的林衍？

"颠倒乾坤，颠倒乾坤……"掌柜喃喃自语。这么看来没有人说谎——穆嫣然去巽国，读了藏有爱恋的"籽料"，嫁给了林衍。她病倒之后，被林衍抛弃，决心抛弃情感，与机械人融合，变成了女猎手。而她丢弃的爱，又被钟表匠存到了病人的脑中，变成了"籽料"。林衍得了机械人的警告，知道不能去震国，于是与穆嫣然擦肩而过，在巽国的钟表匠那里读了自己的脑，他忘记了过往，去了坎国经商。商人林衍得了车夫拿来的"山料"，从坎国一路摸到震国，在新的钟表铺里读了"山料"中的记忆，却阴差阳错地继承了女猎手的遗愿，要找机会去城中参悟，又在市集上被女猎手所杀！

真是因果循环，报应不爽——

外面忽然妖风四起，风扇"呜呜"哀鸣。天色骤暗，掌柜到窗边去看，竟见太阳被一个黑影遮住了，只留下一圈浅浅的金边。他这辈子，自以为在城中什么怪天气都见过，而这般奇景却是第一次见——"城中无主。"他低声道，这样的异象，定然是穆嫣然出城去了。她终究还是解开了自己的桎梏，走出了围城。所以，如今只有一件事说不通了——这城里的时间，究竟是在何时乱了的？不然，女猎手早前为何能说出"城中无主"？

——谁，在城中参悟了呢？

背后，门忽然"嘎吱"一声开了。掌柜吓了一跳，转身去看，却是一个机械人。

"先生好。"它说。

掌柜道："什么事？"

机械人说话极为缓慢，仿佛每一个字都需要用很久的时间来找寻。它说："先生，我想请教您一个问题。"

掌柜道："说吧。"

机械人道："我想知道，我与人类有什么区别？方才城主给我的记忆里，有一些情感，我无法理解。"

掌柜正心如乱麻，哪有心思回答他的问题，便道："我只懂人，不懂机械。"

机械人苦恼道："可是我想不通，希望先生能帮我。"

此物如此呆笨，掌柜实在不想同它周旋，忽而想起车夫来，便笑道："在异国有个世外高人，或许能解开你的疑惑。"又告诉它地址。机械人道完谢便走了。

掌柜关上门，收了笑。嘴角拎起的一整日的皮肉，终于如幕布般垂下来，堆在干瘦的两颊旁。窗外天色大亮，他怔怔地坐下，再次陷入这一日层叠堆砌的话语迷宫中。当这故事再套到此刻世界的时空架构之中后，每一件事情仿佛又有了新的含义。然而这些思虑对像他这种年纪的人而言，实在太过沉重。不多时，他便昏沉起来，恍惚中发觉房屋四壁往下坠，屋顶掀开，风扇坠落，末了一切物质都沉入土中。地面变成一片冷光照射下的惨白，他知道自己梦到了茶馆地下的冷库。面前的架子一排排展开，无边无际，里面是难以计数的头颅——

脑联网？

不，这不是脑联网，而是头颅冷库。年迈的冷库看门人用大半辈子的闲暇时光，读了每一颗头的生平，仿佛这些头是他真正的朋友。然后科学家要用这些头来实验脑联网，而他却在临死前

赌脑

决定加入实验，同他们一起踏入这片广阔无边的云。

他变身为这乱世中的路标，为每一个迷途的人指路。他看着他们来来回回，去而复返。一切在冥冥之中皆有定数，尚未开始的，其实早已结束。

——却又未必。

照那车夫的话，城外就是真实的世界，满是鲜活的人。每一个生灵加入脑联网，便会带来新的变数。他想起穆嫣然离开时坚定的目光，那里面饱含孩童的无知和勇敢，以及无限的可能。或许时间在循环，或许因果之间有关联。今日之果只对应今日之因，未来并非一成不变。

她踏出城门，会往何处去？

——那就是明天的故事了。

掌柜想到此处，释然一笑。他睁开眼睛，起身把水壶摆在炉子上，披了件马褂，缩到屋角，沉沉睡去。

东方乌云蔽日，应是雷震将至。

济南的风筝 / 梁清散

济南的风筝——昔日的奇迹，载人风筝升天。

不得不承认，我在看文献时，总会被所谓的情绪所干扰。显然这是极不专业的表现，不过我本来也不是什么专业人士，没有谁会对我这样的人提出什么过高的要求。

当我看到一百多年前的一起不大不小的济南爆炸案时，我便完全陷入了那种不专业的情绪之中。

1910 年山东济南北部，泺口地区的一家名为泺南钢药厂的小型工厂发生爆炸，连带周边几家工厂，连续发生爆炸，殃及周围村落，造成包括在厂工人在内至少五十人死伤。原本应该是震动京城的大事件，但因为年幼的宣统帝登基不是很久，整个爆炸事件完全被国事压了下来，就像爆炸之后的硝烟一样，这个惨案散去得无影无踪。不过，不久后，爆炸案还是被当时逐渐正规现代化的清廷警方所侦破，肇事者名叫陈海宁，正是泺南钢药厂的技术工人，在爆炸事故发生时当场死亡。之所以确认是这个人，是因为在现场找到陈海宁常穿的衣服上有他特别定制的金属饰品。而爆炸原因也正是这些金属饰品不慎脱落，掉入机械齿轮中撞击产生火花后，引爆了火药库。

在报道的文字下面还有两张照片，分别是被炸得一片焦黑的泺口，以及那件被烧得不成样子的、只有一串串金属片挂在胸前位置的衣服照片。

或许正是因为这身衣服的饰品太过奇怪，我终究感觉这个报道极不对劲，肯定还有什么隐情暗藏其中。然而，会是怎样的隐情，甚至于暗藏了什么样的真相，那就需要用文献学的基本方法来进行实证了。

我先把注意力放到了"连续爆炸"上。

怎么会发生工厂之间的连续爆炸？在 1910 年的时候，就有如此密集的高危工厂存在？不过，当我检索了当时济南泺口地区的相关文献之后，发现这是有可能的。

实际上，济南泺口地区早已是清朝末年的工业重镇之一。早在 1875 年，在这个地方，就由刚刚升任山东巡抚的丁宝桢邀请当时著名的科技人才徐寿、徐建寅父子一同建起了后来影响一时的山东机器局。后来，徐寿被调到江南制造局去造船，留下了更加精通化学的徐建寅继续主持工作。也就是说，从那时起山东机器局就已经定下来它随后几十年的发展方向：军工和火药的研制以及生产。

那是光绪初年的事，等到了光绪末年，济南泺口这一带已经完全生发出了军工火药生产的传统。不仅仅是山东机器局，其周边的大大小小的工厂也都在日日夜夜地怀抱大清国可以重回伟大帝国的希望生产着黑火药。虽说绝大多数小型工厂都没有留下记载，但总体而言那里的规模还是可见一二的。诸多黑火药工厂，到底采取了多少安全措施，抑或有没有安全防范的基本能力，恐怕都是个未知数。就连徐建寅本人，也是在研制无烟火药时发生意外，被炸殉职于1901年。

要更多的枪支大炮，就要有更多的高效火药供应。恐怕在大清国的最后一年里，整个济南都弥漫着浓浓的未燃火药味。在济南城的北边，一大片土地被济南特有的圩子墙围起，墙内正是因为徐建寅意外身亡后逐渐没落的山东机器局。而在圩子墙外，大概不会太远，便挤满了小工厂，也许不应该称之为工厂，只是一间间生产黑火药的简陋作坊。

实在可惜的是，那个时候摄影相对来说太过昂贵，还不太普及，留存下来的相关照片更是少之又少。我在自己惯用的数据库里翻了很久，只找到一些山东机器局的照片。这些照片绝大多数都是在山东机器局的正门，拍下的多是那个在匾额上写着"造化权舆"四个大字的圩子门，和门前那些面对硕大的照相机镜头还很惶恐、不自然的人们。我始终找不到任何小作坊的照片，更没有可能通过影像资料研究当时的黑火药作坊的安全措施到底合不合理，或者说是有多不合理。

不过，仅从记载中黑火药作坊的数量和泺口地区的工厂承载能力来计算，确实可以判断出当时小作坊群到底有多么拥挤不堪。连续爆炸，确实有可能发生，不能成为疑点。

除去这一点之外，再无更多线索。恐怕需要从其他的文献中继续探寻，那么唯有一个"陈海宁"的名字，可谓检索的关键词。

令我惊讶的是，没想到以这个名字一路检索，直到1880年，竟真的有所收获。"陈海宁"这个名字，出现在一个大名单中，名单内容为 1880 年山东机器局的新入职人才和职位。

陈海宁主管的是机械制造，由此可见，他不仅不是一个毫无经验而造成惨剧的冒失鬼，还是山东机器局一个元老级的技术人才。

这下变得有意思起来了。

不过我还要更加谨慎，虽然地点上的重合度很高，但也不能排除这是一个同名者。我必须再找到更多更充足的关联性证据。

可是接下来的检索就没有那么顺利了，我所使用的数据库可以检索到的有关"陈海宁"这个名字的信息只有三条，除去前面已经搜到的两条之外，还有一条要比 1880 年还要靠前一年，也就是 1879 年。报道说，在上海的江南制造总局有一批徐寿的学生毕业（或者可以称为出师），我在毕业学生名单中再次见到了"陈海宁"。

陈海宁这个名字在清末的历史上出现过三次，其中有两次出现在看似并没有任个人信息透露的大名单中。这多少有些令人沮丧。两次名单里出现的陈海宁倒可以基本确定是同一个人。因为徐寿正是徐建寅的父亲，中国第一代本土船舶专家，在机械设计制造方面有着极高的成就和开创性。身为徐寿的学生，学来一身机械设计的本领，去了徐寿的儿子一手筹划建成的山东机器局，担任机械制造方面的职务，完全合乎逻辑。然而，问题仍旧是在于这个徐寿的学生陈海宁和三十年后造成济南泺口连环爆炸案的陈海宁，到底是不是同一个人，我仍旧没有找到任何直接证据。

再继续检索下去，也是无济于事。

济南的风筝

我无奈地将自己的数据库网页关掉，打开了邮箱，将我所检索到的三条信息做成附件，在收件人地址栏中熟练地敲上了邵靖的邮箱地址。

邵靖是我的大学同学，算得上是志同道合的好友，不过他一路深造，后来到了历史档案馆工作，我则一如既往不务正业，卖些不入流的故事勉强生活。幸好他倒没有嫌弃我，多年来一直保持着默契的合作关系。一般来说，我几乎都不需要做什么解释，只要把自己检索到的材料一股脑儿地发给他，他就能立即抓到我所想要的重点。

我正准备点击发送邮件时，迟疑了一下。虽然说这家伙一直对我们这种猜哑谜一样的交流方式乐此不疲，但似乎他现在正在给他的单位筹办一个什么全国性的学术会议，大概办各种手续和写各种申请表已经让他焦头烂额了。干脆还是体贴他一下，不做这一层的猜谜游戏，直入主题好了。

我将刚才自己所做推断的内容全写到了邮件正文中，并略微撒了个谎说正好自己想写一本相关小说，所以才留意到这些。

如此名正言顺的邮件，我甚至忍不住欣赏了片刻才点击了发送键。

顶多过了十分钟，邮箱就提示收到了新邮件，根本不用猜就知道一定是邵靖的回信。没想到这家伙还是这么迅速，我点开邮件，看到果然是邵靖的回复，还看到了两个附件。

不过……

邮件还有正文，我瞥了一眼，全都是嘲讽我……说像我这种人果然就是外行，纯属瞎找，完全没有章法也没有效率。当然，我对这种朋友之间的揶揄并不会真的往心里去，同时点击了附件下载。

打开附件后，看到的内容确实让我大吃一惊，我找不到的图片资料竟被他在不到十分钟的时间内检索了出来，并且这家伙还在跟我玩着哑谜游戏，他一眼就看出我所收集到的文献中首要缺失的东西。从这两份文献的内容来看，更是完全超出了我的检索思路，我不得不倍加钦佩邵靖。两份全都是外文文献。我有点头大，但还是硬着头皮来看。

第一份先是报道叙述，下面则是两张不甚清晰的照片。我先看报道，竟是德文，完全看不懂。幸好看报头倒是多少能猜出来一些东西，这是当时德国的一份不大不小的报纸，中文大概可以叫作《莱茵工业报》。这就有意思了，《莱茵工业报》这样的报纸，并不像英国的《捷报》那样，在上海租界办报，只是卖给上海的英国人看的在中国的英文报纸，它是一份真正远在西方卖给西方人看的德国本土报纸。不过，当我看到报道的来源时，大体上明白了为什么这么一份纯西方的报纸会把目光投到了远东的中国。虽然我不会德语，但根据自己可怜的知识储备可以搞明白的是整个报道的信息来源，出自当时德国最为强悍的通讯社——沃尔夫通讯社——的记者之手。

再看报道的时间，是西历 1881 年 5 月。也就是陈海宁到了山东机器局的第二年。在那时能在德国本土报纸上看到关于中国人的报道，确实还十分少见。而再看照片，就更有意思了。

两张照片都是横构图，其中一张大概是因为摄影技术还非常

济南的风筝

初级，大面积的曝光过度，有五分之三都是一片惨白，鲜有一些模糊不清的线条，努力辨别可以看出是一片面积很大的空场，空场一边似乎还有一些不高的建筑。在空场的中央偏左下，摆放着一台看起来像是将水井口的辘轳架起来的机器，机器旁有一个穿着长衫、留着辫子的人，正表情惶恐地操作着那台古怪的机器。而从那架疑似辘轳一样的轴上可以隐约看到一根绳缆，画着优雅的重力弧线直穿整幅画面到了矩形照片的对角线一端。在那里，可以看到一只在画面上失了焦却仍旧能感受到其巨大的风筝，或者说是一组巨大的风筝。

春天的济南，确实适合放风筝。我想北京每年到了春天，只要是广场都会有不少人在放风筝，大概同是北方城市的济南，也一样。

我凑近些仔细去看，在高低错落的风筝组下面，有一张座椅，座椅上……实在看不清楚，但隐约还是可以看到有一双腿悬在那里，也就是说，座椅上十有八九是坐了一个活人的。而椅子下面黑乎乎的，看起来像悬挂了一块体积不小的秤砣。

再看第二张照片，是两个人一左一右站在一把样子极为古怪的椅子两旁。椅子没有腿，但有零零碎碎的机械元件暴露在外，垫在了椅面下方。这把椅子想必就是前一张照片里被放到天上的那把，不过，椅子下面的秤砣已经卸掉，没有入镜。站在椅子左边的那个穿着长衫的人，也就是在空场上操纵机械的那个；而另一边那位，大概就是飞起来的了。再看照片的背景，两人身后正是写着"造化权舆"四个大字的山东机器局正门。

照片下面写着德语注释，我只看懂了一串明显是中国人名字的拼音：HAINING CHEN。毫无疑问，两个人其中一个就是徐寿的那个入职山东机器局的学生陈海宁了。我将短短的德语注释逐个字母敲进翻译软件想看个究竟，心中却一直坚定着一个猜想，站在怪异座椅右边这位并非穿着长衫而是打扮十分洋气，着西装、戴礼帽的人一定就是陈海宁。陈海宁在照片中显得既年轻又富有朝气，而且毫无当时中国人面对照相机镜头时的那种恐惧感，看上去泰然自若、落落大方。

除了能确定陈海宁的相貌之外，从翻译软件中只能大概看明白当时的报道称这个怪异的椅子为：济南的风筝。

接下来，我去看邵靖发给我的另外一份文献——两份报道拼贴到了同一个 PDF 文件中，同样来自 1881 年的报纸：一个是英文报纸《伦敦新闻画报》，另一个是法文报纸《小日报》。不必仔细去看，就能明显看出这两篇报道都只是转载了德文那篇文章的两张照片，根本没有把德文报道中的原文都转载过来，而且这两种报纸本身就是以猎奇的图片为主要卖点，所以不可奢望他们能有什么更深层次的东西。法文我自然也是不懂，只好去看英文报道中照片下面的短小注释。结果翻译过来只是如此短小的一句话：

济南的风筝——清国的奇迹，载人风筝升天。

我有些无奈，虽说在西方报道了中国人的事情还放上了两张照片，确实很不易，但"载人风筝"这种东西，在 1881 年根本不是什么新鲜前卫的东西，甚至于在中国，也并不稀奇。早在古代，军事上就已经多次运用载人风筝去侦察敌情。略有不同的是，这架载人风筝的座椅确实过于古怪，有很多即便我这个外行看上去都知道是十分多余的机械元件。

更重要的是，邵靖能想到并且真的从外文文献中找到了关于陈海宁的报道，这一点让我确实对他的能力佩服得五体投地，但即便如此，也只是能看出这个徐寿的学生一时间受到西方的关注，的确是有所成就，却仍旧不能证明他和洣口爆炸案的肇事者是同一个人。

似乎所有的辛苦全都白费了，重新回到了问题的原点。

尽管我明白邵靖现在肯定忙得无暇顾及我的问题，但我……还是把憋在心里的东西一股脑儿地全都敲进了邮件中，并不再犹豫，点击了发送键。

对着电脑大概愣了一个小时的神儿，还是没有收到邵靖的回复，也许他正在忙着和哪位教授研讨他们要开的学术会议的具体日程安排。虽然这次学术会议要在半年后才举办，但从我所了解的情况来看，提前半年开始筹办从时间上来说已经是相当紧张了。我正在无聊地为邵靖的工作瞎操心，忽然发现手机上早就收到了一条信息。打开一看，原来正是邵靖发来的。

我赶紧打开来看，聊天软件的信息自然不会带附件，只有一句话：为何不直接去洣口地方志办公室查查看？

看到邵靖这句话，我顿时眼前一亮，不愧是专业人士，尽管看上去只是匆匆忙忙发来的解决办法，但确实相当对路子，至少在想找出一个略有点历史记载的人的生平上，是值得尝试的。

我立即回复了邵靖一句"谢谢"，便着手准备去一趟济南。

已经有太多年没有来过济南了。依稀记得在中山公园外有旧书店一条街，结果今时今日早已消失，只剩下路两旁枯燥乏味的居民楼和冬季里光秃秃的槐树。

现在的泺口地区已经没有正在运转的工厂，就像北京的798一样，逐渐将那些有着高高房顶的厂房改建成了还算有品位的艺术园区或者新兴企业的开放式办公室。原本我有心想转一转，觉得没准还能找到百年前山东机器局的什么遗迹之类的，可惜因为我完全没有意识到泺口地区距离济南市区有如此远的距离，所以当我坐着公交车抵达泺口时，差不多已经到了下午三点，又因为时值冬季，已然是一片黄昏景象，那是一种在破败中重生的异样景象，我想我还是赶紧在地方志办公室下班之前过去为好。

因为邵靖帮了不少忙，提前跟办公室的熟人打过招呼，所以当我到了办公室时，有个看起来四十多岁的中年人特意来接待我。我有些不大好意思，但对方非常热情，说听邵靖介绍我正在为了他们的学术会议上的报告特意跑来查资料，特别感动，说现在很少能有人为了一次报告做这么多的工作。

我挠着头就跟着他进了档案室。

他略微交代了一下基本的注意事项，说我是邵靖的朋友，他放心，就离开了。我的面前只剩下寂静无声的档案目录室，满眼全是如同中药房的大型药材柜一样的目录卡柜。

我找到人物志的柜子，再按年代和姓氏拼音首字母排序去查找。实话实说，在找的过程中我还是有些紧张，万一找不到陈海宁的名字，那么就等于完全失去了线索，但幸好很快"陈海宁"这个名字就在一个半世纪前的目录中让我找到了。我拿着目录卡又去找那个信任邵靖的中年人，他笑了笑什么都没说，便独自进到真正的地方志档案保存室里，不一会儿，便把陈海宁的材料拿出来交给了我。

那是厚厚的一本与编号相符的人物志，我顾不了太多，立即拿到最近的桌子上开始翻阅。因为早就把那张卡片上的页数记在了心里，所以很快就在这本人物志中翻到了陈海宁的条目。

陈海宁的条目就和他的上下"邻居"一样简单短小、毫无修饰。基本上只用年代和相应的事件描述了他的一生，而这刚好就是我最需要的。

我最关注的自然是两个时间点：1880 年和 1910 年。

带给我满足感的是，在这两个时间点上同时出现了我在意的事件，1880 年条目中的陈海宁入职了山东机器局，1910 年去世，死于泺口爆炸案，并被警方确认为整个爆炸案的肇事者。

简短的人物志完全解答了我的疑问，那个徐寿的学生和最后被炸死在泺口的陈海宁，确确实实是同一个人。不过，即便如此，还是有更多的疑问没有解决。

我开始照着这份年谱一样的人物志抄录起了陈海宁的人生。

在抄录的过程中，我发现在 1880 年至 1910 年，这个人的人生非常曲折有趣。人物志中写道：陈海宁赴德国波恩大学留学并专修机械工程专业，这一点不禁让我惊讶。而时间是"光绪辛巳季冬腊月"，西历便是 1881 年年底。这就非常有意思了，《莱茵工业报》所发表的陈海宁的两张照片以及简短的"济南的风筝"的报道也是 1881 年，也就是说这次报道不仅仅是昙花一现的风光，而且预示着陈海宁这个清朝人走向世界的故事才刚刚开始。我努力回想了一下，大概在那个时间前后，鉴于我们的常识，只有容闳带着一批福建的天才幼童去往美国，到自己所留学的耶鲁大学深造，而这些天才幼童中就有后来成为中国著名铁路工程巨匠的詹天佑。那么按年代来算的话，也许陈海宁可以算得上是中国人前往欧洲留学的先行者了。可是这样的先行者，不仅没能在历史上有所记载，还有着那样的结局，多少令人有些唏嘘。

不过，最后拿没拿到波恩大学的学位，拿到了什么样的学位，在人物志中并没有记载，只是写到在 1884 年，陈海宁从德国回到山东，再次入职山东机器局。

我不打算放过任何一个细节，继续抄录下去。

1884 年回国，陈海宁再次入职山东机器局后，多次被调走又在次年回到山东机器局。1895 年调到新疆，1896 年回山东；1898 年调到江西，1899 年回山东；1900 年调到汉阳，1901 年回山东，但这一次他并没有回到山东机器局，而是直接被安置到了泺南钢药厂。在此之后，陈海宁便再没离开过那里，直到爆炸事故发生，离世。

庞大的地方志资料库，关于一个人，仅仅只有如此几行文字。

我把厚厚一本人物志交还给接待我的中年人之后，说了声"谢谢"就离开了。

坐着回城的公交车，有足够的时间让我把现在掌握到的所有线索在脑子中重新捋上一遍。伴着车窗外越发繁华的济南夜景，我意识到加上今天所抄录的年谱一样的人物志，确确实实出现了几个疑点值得继续深挖，而那其中一定有能解开疑团的关键证据。

到了宾馆房间，我立即打开电脑，重新点开《莱茵工业报》的报道。看了一眼那两张照片后，开始笨拙地将报道中的德文字母逐个敲到翻译软件中，希望能知道大概写了些什么。

翻译软件翻译出来的东西，语句还是相当不通顺，同时有很多的单词翻译不出。即便如此，我还是从支离破碎的汉语中读出了我想要的信息。

就如同陈海宁出现在西方的报纸上只是他步入世界的开端一样，这个"济南的风筝"同样不是他竭尽全力才做出来的作品，而只是一次试验而已。根据翻译过来的德文报道可知，陈海宁的这次试验主要是在计算这个奇异的椅子，实际上也就是某种飞行器的驾驶座加上驾驶员的重量和各项飞行指数之间的关系。那些风筝也不是简单地为了把坐着人的椅子带到天上，每一把恐怕都涵盖着某些复杂的参数，用于之后真正的飞行器制造。

那时没有电脑数字模拟技术，想要得到足够的数据；即使有大量的数学建模，也必须经过实体试验这一步才能继续下去。

所以，"济南的风筝"的这根风筝线，我看照片中最显眼的一条细长弧线，是必然要被剪断的了。

回到北京，我忍不住把所有新的收获统统用邮件发送给了邵靖，即使他根本没时间看，发送给他也算是对他帮我联系地方志办公室的答谢。

出乎意料的是，邵靖还是那么迅速地回复了我。只不过并非邮件而是短信，看来他确实是相当忙碌了。短信上写了不少字，先是为我能有如此之多的收获而感到高兴，随后则是问我要不要见一位上海交通大学的副教授，刚好他为了半年后的学术会议特意来北京开一个筹办会。那位副教授姓丁，研究方向是科学史，很有可能对这方面有所研究。

我喜出望外地同意了。

邵靖迅速帮我安排了和丁副教授的会面，就在他们历史档案馆外的咖啡馆，可惜邵靖却没有时间。

下午的咖啡馆里，客人还是相当多的，幸好我提早到了，等了一会儿，找了一个比较僻静的角落落座。

到了约定的时间，咖啡馆的门打开了，一位看上去已经开始发福但相貌还比较年轻的男人走了进来。他肯定就是丁副教授，他四处张望了一番，我立即举手示意自己的位置。

他坐下来，脱掉羽绒服，我看到他里面穿的是一件格子毛衣，毛衣领口露出里面穿着的白衬衫的领子，蛮有一位副教授该有的样子，我就更放心了，确信自己没有认错人。

我们互相自我介绍了一番之后，丁副教授就像是等待学生做报告一样地看着我。我有些局促，但还是鼓足勇气打开了电脑，一边把材料展示给他看，一边讲着我自己一厢情愿的推断。

丁副教授的语速奇快，快到我几乎有些听不大懂，但好在他的话不多，多数时间都是在听我讲述。直到我全部讲完，他才说要我翻回到《莱茵工业报》的报道再仔细看一看。

丁副教授把德文报道认真阅读了一遍之后，才把眼镜摘下来，趴到电脑屏幕前仔细地看了看两张照片，特别是那张在山东机器局大门前的照片。他将分辨率非常低的照片尽可能放大，仔细地看了那把椅子下面以及左右两边能看到的各种衔接在椅子上的机械元件。他时而放得更大，时而只是摇头咂嘴。过了很久，丁副教授才从那篇报道的照片中回到现实。

戴好眼镜后的丁副教授又用奇快的语速与我说话。他说翻译软件翻译出来的意思基本没错，还说可笑的是英国和法国的报道都完全误解了德国报道的初衷。

我点点头，期待他后面进一步展开发表自己的见解。

随后，他开始说自己对这个人产生了浓厚的兴趣。以前从没有关注过这个人，现在看到我所收集到的材料发现他确实具有一定的研究价值。当然，一来他本人根本没有时间开展这样一个崭新的课题，二来也不能夺人所爱，所以一直鼓励我把这个人研究透、研究深，说很有可能会有更多、更有价值的发现。

我实在不好意思说自己只是对那起爆炸案的真相好奇，因为在丁副教授的视野里，我所关心的那些东西微不足道。

因此，我依旧只是礼貌地点着头。

还没有说到核心，我真诚地期待着接下来丁副教授要说的东西。

丁副教授看到我依旧用眼神表示着自己穷追不舍的坚定，一下笑了，说要是我愿意的话完全可以去报考上海交通大学，通过考试后可成为他的学生，他就是喜欢我这样既有干劲又充满好奇心，眼光还十分敏锐的年轻人。

　　我只是委婉地用否定的表情说了一声："好的，如果有机会我一定会考。"

　　他看我这样回答，笑了笑没再多提考学的事情，继续快语速地说起了正题，"这个，嗯，就沿用德国人的称呼，这个'济南的风筝'我以前确实在文献中看到过。"丁副教授表现出一副对自己的记忆力非常自信的样子，"只可惜它不是我的研究方向，所以一下子就放过去了，没有深挖。但刊载期刊我还是记得的，你可以自己去翻出来看看。以你的资质，自行查阅一定会有重大发现。中科院的图书馆里存有德国工业科学学会的会刊，叫作《工业科学》，那里面就有你想要找的资料，到底能找到多少，有多少价值，那就得看你的能力了。"

　　我极为礼貌地再次向丁副教授表示感谢，丁副教授笑着说了一句"邵靖也是不错的小伙子，代我向他问声好"后，就穿上羽绒服匆匆离开了嘈杂的咖啡馆。

　　中科院的图书馆，刚刚搬到北四环外的新馆。从外面看上去，高大气派了许多，充满了"这里面藏有相当多的珍贵资料"的感觉。

　　还在家里的时候，我就通过中科院的图书馆官网查到他们确实藏有《工业科学》的全部期刊，检索号和所藏馆室的位置我都记了下来，才在第二天有的放矢地前来查阅。然而，即便做了这么多的准备工作，真的到了实践层面还是遇到了一点不大不小的麻烦。

因为一百多年前的期刊都是闭架阅览，我只有把检索号交给图书管理员，等待她到书库找来给我看。图书管理员是一位看起来十分严肃的中年女性，头发盘得很利落得体，穿着统一的工作服，套着蓝色套袖，接过我的阅览单，面无表情地进到身后的小门里面。

闭架期刊阅览室一上午都没有第二个人出现，而那位图书管理员也迟迟没有回来。我大概等了有四十分钟，她才从那扇小门里再次现身，看上去有些疲惫和沮丧，我感觉到有些不妙。

"没有你找的书。"

"啊？"虽然刚才我已经在一瞬间预料到了这个结果，但我还是不禁有些吃惊，同时叫她到阅览室里的电脑前，想让她看电脑显示馆里确实有这套期刊。

她跟着我到电脑前看了看，摇头说："但里面没找到，有可能是在搬家剔旧时给卖掉了，只是还没有及时修改。"

"一百多年前的历史文献也会被剔旧掉？"

"确实不大可能……那也许是搬家时不慎丢了吧。"

"我可不可以……"我没敢把话说完。

"你有介绍信吗？"

我默默地摇了摇头，眼巴巴地看着她。

"副高以上职称？"

我继续摇头且看着她。

这样的回答好像也完全在她的预料之中。我们继续对视了一会儿，我实在不想退让。

"肯定不可能让你进库里去看。有没有除了检索号以外的什么东西？有可能这套期刊还没有正经放到书架上，刚刚搬家过来，你懂的。"

经她一提醒，我赶紧拿了纸笔，又急忙从兜里掏出昨晚做好功课的小本子，把上面查到的《工业科学》的德文名字抄到了纸上。告诉图书管理员，这是德文期刊，期刊名是这个，也许对查找能有一点帮助。

图书管理员拿着字条看着上面的德文皱了皱眉头，又回到了那扇小门里面。

又过了三四十分钟，那扇小门又打开了。我一眼就看到她的手里，拿着一本厚厚的褐色硬皮装订书。

"终于找到了。一共有三本合订本，随便找个角落，就能藏上一百年也不会有人发现，估计它们也该感谢你能坚持让它们出来透透气。不过，不允许一次拿两本，所以你看完这本我再进去给你拿另一本。"

说着，她绕过小门前的办公桌，亲自递到了我手上。

我如获至宝一般，一边点着头，一边捧着这套合订本坐到了最近的桌子前。

合订本里的纸张略有些泛黄，但翻阅起来并不感觉因年代久远而变脆，还是让我不禁更加小心谨慎。

"还是应该拍成胶片或者干脆电子化了的呀。"我忍不住又抬起头来和已经回到办公桌前坐下的图书管理员说了一句。

"哪有那么容易，而且拍胶片也是一种损坏，反正最后都是一样的结局，哪个也不会多上哪怕一丁点的意义。"

说来确实没错。我真想再接上一句什么话，但自己已经被合订本的德文期刊内容给吸引住了。重新从封皮开始看。褐色硬皮书封正面以及书脊上都标有我事先查到的《工业科学》的花体德文。确实非常不容易辨认，特别是德文对于我来说几乎完全陌生。在名字下面标示着的是这套合订本所涵盖的期刊年份。这是第一本，从 1877 至 1897 年。而后面两本，分别是 1898 年至 1918 年和 1919 年至 1936 年。整整六十年的学术年刊，可以说是德国工业崛起的一个见证，也熬过了第一次世界大战，却在第二次世界大战前夕无力坚持，最终停刊。

我所需要查阅的内容跨了两本的年代，看来还需要麻烦图书管理员再跑一趟书库。顾不了那么多，我小心翼翼地翻开了第一个二十年的《工业科学》。

完全都是德文的……我只好硬着头皮先从每一年的目录看起。不过，一上来的发现几乎和我预料的一样，在 1884 年的目录里，看到了"HAINING CHEN"的名字。这一年，陈海宁离开波恩大学回到中国山东，看来这篇论文，大概就是他三年德国留学生涯的一个总结了。可惜目录上的论文题目我完全看不懂，只好按照页数翻到文章看。

陈海宁的这篇论文应该不是他的毕业论文，篇幅不算长，只有七页。除了少量的德文叙述之外，全是各种公式以及几幅示意图。德文也好，公式也罢，全都让我头痛不已，但那几幅示意图反倒令我眼前一亮。图上虽然也附了不少计算辅助线，却也十分明显，因为那就是那架"济南的风筝"。

如同在异乡见到老街坊一样，我又硬着头皮重新看了这篇论文。根据自己少得可怜的机械知识，通过几幅图和翻译软件的帮助，大体还是猜出了这篇论文讲了些什么——用风筝辅助计算飞行器参数的可能性与实践。

正好和丁副教授解释给我听的关于《莱茵工业报》上的报道相符合。看来陈海宁在德国的三年差不多都在这方面着力，同时也不由得钦佩起丁副教授的记忆力。

不过，我并没有就此罢休，或者说原本我所设想的只是开端。然而当我真的继续往后翻时，几乎快要绝望。从陈海宁离开德国之后，时间一年一年地过去，竟然一直没有再见到他。难不成回国之后，他便彻底离开了科研，甚至逐渐颓废，到最后成了一个会不慎引发爆炸惨案的冒失鬼？这完全不合理。

大概就是以这种跨越百年时空的信任，支持着我继续翻着德文目录。终于，当我翻到第一本的最后时，忽然又看到了陈海宁，大有功夫不负有心人的喜悦。我赶紧先翻回到这一期年刊的封面确认年份——1895 年。看到这个年份我不禁愣了一下，感觉仅仅从这个数字中已经嗅到了更多的东西。不过现在还不是急于下结论的时候，我必须更加小心谨慎地通过查阅来验证。

大概是因为阅览室中本来也没有其他人，图书管理员看到我似乎很是吃惊的表情，多少也有些好奇，便从她的办公桌前绕过来，走到我旁边问我到底发现了什么。

我本来想说"其实我看不太懂"，但当我指着眼前这页的机械示意图时，忽然就明白了它是什么，便略显吃惊地说："这是……扑翼飞行器？载人扑翼飞行器。"

第一本翻阅完毕之后，我把它交还给图书管理员，又申请了第二本继续翻阅，同时，还跟她说了一声"辛苦了"，因为一会儿这一本我还会再看，只能辛苦她多跑几趟。

把陈海宁的所有论文都复印下来后，我回到了家，又重新从他用毕生精力研发的扑翼飞行器中走了出来。这个东西不是我所要找的重点，我想要知道的是最后发生的那个爆炸案的真相，而这个真相，其实就摆在我面前。从论文的发表时间看，就已经一目了然。

1884，1895，1898，1900，1902，1910，正是这样的一串年份，陈海宁在《工业科学》上发表论文的年份，所有的真相就隐藏其中。

包括回国那年的第一篇论文在内，陈海宁一生竟在《工业科学》这个极为专业的学会年刊上用德文发表了六篇论文。这一点太令我钦佩了。我对科学史知之甚少，但从这个数字和这样的年代去推测，恐怕陈海宁完全可以跻身于中国早期科学家的行列了。

这就像一次拼图游戏，形状各异的所有小图片都已找到，到底是什么样的图画，现在要做的只剩下把它们拼到一起了。

时间就是找到拼图接缝对接规律的钥匙，而这把钥匙的内容就是：陈海宁发表论文的时间和他被调离山东机器局的时间，完全吻合。

当发现了这种显而易见的秘密时，我激动得都要哭出来了。

陈海宁在德国留学三年，离开德国时，也就是 1884 年发表了他的第一篇学术论文。随后，当他回国重新就职于山东机器局之后，却迎来了自己研发扑翼飞行器的停滞期——空白的十二年。没有详细的记载，我当然不能用猜测得到的结论来表述空白的十二年在有着科研热情的陈海宁身上到底发生了什么。仅看到 1895 年，陈海宁忽然又开始发表论文即可。第二年，他被调离了山东机器局，而且去的还是新疆，这无疑是一次惩罚。对什么的惩罚？似乎显而易见了。随后几次调离，虽然没有新疆那么偏远，但也都是一年时间就又调回来，无论怎么理解，大概都跑不出一次次惜才和惩罚之间纠结的结果。

再看陈海宁发表论文的"1895 年"这个年份本身，也不容小觑。

这一年对于那个大清国来说太过特殊了。在此之前的一年，大清国吃了从鸦片战争之后最屈辱的一场败仗：甲午海战。号称海军舰队实力已经是世界第五的大清国，竟如此惨败给了无论从国力还是国土面积都远远不及自己的东瀛日本。吃了败仗之后，大清国在 1895 年被迫签署了丧权辱国的《马关条约》，洋务派从此一蹶不振。更值得注意的是"镇远"和"定远"两艘北洋舰队的主力舰，正是徐建寅亲自到欧洲考察定制的。陈海宁忽然就在这一年"重出江湖"发表了或许被他雪藏十二年的论文，恐怕并非仅仅只是巧合那么简单了。

一旦有了方向，接下来每一个关键点都立即合理起来。

1898 年，对于徐建寅来说一点也不平静。如果说甲午海战让徐建寅的事业和理想严重受挫，那么 1898 年时甚至危及了他的生命。在这一年，发生了轰动全国的戊戌政变，徐建寅也参与了维新党的运动。幸好他加入甚晚，没有被纳入主要成员名单，但为了遮掩自己也入伙维新，他以回籍扫墓为由，迅速逃离京城，自然顾及不到山东之事。我看了《工业科学》在这一年的出刊时间，是在当年年底，也就是说徐建寅七月离京，陈海宁立即就把新的一篇论文投出去了。海运手稿，基本上一个月可抵达德国，再加上审稿时间，大概因为之前已经有所交集，论文本身又没什么问题，当年年底发表也不是不可能。1900 年庚子之变，八国联军攻陷北京，张之洞被调到湖北，同时带着徐建寅到了汉阳钢药厂，开始研制无烟火药。这时的徐建寅当然更无暇顾及山东机器局……

一个结论浮出水面：似乎只要徐建寅出现一点松动，陈海宁便立即如同一个没有家长看管、在家里撒起欢的小孩一样，马上将最新研究成果投寄给《工业科学》。实话说，他这样的做法非常不明智，很容易让人误解，但这对于一个心里只有扑翼飞行器的人来说，或许根本没顾忌过这些。

我不能得意忘形，所以在推理的过程中，又把年代翻回到事件的起始时间 1879 年，想重新调查一下。

这一年，山东机器局竣工，徐建寅被派往欧洲考察。考察时间长达四年，同时徐建寅订购回来了"定远号"和"镇远号"两艘当时可说是战斗力最为强悍的战舰，还写下了《欧游杂录》。

我把《欧游杂录》仔细翻阅了数遍，发现只有抄录的李鸿章的信里提到要补上两名留学生过去学习枪炮船舰制造，同时要找些年轻人到德、法工厂中实习。其余记录完全都是徐建寅在欧洲考察德、法军工企业的实录，十分明显地表现出了徐建寅到欧洲的目的，就是要通过亲自造访考察，迅速增强大清国的军事实力。

作为自己父亲的学生，在当时来看应该是高才生的陈海宁，在自己在德期间前往德国留学，徐建寅不可能不知道，也不可能不认识，不可能没有过接触。但整本《欧游杂录》里没有出现关于留学生的事情，更没有陈海宁。唯有李鸿章的信里出现了那两个留学生的名字。作为当时的中堂大人李鸿章且有记录，仅此一点已经可以看得出其对军工类人员留学的重视。而像陈海宁这样的留学生，如此优秀却只字未提，更能体现出在当时的洋务派官员心中孰轻孰重了。

徐建寅和陈海宁之间的关系，也就更加微妙了。

重新回到陈海宁的这条线上来，继续推理下去则有些令人悲伤。陈海宁第三次被调离山东机器局，是被徐建寅带到了身边，一起到了汉阳。如同一位父亲不放心自己的孩子，而惩罚又不管用，无奈只好将孩子带在自己身边亲自教导。即便如此，陈海宁还是没受束缚，又发表了下一篇论文，那年是 1902 年。而这一年，徐建寅已经死了，死于 1901 年时汉阳钢药厂试验无烟火药的意外事故。同样是爆炸，同样是意外，同样是无烟火药。

陈海宁，是爆炸事故的亲历者。

当时到底陈海宁在不在现场，根本无据可考，但从前面的推理不断延续到这里，让我不禁嗅到了一丝令人不悦的仇恨感。

我极为不喜欢这种因为理念不合而生恨的事情，而且很有可能他还是凶手，一百多年来一直找不到的那个炸死徐建寅的重大事故的凶手。

那么，最后陈海宁有可能是自杀谢罪？反正绝不可能是一起因为冒失所造成的失误，但如此大的伤亡，也太过分了些……况且这样惨重的后果，已经在汉阳亲眼见过一次的陈海宁真的还能下得去手？还要找那么多人为了自己谢罪而陪葬？

还有那身奇怪的衣服。胸前配有一串串金属片，不禁让人想到它或许就是防弹衣的雏形，所以难不成……他是杀害徐建寅的凶手，当时已经被发现或者被怀疑，所以处心积虑地想再次引发一场相同的爆炸，诈死然后逃之夭夭？结果诈死反倒成了炸死？怎么想来都不可能，如鲠在喉的不快让我无法继续追索下去，但多少也是有了些成果，便一五一十地写了简短文字，连同我复印下来的所有论文拍成照片发给了邵靖。

我已经有很长一段时间没和邵靖面对面说话了。他看到我发过去的东西后，立即就回复约我第二天见面，说想聊聊这件既有趣又让人不快的事情。地点就约在他们历史档案馆休息区的沙发处。

邵靖把自己的笔记本电脑放到茶几上，用一次性纸杯给我们两个人每人打了一杯水，然后坐了下来。

"有没有看过陈海宁几篇论文的内容？"邵靖说话永远是开门见山，没有任何铺垫直入主题。

"看过几眼，但看不懂。"我如实回答。

他则不紧不慢地打开了电脑，点开了之前我发给他的图片，又将电脑屏幕转向我，说："太具体的我也看不懂，但仔细看看，多少还能找到更多有趣的细节。"

"你想说他一直研究的是扑翼飞行器？这个我昨天也在说明里说过了。"

"不仅如此。"

"嗯？"我虽然有点摸不着头脑，但还是又一次仔细看了看。

邵靖知道我肯定不可能再发现什么新的东西，便不多等皱着眉头、装作认真的我继续往下看，指着屏幕上的公式，说："这个 P，是功率输出，对吧？"

我点点头。

邵靖熟练地把几篇论文放到同一个窗口对比着继续让我看。

"他在 1884 年第一次发表论文时，基本上没有过多计算机翼的功率问题，而是着重于椅子起飞时的平衡性，还有这个挂在椅子底下的秤砣的最佳重量。"

"这个应该是陈海宁在留学之前就基本完成的试验数据，在德国大概最终完善了它。"

"想必如此，不然在《莱茵工业报》中，也不可能出现既能飞到天空，又能安全着陆的风筝照片。"

"那么还能说明什么？"

"再看后面的吧，时隔十二年之后，论文里的扑翼飞行器完全成型了。就算你我这样的外行，也能一眼看得出来了。"

我继续点头。

"而陈海宁的重点也完全变了，你看这个，机翼的尺寸和扑动频率也好，每个元件的机械设计也好，都没有再做过多讨论。

"数据基本上就从风筝那里延续下来的，想必他在那时就已经都设计好了机翼之类的所有机械结构。

"他对自己的机体设计非常有信心。"

"似乎确实是……"

"不是'似乎'而是'一定'。因为他这篇论文从一开始，一直讨论的就是扑翼飞行器动力源的问题，而非机体设计了。"

"呃……确实呀，这里出现了蒸汽机。"经邵靖提醒，我再看1895年的论文，似乎看出了些门道。

"而且，论文里的蒸汽机的重量是恒定的。"邵靖又把几篇论文并列对比给我看，"也就是说，最开始那个秤砣的最佳重量就是蒸汽机的重量。所以，很显然1895年的这篇论文设计出来的扑翼飞行器是不成功的，因为他论文中这个重量的蒸汽机输出功率不够。"

我喝了一口水，等待下文。

"我查了一下历史上的扑翼飞行器，在那个年代失败的原因基本上都是因为蒸汽机这种当时功率最高的动力源还太过笨重。好了，我们不再深究这个了，只是你从此发现了一个转变。"

"转变？"

"是的。先看 1898 年的论文，他提出的是烧煤的蒸汽机是不合理的，煤炭的燃烧率太低，必须提高燃烧率。恐怕那时他刚好在山东机器局，有着得天独厚的便利条件，试验了很多种燃料，其中还有各种火药，但无论是哪种火药都烧得太快，持续性太差，也不理想。这篇论文，与其说是机械设计类，倒不如说是化工类了。再看看 1900 年的论文，他竟提出了改用酒精为燃料。他真的是太聪明了，并且肯定是经过太多次试验才得出这一结论。如此一来，别说燃烧率的问题基本解决了，如果再根据酒精燃烧的特性改造蒸汽机，还可以大大降低蒸汽机的重量。同时，你看他的论文结尾，也提到开始着眼于用内燃机代替蒸汽机的可能性。"

我知道接下来要有转折了，因为 1902 年本身就是陈海宁的重要转折点。

"但，你再看 1902 年的这篇论文……"

邵靖没有说完，便把其他的论文都关掉了，单独放大了这一年的论文画面。

当我顺着邵靖的思路再次看这一篇论文时，一下子发现了我一直忽略的蹊跷之处，也就是邵靖所说的"转变"。

"这家伙，"邵靖在面对转变时，不由自主地更换了对陈海宁的称谓，"竟在 1902 年的论文中大篇幅地用起了人力动力。虽然他在论文里写了放弃蒸汽机的原因是为了节省被蒸汽机和燃料所占用的重量，但这完全是一次倒退。毋庸置疑！"

"为什么会忽然倒退？他不像是这种脑子不清醒的人。"

"为了……"邵靖神秘地一笑，"为了徐建寅。"

"嗯?！"突然从论文跳转到了徐建寅身上，我一下子没有反应过来这到底意味着什么。

"徐建寅在前一年死了，怎么死的？"

"炸……没错，突然间偏执地拒绝了一切明火的火力动能。"我忽然间觉得胸中的憋闷一下化解却好像又有什么再次袭来。

"我的德语也不怎么行，但从这篇论文里还是能多次看到陈海宁写'机械不需要明火'的言辞。一篇工科论文，竟带着这么多透着悲伤情绪的内容。"

"那徐建寅对他……那么多次故意调走……"

"惜才和调教。对于徐建寅来说，像陈海宁这样的优秀人才，又是他父亲的弟子，怎么可能不爱惜。可是他们之间的思想，或者说是他们整个的世界观都完全不同，一个是军事强大才是唯一目的，一切科学全是为了国力强盛服务，典型的洋务派思想；而另一个几乎没有什么世界的概念，只有他所潜心研究的扑翼飞行器。在徐建寅眼里，恐怕陈海宁就是那么个不成器的璞玉。"

如果说之前的猜测与结论只是一面之词，我觉得不能说不合理，但也没有太多可信度，然而现在，论文的内容就摆在我面前，这种让人感到悲伤的论文，又有什么理由不去相信？

"其实更有意思的事情还在后面，"邵靖把后面的论文打开，"我相信你一定和我第一次看到这篇论文时是同一个反应，瞅了一眼示意图之后匆匆扫过，只是注意到论文的发表时间和陈海宁被炸死的时间，而没有注意到论文本身的细节。"

我看着屏幕，但仍旧什么也看不出来。

"你一定漏掉了或者说根本没注意到这个。"

邵靖指着屏幕上一连串的德文中一个由两个字母组成的单词：Po。

我完全不懂德文，所以无论这个单词是长还是短，混杂在通篇的德语中我怎么也不可能注意到，更不用说注意到它的意思……等等？当我正在心里暗自抱怨邵靖在我面前炫耀自己会德语时，忽然一下子明白了这个单词的意思。它根本就不是德语单词。它是……

"钋？！"

"没错！"邵靖一下笑了起来。

我立即掏出手机打开网页准备检索。不过，邵靖早有准备，在电脑上又打开了一篇一看就知道是晚清时期的报纸。

"1905 年《万国公报》就报道居里夫妇发现了钋，所以就算一直在国内没有再出过国，如此关心西方科技的陈海宁一定也看到了。"

"肯定了，况且《万国公报》也不是小报，销售面非常广。在泺口，要想买一定可以期期不落地买到。"

"况且论文里论述的问题本身也就是钋的发热功率。拒绝明火的陈海宁终于另辟蹊径地走向了完全不同的另外一个领域，真不知道他到底是怎么冥思苦想才想到了这种办法。当然，他不可能懂核裂变，因此根本做不出核反应堆，所以整个设计还是被禁锢在蒸汽机的框架里。这回就能看懂这篇论文的蒸汽机设计了吧？"

实话说，我根本就没打算看懂过……

"他把钋放到金属箱中，利用钋的放射线电离空气引发金属箱放电，从而就可以产生极高的热能。接下来就还是蒸汽机的部分，用钋箱作为蒸汽机锅炉。只是问题在于他根本计算不出来这个东西的发热功率，整篇论文只是一个初步的可行性报告。当然，从数据上看，他确实是做了相当数量的试验才得出来的结论。真不知道他到底是从哪里弄来的钋。"

"等等，你刚才说他是利用电离放电？"

邵靖笑着点头。

"所以……"

"对，所以必然会有电火花。在他们那个年代，电火花和明火完全不是一回事，所以……引爆就在旁边的黑火药库房只是时间上的问题……并且，他懂得了隔离辐射？"

"没错。"

"进一步说……我一直疑惑的那件挂有一串串金属片饰品的奇怪衣服，实际上是他给自己做的铅衣？再进一步说，有那件铅衣在爆炸现场，就更能证明爆炸时，他正在做核能蒸汽机的试验。"

"正是如此。"

好像所有的疑点都说通了，或者说真相果然不是陈海宁这个人冒冒失失地穿了一件奇怪的容易引发火花的衣服而造成的惨剧。更让我觉得松了一口气的是，陈海宁大概和徐建寅并没有什么必杀之恨。虽然结局令人扼腕。

"但是，还有一个问题，汉阳钢药厂那次爆炸呢？只是巧合？"

"在那个时候，黑火药工厂爆炸实在是太常见了，我查到 1908

年山东机器局还爆炸过一次，只是没造成太大的伤亡而已。"

我确实没有更多的证据去反驳邵靖。

但我心中还有另外一套完整的关于陈海宁的故事版本。那个陈海宁一直怀恨抑制自己的才华，无法理解支持甚至还总是折磨自己的徐建寅。并且，所有人都知道他对徐建寅的态度，因此才会被那些想要除掉徐建寅的保守派所利用。徐建寅意外被炸死时，陈海宁也在汉阳，这一点永远也不能随意抹去。而且，陈海宁的作案动机十分明显。之后呢？当然是要杀人灭口。然而这件事一直没有做成，一直等到慈禧老佛爷死了，光绪皇帝驾崩，保守派同样大势已去时，他们再也等不下去，作为最后的挣扎，或者说作为最后一次对洋务派还有洋人的所有事物和知识的一次微不足道的攻击，设计炸死了陈海宁。

然而这一版本，我并没有跟邵靖说。因为，他一定能找到证据来否定我的看法，况且从我现在所掌握到的材料来看，他的推断更合理，看上去更贴近事实，我又何苦去讨这个没趣？

又过了半个多月，我发现自己依然对陈海宁的事情念念不忘。辗转反侧之后，我又一次给邵靖发了信息。

繁忙的邵靖过了好一阵子才回复了信息，但并没能满足我的需要，说自己在机械设计方面完全外行，而且一直也都在文史类的研究圈子，不过建议我倒是可以找丁副教授试试看。

似乎只有这么一个选项了。没有别的办法，我只好给丁副教授写了一封相当长的邮件，讲了我和邵靖整理出来的关于陈海宁的活动轨迹，包括他的扑翼飞行器试验设计全过程，并且把陈海宁的六篇德文论文打包一同发送了过去。

我忐忑地等到第三天，终于收到了丁副教授的回信。

在回信中，丁副教授先是大加赞赏了我和邵靖，竟能挖出这么有价值的人，给中国近代科学史又增添了新的一页。其后则是说自己是搞科学史研究的，所以对真正的机械设计也只懂点皮毛，我所问的关于陈海宁设计的载人扑翼飞行器的合理性到底有多高，只能找他们学校的机械专业方面的专家来鉴定了。好消息是机械专业的教授看了陈海宁的论文之后，表示相当感兴趣，打算深入研究一下。既然专家能在百忙之中对这个自己科研项目之外的东西感兴趣，就说明它本身具有相当的合理性。

我不敢打扰丁副教授，所以接下来我只能等待，等待丁副教授再次回信，以及希望那位机械专家不只是随口应付一下丁副教授。

大概又过了一个月，就在我几乎快要把陈海宁还有他的扑翼飞行器忘掉的时候，终于再次收到了丁副教授的回信。

邮件不算长，但能看出丁副教授的激动心情，同时我还看到了几张照片的附件。

丁副教授在邮件里说，他们学校相当重视这次发现，已经迅速组建起了一个科研小组，一方面继续深挖这个中国近代少之又少的科技奇才的事迹，另一方面打算再造他所设计的载人扑翼飞行器。说来惭愧，没想到一百多年前的中国人就能把扑翼飞行器设计得如此科学合理，唯独欠缺的只是动力部分，而当今最不成问题的就是动力，其他的机械结构、机翼尺寸、扑动频率等设计完全可以直接沿用，基本上无须做大的改动就可以载人上天了。丁副教授还忍不住给我科普了一下扑翼飞行器在当今的意义，什么节省跑道长度之类的，字里行间无不透露出他的激动心情。

我还没来得及点开邮件里的照片，就又收到了丁副教授的新邮件。新邮件里只是短短的几句话，我仔细一看就笑了。丁副教授又来劝说要我加入他们的科研团队，考学也好还是直接加入也罢，说不想浪费掉我的才华。丁副教授在邮件的最后似乎是退让到最后一步，说至少我应该写一篇论文参加几个月之后的学术会议，现在报名还来得及。

丁副教授真是一位值得信赖的好人。

我对着屏幕笑了笑，心中想着"我根本就没这个本事"，然后找了一大堆极为得体的词，再次谢绝了丁副教授的好意。

回复了这封邮件之后，我又重新打开了丁副教授发来的上一封邮件，点开了那几张照片。上面都是一两个年龄较大的人带着几个年轻人，手里抱着看上去像机翼之类的组件，笑得很开心。而每一张照片中，都有同样的一个物件，就是那把一百多年前曾经靠风筝带着飞上了天的奇怪椅子。

他们果然再造完成了那只"济南的风筝"。

陈海宁这家伙要是能活到现在，也许当他的风筝剪断了线之后，就不会坠下来了，至少不会坠得那么快、那么惨。

桃花源记 / 索何夫

就在现在，已经有数百万枚这样的种子被播撒到了数十个可能的宜居行星表面，没有人能阻止这一切。这，就是我们的希望与救赎！

　　"自言先世避秦时乱，率妻子邑人来此绝境，不复出焉……"

——摘自同盟档案馆古地球文献残段，

编号 TE-33790

　　"软木塞"餐馆是一栋南风沼泽地区常见的木质结构二层小楼，它唯一的雅座位于二楼的阳台上。虽然名为阳台，实则不过在一段略微加长的屋檐下，围上一圈不比三岁小孩高多少的木头栅栏，再盖上遮阳的帆布顶棚。从几百米外的泥泞中吹来的腥臭热风，时不时地会造访这片缺乏屏障的小小空间，带来一群群"嗡嗡"乱叫的恼人昆虫。其中一些是本地的土著物种，另一些则是来自古老地球的入侵者。不过，无论是前者还是后者，在惹人讨厌这方面倒是相差无几。恼人的阿米巴兽有时候也会从沼泽里悄悄爬出，在顾客们的餐点中留下令人反胃的足迹。

　　但今天，来到这儿的人面对的却是比这些小小不快更大的麻烦。餐馆的服务生本尼迪克特，端着从老板的房间里找出来的双管猎枪，像一只躲避饿狼的小鹿一样躲在被放倒的餐桌后面。与他一同躲进这一脆弱的临时掩体的，还有另外三个人——其中一个叫林的女孩是餐馆的常客；另一个黑皮肤的大块头是副镇长的儿子，他在上周才到这儿来打工体验生活；第三个人是位穿着民兵迷彩服的壮汉，却是这四人中表现最差劲的一个：尽管他手中攥着一支左轮手枪，但这家伙身体颤抖的幅度却比本尼迪克特还要剧烈好几倍，此人活像同时患上了重度疟疾与帕金森综合征。

当然，本尼迪克特知道，他现在完全有理由感到恐惧——林和那个大块头男孩之所以没有表现出丝毫的惧怕，那是因为他们的神经已经在重压之下陷入了瘫痪状态。"如果你知道怕，那就意味着你还活着。"这是奶奶经常对孩提时代的他说的一句话。而现在，他总算是明白了这句话的含义。

"我们要死了，我们要死了，我们要死了……"当又一阵混合着刺耳刮擦声的咕哝与呢喃从不远处的楼梯之下传来时，穿着迷彩服的民兵抖得更厉害了。本尼迪克特的牙齿在口腔中疯狂地相互撞击着，不过他好歹还能强迫自己稍稍直起腰来，爬到几尺外的花盆后面。他从那堆因为疏于照料而干枯发黄的枝叶后面，取出了两只标有"容量275毫升"字样的玻璃瓶。这些瓶子里装有小半瓶清亮的半透明液体，瓶口被本地产的耐腐蚀软木塞紧紧塞着。在一周之前，当本尼迪克特的老板制造这些玩意儿时，他曾经在心中暗自嘲笑老板是个轻信谣言、迷信透顶的傻瓜；但在几分钟前，当他亲眼看见老板用装在瓶子里的东西对付那些不速之客，本尼迪克特终于意识到，他自己才是个货真价实的傻瓜。

现在，那个总喜欢把月底该发的工资拖到下个月月初发放、有着一副不讨喜的大嗓门的男人，多半已经死了。没错，他制造的这些东西确实有用，但数量实在是太少了，不足以对付他们所面对的可怕对手。本尼迪克特很清楚，凭这两瓶东西逃出生天的可能性微乎其微，但这毕竟是一线希望……

"它们来了！来了！来了！"

本尼迪克特从餐桌后朝后退了几寸，伸手将一瓶液体掷向了那些刮擦声、呢喃声和肠胃胀气般的咕哝声传来的方位。随着一声玻璃破碎的脆响，一股浑浊的灰色烟雾猛然腾起，高浓度氯离子那特有的刺鼻味道让他险些打了个喷嚏。

咕哝声和刮擦声暂时退缩了，但这次撤退只持续了短短十几秒钟。当它们再度逼近时，本尼迪克特掷出了第二瓶液体——这一次，他的目标是天花板。

成百上千的液滴仿佛一场暴雨砸向了二楼地板，制造出了更多更加刺鼻的烟雾，但和上次一样，这阵腐蚀之雨只是延缓了那些瘆人的声音接近他们的速度。

"不！滚开！滚开！"当那些声音重新开始朝他们逼近时，蹲在本尼迪克特身边的林，突然像触电般一跃而起，尖叫着翻过阳台的栏杆。片刻之后，一阵令本尼迪克特联想起赤道地区那些不断冒泡的泥火山的咕哝声，短暂地盖过了朝阳台逼近的刮擦声与蠕动声，仿佛一头从传说中爬出来的巨兽打了个饱嗝，浓烈得令人感到眩晕的腐臭味开始在空气中迅速弥散开来。

紧接着，面色煞白的民兵尖叫着跳了起来，副镇长的大块头儿子紧跟其后，同时发出了音量更大的尖叫，明白无误地昭示副镇长公子的精神已经彻底崩溃的事实。他俩选择了与林相反的方向，试图从那些正在逼近他们的东西身边闯过去，但最终的结局却与前者没什么不同：在两人急促而混乱的脚步声、挣扎声与短暂的尖叫结束之前，本尼迪克特总共听到了三声枪响，当然，也可能是四声。

但这些已经不重要了。

"该死，该死，该死……"本尼迪克特紧紧地攥着手中的双管猎枪，神经质地自言自语着。他并不想死，也从未动过自杀的念头，但与干净利落的死亡相比，另一些下场更令他恐惧。

在短暂地考虑了几秒之后，本尼迪克特费力地脱下一只用灰色坚木树皮纤维制成的便鞋，将脚趾伸进了猎枪的扳机护圈，然后把枪管抵在了自己的下巴上。

至少，他现在还有机会做出选择……

一

与此同时，在"软木塞"的东南方向两百公里外，一片遍布藻类的湖泊旁，另一群人也正聚在一栋二层小楼的阳台上。

与简陋的"软木塞"不同，被这些人选作聚会地点的是一座名为"银风花园"的货真价实的豪华饭店。简洁却又不失优雅的白色大理石外墙紧贴着大湖的防波堤。在古地球南亚风格的吊脚楼下，是一处很适合午后悠闲垂钓的小型码头；繁复的洛可可式装饰爬满了小楼内的每个角落，就像在年深日久的房屋内蔓延的苔藓与蔓生植物。金灿灿的烛架上插着货真价实的蜡烛，而非用塑料棍和灯泡做成的廉价仿制品。这个阳台也处在一层价格不菲的复合式隔音材料保护之下，可以让将这里选作聚会地点的人们放心交谈，而不必担心遭到窃听。

在摆放于阳台中央的仿古红木餐桌旁，影子正心不在焉地摁着那台配发给安全人员的PDA上的按钮，切换着一份又一份文档，好假装自己正在工作。作为一个标准的急性子，他从来都没有学会如何心平气和地等待，哪怕对方是来自雅汶城的大人物。尽管面前的桌上已经摆上了足足六盘本地的特色菜，但他眼下还是没有一丁点儿胃口，只能让自己的副官龙中尉代劳——话说回来了，这个瘦弱的年轻人解决食物的能力倒是颇为出众，几分钟工夫，他就已经吃下了一盘炭烤翅虾的虾仁和一碟子酸汤浇海藻，此刻正在准备解决一盘子被炸成金黄色的肥硕毛虫。趁着中尉胡吃海塞的当子，影子一遍又一遍地翻阅着今天刚刚收到的报告，试图以此安慰自己，证明自己并非虚度时光。

就像前两个月收到的各种报告一样，今天的几份报告内容也都大同小异：在南风沼泽大区的东南和东北山脉地带，原道救世军和另外几个规模较小的游击队武装在过去二十四小时内总共发动了五次袭击，破坏了两座检查站和一处燃料储存槽，共有三名保卫部队士兵、十二名平民和十五名叛乱分子死亡。除此之外，又新增了五十五个神秘而又致命的罗斯瘟疫确诊病例和一百九十八个疑似病例，还在六处公墓共增添了十八座新坟；大泥河与大鱼河交汇处的洪水还在泛滥，当地民防部门要求调配更多的飞行器协助救灾……

影子恼火地摇了摇头，端起一杯又稀又淡的橘子味利口酒，仰头一饮而尽。在南风沼泽大区的安全委员会的参谋处工作了十二年，又在首席参谋这个位置上混了两年半，他一直以为自己已经见过了各种各样的大风大浪，早就应该练成了处变不惊的功夫。但不幸的是，今年的风浪似乎要比往年大得多，而且变得越来越大、最终脱离他们的掌控……或许正是因为这个缘故，雅汶的那帮官老爷们才将他们的目光投向了这个潮湿偏僻的角落，决定派人来看看这儿到底出了什么事儿。

"请原谅！我们迟到了，先生。"随着雅座的雕花木门在自动化控制设备的操控下安静地朝两侧打开，一个声音柔软得就像用蜜汁浸泡过的女子说道，"我们应该预见到今天的交通拥堵，如果早点儿出发……"

"那你们还是会遇上堵车，'珊瑚'女士。"影子放下手中的PDA，对鱼贯而入的三人礼节性地摆了摆手。出于这次任务的保密要求，进来的这两男一女都穿着便装，但或许是由于长期在政府部门任职的缘故，他们愣是把休闲长裤和文化衫给穿出了制服的味道。"今天本市实施交通管制的原因是城外的检查站发现了一批藏在车上的疑似爆炸物，因此我们不得不下令在市区内进行全面搜查，以免发生恐怖袭击。"影子补充说。

"有意思……"那个女人点了点头，摘下了一直戴着的墨镜。由于轻度遗传性白化病的缘故，她的金发就像金银合金一样带着亮丽的淡银色，缺乏色素的双眼活像一对血红色的珊瑚珠。影子认为，这或许正是她代号的由来。

由于"必要的保密措施"，她的两名同伴同样以代号自称，那位个头很高、有着一双蓝得如同暴风雨前天空般的双眼的生态学家自称为"风暴"，而那个身材敦实、双眼的颜色酷似天然铀矿石的传染病学家则管自己叫"辐射"。除此之外，他们也给他起了"影子"这个代号，影子认为这大概和自己那双阴影般的深棕色双瞳有些关系。

"那么您认为，本地区哪些地方的状况在目前可以称得上安全？""珊瑚"女士问道。

"从理论上讲，没有任何地方是绝对安全的，尊敬的特派员们。"影子拍了拍龙中尉的肩膀，示意他给客人们留点儿可吃的东西，"但至少，作为本地区的首府，白城有着最高的安保等级和最好的卫生防疫条件。尽管小规模恐怖袭击或者零星疫情可能会在城区出现，但我们完全有把握将险情控制在最小范围内。"

"是吗？"代号"辐射"的男人轻轻用指节叩击着他修长而光洁的下巴，"如果我是你的话，我可不会这么自信。或许我该提醒你，你们承诺控制住罗斯瘟疫蔓延的努力正濒临失败，下一轮的大规模扩散只是时间问题。"

"也不一定，""风暴"摇了摇头，"如果我创建的环境模型没出错的话……"

"它已经出过一次错了。"患有白化症的女人用小小的拳头砸在了昂贵的红木桌面上，"六天前，我们还在雅汶市的研究所时，你和你的朋友们信誓旦旦地保证瘟疫的扩散会在蝙蚊的大规模羽化期结束后迅速停止。可事实是，在这一百四十四个小时里，至少出现了八百个新增确诊病例，有六处过去没有疫情的居民点报告遭到感染，疫情的扩散速度比先前快了差不多三倍，而且它们全都不在你之前预计的疫情扩散方向上！除此之外，我敢拿五十块钱和你打赌，考虑到本地医疗机构的低效和混乱，实际感染人数极有可能已经超过了四位数！难道这也在你'允许的偏差范围之内'？"

"那只能说明我们手头的某些数据有误，因此无法在模型中代入较为准确的变量！""风暴"气鼓鼓地反驳道，活像一只刚刚被人踩了一脚的牛蛙，"你没有任何证据证明我们创建的模型有问题，而且……"

影子礼貌地咳嗽了两声，开口打断了这场争论："尊敬的各位特派员，我相信你们之所以邀请我在这里与你们碰面，显然不是让我这个可怜的门外汉来担任你们学术辩论的裁判。如果你们需要一个更专业的人士来担此重任的话，我愿意通知同盟科学院再派一位专家到这儿来。"

"不必了。""珊瑚"摆了摆手，"不过你说得没错，我们确实应该先谈正事。这么说吧，自从我们上次见面之后，我和我的同事们已经系统地检索、分析与统计了储存在本地安全委员会档案库里的医疗机构报告，并试图构建出一份罗斯瘟疫的扩散模型，找出它的发源地和主要传染媒介，并最终制订一套行之有效的针对性防疫方案。但不幸的是，这项工作完成得并不顺利。"

"你的意思是，我们的人没能很好地配合你们完成同盟议会指定的任务？"

"我想，我们有必要区分清楚'做不到'和'不想做到'之间的差异。""辐射"双手一摊，用拇指和食指从桌上的碟子里拈起了一截蜜汁煮莲薯块根，一口吞了下去，"当然，你们的工作人员的热心与敬业精神值得表彰，但不幸的是，他们的职业能力以及硬件设施的缺陷决定了他们无法仅凭热心与敬业就为我们提供必要的信息。"

"但我们已经把每个片区的疫情报告和生态学资料都递交给你们了，我亲自看过每一份资料，确保它们没有漏掉任何一个地点。"影子伸出一只手指以示强调，但这种效果被龙中尉大嚼一块熏肉所发出的声音破坏了，"你们凭什么怀疑我们提供的——"

"我们当然有理由怀疑这一点，影子先生。""风暴"清了清嗓子，"没错，你们确实提供了每个片区的资料，但这并不代表你们就掌握了当地的实际状况——事实上，你们也没做到这一点。除了东北滨海外，南风沼泽大区是雅汶星上最大的一个行政区，而且很可能是地理状况最复杂的地区：从锚头峡湾到阳舞海西岸，这里总共有三百一十万平方公里的丛林、山地和湿地，居住着至少四千五百万人。而你们的安全、医务和其他公共部门总共不到五万名雇员，必要的技术装备更有限。这些人只够你们维持对像白城这样的主要城市和那些较大的聚居区的控制，而数以万计的分散在山地和沼泽区的小型定居点则一直处于孤立的自治状态，其资料很少被纳入统计范围，在这种情况下，巨大的误差在所难免。"

"所以？"

"所以，我们计划在疫区周边进行几次必要的田野调查。如果可能的话，我希望你们能够提供必要的交通工具，以及最低程度的护卫人员。""珊瑚"用理所当然的语气答道，似乎有些惊讶影子竟然没有想到这个，"除此之外，为了避免引发不必要的恐慌，我希望你们不要对当地实施戒严。"

"但这……这么做安全吗？"影子问道，"最近大泥河河口地区的恐怖活动频率持续上升，就连保卫部队的哨站和检查站也已经不安全了，我们在一个月内就损失了四十名正规军士兵，还有一架直升机和四艘气垫运输艇。那些叛乱分子简直就像一帮嗅到了血腥味的鲨鱼！也许你们不在乎自己的安危，但如果你们有什么三长两短，我可就得……"

"尽管放心，先生。""风暴"摆了摆手，"我们也分析了你们的安全报告。很显然，大多数暴力活动都发生在较为偏远的难以得到支援的小型聚居区与检查站，而我们会尽可能地避开这些不安全的地点。事实上，我们已经选定了一处相对安全且具有典型性的小型城镇，作为我们田野调查的起点。"他拿出自己的PDA，从里面调出了一份资料，"你觉得这地方怎么样？"

"挺不错，但还有些小问题……"就在影子打算接过对方的PDA时，他自己的那台突然低鸣着晃动了起来，一份标有"紧急"字样的报告从它的屏幕上蹦了出来，"如果我收到的这份报告足够准确的话，"在草草瞥了一眼屏幕之后，他耸了耸肩，解释道，"无线电镇恐怕已经不存在了。"

二

当这支由三架运输直升机组成的小队掠过灰岸山脉低矮的山脊线时，巨月已经升到了天穹顶端，它淡橙色的光芒盖过了地平线上残存的一抹暗红色阳光。三颗较小的月亮——"阿尔法""贝塔"和"德尔塔"——也在它的运行轨迹上排成了一条直线，活像跟在鸭妈妈身后的小鸭。

当然，所谓"月亮"其实是个习惯成自然的错误称呼，这些高悬于夜空之中的天体也并非雅汶星的卫星。每个接受过小学教育的同盟公民都知道，所谓的"巨月"，事实上是一颗庞大的气态巨行星，在距离桃花源主星不足一亿公里的轨道上运行，而那三颗较小的"月亮"则是雅汶星的同类——除了这四颗大到足以维持大气层与生态圈存在的卫星之外，还有超过三十颗或大或小的天体在不同的轨道上绕着这颗行星旋转。这些天体，再加上位于"巨月"公转轨道内侧的一颗岩石质小行星，以及更远处的两颗荒凉的雪球行星和一群总是没头没脑乱窜的彗星，构成了整个桃花源星系。

尽管同盟教育委员会颁发的历史教科书竭力将桃花源的开垦史描述成一曲乐观进取的田园牧歌，但即便是那帮无可救药的乐天派也不得不承认，"桃花源"这个名字本身就是一个残酷的玩笑：在三百五十年前，当第一批装有亚光速冲压引擎的、载着数以万计处于休眠状态的乘客的殖民飞船，因为导航失误而来到这个孤悬于银河边缘的偏僻角落时，探路的无人侦察船为这些迷途者带来了令人振奋的消息——在不到一光年外的一个恒星系统中，至少有四颗围绕一颗巨行星旋转的卫星拥有足以支撑DNA为左旋双螺旋结构的碳基生命存在的条件，其中一颗甚至有着与古地球高度类似的复杂生态圈！在发现新大陆的狂喜之下，这些古老而笨重的大船立即掉转了航向，准备在这个全新的伊甸园扎下根来，建立一个生机勃勃的人类文明分支。

　　起初，一切都非常顺利：那些古老的巨舰在碧蓝的大洋深处实施了它们使用寿命中仅有的一次降落，殖民者们则乘着装满物资的一次性充气运输船登上了绿意盎然的海岸；他们用一篇中国古代散文的标题命名这个美丽新世界，将其作为他们新家的卫星。他们在这颗绿意盎然的星球上建起的第一座城市的名字，同样来自古地球时代的一部电影。

　　但是，欣喜若狂的人们很快就发现，在这片生机盎然的美景之下隐藏着一个巨大的陷阱：桃花源星系实在是太年轻了，从中诞生的星云并没有像更"老"的同类——比如，最终形成了古地球所在的太阳系的星云——那样接受过足够多的恒星，尤其是能够合成比铁更重的元素的超新星的捶打。在这里，氢、氦与碳的比重过大，而原子量超过硅的重元素储量又严重不足，工业发展所必需的稀土矿更是寥寥无几。没错，移民们能在这里过上不错的日子，甚至可在一定程度发展航天事业，偶尔将一两支勘探小队送上那些围绕巨月旋转的卫星，但却再也无法挣脱恒星系统引力的桎梏，重新飞向浩渺的星海。

　　在直升机　侧的乘员位置上，影子伸手调整了一下系在胸前的安全带，然后重新拿起了 PDA，继续阅读那份足有二十五年历史的档案。按照这上面的说法，无线电镇是一座货真价实的古镇，建于黑暗的动员时代的末期——在那段日子里，不甘被困在这里的同盟政府试图与他们在宇宙中的同族取得联系并寻求帮助，于是在长达两个世纪的时间里动用了很多资源与技术力量，在巨月的四颗宜居卫星表面建起了数以千计的超高功率无线电发射台，疯狂地向宇宙的所有角落大声呼救。但是，原本计划在无线电镇的位置上修筑的电台却没有竣工：就在技术人员刚刚为它选定台址、打下地基时，武装暴动的狂潮席卷了整个桃花源星系。因为劳民伤财的巨型工程而不堪重负的民众摧毁了渴望重返星海的旧政府，毁灭了每一座无线电发射台，由此宣告动员时代结束。当初，技术人员在他们工作的地方定居下来，成了现在的无线电镇居民的祖先；而少数前政府的支持者则逃入了密林与深山之中，他们的后代逐渐组成了现在的原道救世军和其他叛乱势力。

"我最后必须提醒你们，如果你们坚持立刻前往无线电镇的话，我可没法保证你们的绝对安全。"在读完那份资料后，影子将目光转向了坐在他面前的同盟特派员们——他们现在都和他一样穿上了厚重的动力装甲，看上去和其他快速反应部队的精锐空降兵没什么两样，但调整盔甲伺服系统时笨拙的动作却暴露了他们缺乏军事素养，"根据已经在一小时前赶到战场的第七快速反应分队 B、D 小队以及第三空中支援分队的报告，袭击无线电镇的叛乱分子搞不好有上百人之多，而且很可能来自战斗力最强的原道救世军。更重要的是，他们持有一定数量的重武器，包括——"

"伙计们！抓紧了！"

直升机驾驶员的喊声尚未停止，这架十二吨重的飞行巨兽便做出了一个它的机体强度允许的最大幅度机动，险些把影子从座位上甩出去。让影子略感欣慰的是，坐在他对面的那三位也不太舒服：尽管动力甲里的缓冲材料能吸收不少冲击力，但后脑勺和机舱壁亲密接触的感觉总是不那么好。

"袭击我们的是便携式防空导弹，应该是比较老的 A-190 型。"在连续两个机动过载结束后，影子的副手龙中尉第一个扭头朝机舱外瞥了一眼——青色的夜空中，两道显眼的导弹发动机尾迹正像一对发狂的蛇不断延伸，好在它们追击的目标只不过是一团刚刚被直升机抛出的热能／电磁复合式诱饵弹，"这些过时的导弹也许是在黑市上买到的，本地的民兵组织对仓储武器的管理一直不是很严格，而且他们还挺腐败。"

"我想也是。"影子应和了一句，同时用带有几分暗示意味的目光望向三名特派员，但让他失望的是，这些上面派下来的大人物似乎并没有打道回府的意思。

"我们已经做出了决定，而这一决定不会更改。"那两枚燃料耗尽的导弹无力地栽向郁郁葱葱的林海后，"辐射"开口说道，"你必须承认，这次袭击很蹊跷，而且发生的地点恰好在卫生部门最近一次划定的疫区边界——换言之，这已经触及了我们的职责范围。因此，作为同盟派来处理一切与罗斯瘟疫相关事务的特派员，我们有义务在第一时间亲临现场，以便确认此事与疫情是否存在关联。"

桃花源记

"的确。"影子点了点头，意识到自己完全找不出反驳对方的理由。与此同时，不止一发流弹打中了他们乘坐的直升机，不过全都被机身的装甲弹到了一旁，只在强化过的驾驶舱玻璃上留下了几条裂缝，"做好准备，三十秒后开始降落。"

"我希望，你所说的'降落'指的是机降而非伞降。"当两架刚刚完成空中支援任务的"地狱利爪"武装直升机从他们身边飞过，自称"珊瑚"的女人说道。影子颇有些欣慰地发现，她的语气中头一次出现了些许不安，"你得知道，我们对这套动力铠甲的操纵系统并不非常……"

"不，当然不是。"影子故意停顿了几秒钟，然后才给出了答案，"但我相信，这点小麻烦应该不会妨碍你们履行自己的义务，对吧？"

事实证明，这点小麻烦的确没能让那三名"大人物"却步——不过倒是让他们吃了点苦头。每一套快速反应型部队动力装甲都带有由微型计算机控制的喷气式降落包和小型减速伞，就算不用任何手工操作，它也可以在不超过一百米的高度上自动让穿戴者以人体能够接受的速度落地。不过，计算机默认的"能够接受"的阈值实在是过于宽泛了，因此，当三名特派员像栽进泥潭的乌龟一样头重脚轻地从泥坑里爬出来时，影子不由得有几分促狭的快意。

尽管就行政级别而言，无线电镇属于"城镇"一级，但除了一条勉强可以算是主干道的混凝土街道、一座大型粮仓和一座已经变成一堆焦炭的餐馆之外，基本上可以视为几座散布在沼泽之中的小村落的弗兰肯斯坦式拼凑体。这里用木板和胶合板拼成的小屋不是被烧得漆黑，就是变成了垮掉的积木，每一座建筑的墙壁上都布满了激烈交火时留下的密集弹痕。烧成金属空壳的水陆两用气垫艇和农业拖拉机，就像罗马斗兽场上的动物残骸一样横七竖八地瘫痪在泥泞中，散布在它们周围的则是各种各样的尸体：其中既有完整的，也有支离破碎的；既有被烤焦的，也有被街道上淤积的泥水浸泡得肿胀不堪的；一些人显然是镇民，还有一些穿着叛乱分子手工缝制的迷彩服，但更多的死者则早已面目全非，无法辨认身份。

　　虽然影子在保卫部队学院里的战术指挥课成绩从来都不太理想，但就连他也能轻而易举地看出来，在保卫部队赶到之前，叛乱分子显然占领了整个镇子一段时间：在小镇的街头，他发现了十来处用几尺粗的坚硬原木、沙袋和建筑垃圾堆砌而成的临时防御工事，不止一座被炸塌的建筑里戳着损坏扭曲的导弹发射器与大口径机枪的残骸，其中有一些还冒着青烟。只不过，在保卫部队压倒性的火力优势面前，一切抵抗的努力都注定只能是徒劳无功，数十具散落在街道与建筑废墟里的叛乱分子尸体就是这一事实最好的注脚。

　　"这些家伙的脑袋肯定被什么东西给踢了，长官。要不然就是昨晚喝多了，"当影子和随他一同降落的整个突击小队完成集结，开始向仍在交火的地区前进时，某个听起来有点儿熟悉但他却记不起名字的保卫部队小队长在近距离战术通信频道里对他说道，"这帮白痴在我们赶到之前两个钟头就已经拿下了整个镇子，完全有时间抢上一把然后脚底抹油，就像他们之前一直玩儿的那一套一样。但你知道这次他们都干了些什么吗？"

"我猜，他们打算在这里坚守？"当影子的小队绕过一堆还在燃烧的气垫艇残骸时，几发流弹击中了两名士兵的头盔与胸口，刮掉了一些装甲表面的迷彩涂料，留下了一些小坑，仅此而已。除非在极近距离直接射击，或者侥幸打中少数薄弱处，否则叛乱分子的轻武器对穿着这套行头的他们基本造不成什么威胁。当然，叛乱分子也很清楚自己技术上的劣势，在过去的冲突中，他们总是竭力避免与同盟正规军进行毫无胜算的阵地战，而更倾向于通过不对称手段——打了就跑。像今天这样的"大"场面，影子自打加入保卫部队以来，还是头一次见到。

"不只。当我们抵达这个地方时，这些蠢货正在玩烤肉大餐呢……"那名军官说道。

"烤肉？"影子刚说出这个词，就迎头挨了一枪——当然，这一下只让他的脑袋因为迎面扑来的冲击力而短暂地眩晕了几秒。紧接着，一名跟在他身后的突击队员立即端起了步枪，用一枚制导枪榴弹把那个藏在镇外一棵分权的大树上的狙击手炸了个粉身碎骨。

"没错，他们挖了镇子上的坟场，还把一辆大货车上的棺材也统统砸了——这些棺材都是死在号角港和拱门镇的北方佬的，然后他们给所有尸体都浇上汽油烧掉了。这些家伙一边烧尸体，还一边挨家挨户地搜索活人，天知道是在搞什么名堂！"随着影子继续前进，说话的那名军官终于进入了他的视野，与他在一起的还有一支重武器支援小队，队员们正在一座被拦腰炸断的砖房废墟中忙着架设轻型机关炮和大口径榴弹发射器。

"你觉得他们会不会是在搞邪教活动，长官？"

"目前尚不清楚。"在进入这堆废墟之前，影子首先转头看了一眼跟在他身后的三名特派员，确认他们并没有在落地后的这几分钟里缺胳膊少腿，然后才重新将视线转向了那名小队长，"现在的情况如何？"

"现在吗？那些家伙跑不掉了，长官。"小队长带着影子登上了已经坍塌大半的砖房楼顶，指了指不远处的一座方方正正的、看上去活像是块被放倒的墓碑的大型建筑。尽管这座坚固的建筑已经被打得千疮百孔，但零星的枪焰仍然不时从它狭窄的窗口亮起，偶尔还会冒出火箭助推武器留下的烟雾，"我们已经解决掉了他们在镇上的大部分据点，长官，除了少数还在到处乱窜的散兵游勇之外，剩下的家伙已经躲进了镇上的仓库里。到目前为止，由于抵抗过于激烈，我们的两次小规模进攻都没成功，现在我们正在清理外围的残余敌人，并准备组织下一次进攻。"

"我们就不能用空中火力解决他们吗？"影子问道，"我想，两架武装直升机应该足够了。"

"我们之前确实呼叫了空中支援，但梅休上尉在两分钟前命令武装直升机小队暂缓行动。"小队长解释道，"他希望能够俘虏几个叛乱分子首领，了解他们这次反常行动的意图。如果我们能设法说服——"

"取消那道命令，"一个冰冷却不容妥协的声音突然插了进来，"继续进行空中打击。"

"你说什么？"影子惊讶地眨了眨眼睛。让他感到意外的并非这句话，而是说出这句话的人。

"我要求立即取消之前的命令，让空中打击按计划进行。""珊瑚"那古板而毫无情绪的声音继续从战术通信频道传来，就像是刚从冷藏室里取出的一块坚冰，"我们必须尽快结束这件事，以便迅速开展后续调查，明白吗？"

"你无权在这里下达命令，女士。"另一个尖锐的声音插了进来，"我是梅休上尉，第七快速反应分队的指挥官。而你，如果我没记错的话，并没有任何军事职务。虽然我知道你们这些同盟特派员喜欢像饥饿的野猫一样到处伸爪子，但你们不能——"

"不，我当然能。"穿着一套最小号的动力装甲的"珊瑚"突然走到了影子面前，"用你的参谋权限在保卫部队内部通信网中查询授权码 ANI-770-30-09，现在就查！"

影子点了点头，半信半疑地从装备携行袋里取出了他的 PDA，输入了二十四位个人密码，打开了一个授权码查询页面。几秒钟后，他的脸色就变成了过期牛奶一般的惨白。"你有保卫部的特许授权令？"他下意识地咽了一口唾沫，"你——你为什么不事先告诉我……"

"因为之前我觉得没有向你透露的必要。"身材娇小的女人隔着两厘米厚的强化面罩对他说道，红色的双眼中闪烁着不容挑衅的凌厉目光，"现在，根据同盟保卫部与治安委员会赋予我的紧急处置权，我宣布从现在起接管本地区内的所有保卫部队与辅助组织的指挥权。任何抗命行为都将以叛变罪名被起诉！"

"好极了……"影子听到梅休上尉嘟哝了一句。

当那两架"地狱利爪"武装直升机像一对结伴狩猎的大黄蜂一般嗡鸣着掠过无线电镇上空时，据守在仓库中的叛军只朝空中象征性地射出零星的枪弹。根据影子的动力装甲上计时器显示的读数，"地狱利爪"发射的第一枚袖珍空对地导弹仅仅用了不到六秒的时间便以致命的精度命中了目标。位于弹体前端的破甲战斗部像敲碎黏土一样轻而易举地在仓库半米厚的混凝土外墙上打开了一个缺口，而十分之一秒后起爆的高爆弹头眨眼之间就将这座双层仓库的底层变成了一座仿佛来自但丁最癫狂的梦境中的炼狱！

被炽烈的火舌烤焦的尸体残块如同节日烟火一般，与塌陷破碎的门窗一道四散飞去，然后纷纷扬扬地落在小镇泥泞的地面上。片刻之后，位于仓库二楼的一扇金属窗户突然被推开了，一个穿着做工粗糙的迷彩大衣的男人探出了上半身，发疯般挥舞着一块沾满血迹的白色绷带。

但已经太迟了。

在第二枚导弹彻底将仓库摧毁之前，至少有三个人从那扇狭小的窗户跳了出去。其中一个刚从地上挣扎着爬起来，就被横飞的流弹打断了脖子。最后一个跳出来的人，则在落地之前就被爆炸产生的无数建筑残渣与弹片扎成了筛子。只有最先跳下的那个人朝前又跑出了几步，然后一头栽倒在了泥泞的地面上。

"不要开火！那是个平民！"在看清那人穿的是一件肮脏的餐

厅服务生制服，而非叛乱分子的迷彩大衣和战术马甲后，影子立即在通信频道中大声吼道。接着，他以最快的速度冲过了弹痕遍布的街道，将那名空袭中唯一的幸存者从地上抱了起来——这是一个非常年轻的男性，从他脸上葡萄串般的青春痘和柔软的胡须来看，顶多是个大男孩。在这个男孩的身上，有好几处伤痕触目惊心——一块被炸碎后插入他腰间的混凝土残片，一小段同样来自那座被毁的仓库、现在插在他大腿上的断钢筋，以及几处严重的挫伤和烧伤。除了这些"常见"的伤口之外，在他一侧脸上还有一块令人费解的伤痕，仿佛某个东西曾经抓过他的面部，并且对那里进行了一段时间的消化似的。

"你还好吧？"影子从动力装甲的医疗包里掏出一支装有多功能噬菌体和广谱抗病毒药的注射器，扎进了这个奄奄一息的伤员的胳膊，以延缓他伤口感染的速度，"放心，你现在已经安全了。我们是同盟的人——"

"你们是一群蠢货！"大男孩用充满怨恨的目光瞥了影子一眼，然后又看了看跟在他身后赶来的其他士兵，"蠢货！"

"典型的创伤后反应。"小队里的医护兵一边取出便携式外科诊断仪，一边评论道，"可怜的孩子。被一群暴徒给绑架了，还经历了这么可怕的事，肯定把他吓坏了。"

"没有人绑……绑架我。"男孩虚弱地张了张嘴，花了不少工夫才勉强挤出了几句话，"蠢货。"

"可怜的家伙，头脑不清醒了，"医护兵启动了外科诊断仪，开始探查患者的损伤情况，"他伤得很重，长官，至少三到四处主要脏器受损，还有一打的骨折和严重的软组织挫伤，除此之外，我发现了两处很可能是由真菌感染开放性伤口所生成的病灶组织，暂时不适合做外科手术。我个人建议先通过保守疗法稳定伤势，如果他能挨过这两天的话，再送到雅汶市的大医院做进一步的治疗。"

"我的头脑清……清醒得很！你们根本不……不知道这里发生了什……什么事！"男孩顽固地摇晃着脑袋，"你们根本不知道！"

"你叫什么名字？"影子改口问道，"这里到底发生了什么事？"

"我叫本尼迪克特，是'软木塞'餐馆的……昨天的那辆运送棺材的大货车……入侵……那些怪物到处都是，它们吃掉了……多亏了原道救世军的人，我那时差一点就自杀了……是他们烧掉了那些……"男孩的目光变得越来越迷离，声音也逐渐含混不清。很显然，不断积累的伤痛正在缓慢地掏空他的意志，"……愚蠢！你们都是一群蠢货。这一切和你们想象的完全不同。你们压根儿不知道……"

影子倒是很想知道到底有什么是他"不知道"的，但是，一支扎进本尼迪克特胳膊的一次性镇静剂注射器让他的希望变成了泡影。男孩挣扎了一下，随即安静了下来。

"我认为，我们最好还是让伤员好好休息，"在将注射器中的镇静剂全部推入男孩身体后，"珊瑚"解释道，"影子先生，你最好让梅休上尉派人对镇子附近进行一次全面的清理与搜索，我可不希望有人在我工作时向这里发动袭击。如果一切顺利，我们将在调查完毕后返回大区首府。"

"但是……"那名医护兵用力地摇晃着脑袋，一脸不甘的神色，"恕我直言，在目前的状况下，患者活过危险期的概率并不大。如果他再也醒不过来的话，那我们就永远也不可能知道这里究竟发生了……"

"那我们最好祈祷他醒过来。"同盟的特派员不带丝毫感情地说道，仿佛正在评论昨天的早餐食谱，"但愿如此。"

本尼迪克特死于获救后的第二天凌晨。在最后时刻来临之前，这个男孩曾一度短暂恢复了神志，用混合着祈求与愤怒的眼神盯着闻讯而来的影子和三位特派员，似乎想说些什么，但却只发出了几声受伤幼兽般的呜咽。

影子设法安慰这个不幸的年轻人，但三名特派员只是一言不发地注视着他。而当男孩的生命体征完全消失时，"珊瑚"只是吩咐医护兵拿来了一张空白的死亡报告表单和一个裹尸袋，然后就离开了医护室的帐篷。

在那天余下的时间里，特派员们一直在已经沦为废墟的小镇中来回徘徊，像传说中的食尸鬼一样指挥着一队影子的部下挖开坟墓，拆解废墟，从发现的每一具尸体身上采集样本，然后用一系列影子从没见过的仪器进行检测。

大部分死者在"珊瑚"的命令下很快被就地重埋，但也有一部分被装进了裹尸袋和冷冻柜。在夜幕即将降临时，"珊瑚"和"辐射"找到了影子，告诉他调查工作第一阶段已经结束。

按照他们的要求，影子和他手下的大多数保卫部队士兵登上了直升机，撤回了大区首府。那个自称为"风暴"的生态学家和影子一同离开，与他们一起登上飞机的还有一批装在冷冻柜里的尸体。

不过，"珊瑚"与"辐射"却决定留下。"'风暴'先生已经完成了他的任务。"他们如此解释这一决定，"而我们还有更多的工作要做。"

"说实话，影子先生，你对我们的工作到底了解多少？"当直升机在深红色的晚霞中离开地面后，穿着那套尺寸过大的动力装甲的"风暴"突然问道，"你对罗斯瘟疫又了解多少？"

"不是很多。"影子双手一摊，诚实地回答道。虽然防疫工作在理论上也属于安全委员会职责的一部分，但影子对这种被称为"罗斯瘟疫"的新型传染病其实并不是很了解——事实上，整个南风沼泽大区的传染病专家们对它也知之甚少。他们只知道，这种以发现它的公共卫生监察员名字命名的烈性传染病在两个月前首先暴发于大区东南端的大泥河流域，并在随后的几周内以惊人的速度蔓延到了周围方圆数十万平方公里的地区。

从某些角度来看，罗斯瘟疫和曾经在古地球上横行一时的埃博拉出血热有不少类似之处。在进入宿主体内之后，它只有短短几个小时的潜伏期，随后就会露出狰狞的面目。在发病的最初阶段，患者会呕吐、眩晕、失忆，并在一两天内因高热和昏厥而失去意识，由于毛细血管壁大量破裂引发的严重内出血症状则会在稍后迅速出现。深色的瘀痕首先出现在患者的四肢，然后逐渐蔓延到他们的躯干和头部，最后，随着大规模内出血导致的多器官衰竭……患者会无一例外地在一周之内快速变成一团包裹着烂肉和脓血、面目全非的肿胀皮囊，然后被匆匆塞进密封的金属棺材里。

自从罗斯瘟疫暴发以来，南风沼泽大区的医务人员就一直试图遏制这种烈性传染病的疯狂扩散，但他们的努力却没有收到任何成效——事实上，他们甚至无法分离并确认病原体的真实身份，更遑论找出治疗方法了。

万般无奈之下，大区安全委员会不得不向同盟政府求援，而后者的回应则是派来了这群举手投足都神秘兮兮的特派员。

"我知道你对我们有意见，伙计。"在短暂的沉默之后，"风暴"说道，"而这正是我所要说的。也许你已经注意到了，我们这次的调查行动和过去有所不同——在以前，我参加过在阿卡姆山脉大区对戴米多夫线虫症的防治工作，也奉同盟卫生部之命在奥尔—黑兹参与过对麦凯式惊悸症的调查，而三年前在蓝山海岸，当 D-37 嗜神经性病毒变种在当地的两栖爪鱼种群中暴发时，我也在第一线。但在那时，我们的行动更……正规一些，专业人员更多，也不像现在这样处处保密简直到了神经质的地步。"他有些懊丧地在动力装甲里摇着头，"他们甚至不肯把那些最起码的数据给我，我怀疑他们根本不关心……"

"你是说，他们对你也保密？"影子突然有了种同病相怜的感觉——自从这群特派员抵达大区白城之后，他一直觉得反常：与他过去接触过的同盟特派员相比，这些人只在抵达时和他短暂见了一次面，然后就以"保密"为名开始在暗地里忙活他们自个儿的事，甚至懒得向他通报行程。无论是大区卫生部门要求分享信息的请求，还是安全委员会请求合作的申请，他们一概都不予回复，"比如说——？"

"太多了，"有着湛蓝色眼眸的生态学家答道，"我想你也知道，我的专业是传染病生态学——也就是研究在这个人类并非原生物种的地方，各种生活在原有生态环境中的病原体逐步适应人类，并将人类变成它们新宿主的过程。早在上个月月底，卫生部研究中心的实验室就已经分离出了罗斯瘟疫的病原体，负责进行这一工作的是萨尔瓦多·杜姆博士，也就是那个在你们面前一直管自己叫'辐射'的家伙。但是，当我要求得到一份活性病原体样本，以便与自然界中可能存在的相似物种进行比对研究时，他却一直拖着不肯提供，直到出发前三天才给了我一份该死的研究报告——而且这份报告是他自个儿写的。"

影子点了点头，问道："我是否可以这样认为，你这是在暗示你的同事有蓄意造假的嫌疑？"

"杜姆以前是个不错的人，至少他在以前一直是值得信任的，""风暴"叹了口气，"但我实在想不出到底有什么理由可以让他整整半个月都无法为我准备一份活着的病原体样本。更重要的是，他和那个女人甚至不准我向你们的卫生部门提供我们的研究结果，理由是为了避免引发恐慌。"

"你说的是'珊瑚'吗？"影子问道。

"当然！我以前在读博士时就和她是同学，那时，她就已经是个冷漠而不合群的家伙了。而现在，她实在是……这么说吧，她和同盟保卫部里那帮喜欢保守秘密的家伙有不少联系，而且一直在策划某些从来不肯向我们透露的事情。我敢保证，她白告奋勇执行这次任务肯定有某些别的目的，而且这些目的多半见不得人……总之，这整件事有些古怪。"

"没错，"影子嘟哝道，"这确实不太寻常……"

"不寻常的地方不止于此，"生态学家继续说道，"根据我目前所能够确认的事实，罗斯瘟疫的病原体是由分属三到四个不同亚种的沼蝇传播的，但这些昆虫的分布区域与作为它们幼虫宿主的沼泽蠕兽和黑蠕兽相一致，而在超过一半的疫区，我都从未发现过这两种软体动物栖息的记录。没错，我知道本地的生态学调查报告并不完全可靠，南风沼泽的许多地方迄今为止还从没有人勘测过，但如此之大的差异……"他又一次摇了摇头，"恕我直言，但它们简直就像是……"

"就像是被人故意放到那些地方的？"一直一声不吭地坐在一旁的龙中尉突然插了一句。

影子下意识地想问一句"这怎么可能"，但他还没来得及开口，整架直升机机身剧烈颤动，随之而来的尖锐警报声就"恰到好处"地打断了他的思绪。

"长官！后部发动机爆炸受损！"驾驶员大声报告，"动力供应损失43%，超导电池组开始过热，自动灭火系统未能激活！"

"是防空导弹吗？！"龙中尉问道。

"不太像。告警系统没有反应，而且我也没看到导弹的尾迹，"驾驶员一边对付着控制面板上的一堆花花绿绿的玩意儿，一边答道，"通信系统失灵！自动求救系统未发出信号！如果机体结构能保持完整，也许我可以尝试迫降——"

伴着一声令人牙酸的金属断裂声，一块金属构件突然从离影子只有几码远的地方飞了过去，从它的形状上看，似乎很像直升机的尾部旋翼。

"看来机体结构已经没法保持完整了。"龙中尉一边看着那玩意儿落向地面，一边伸手去解系在胸前的安全带。

"准备弃机！所有人启动动力装甲助降系统和救生信标！"影子连忙扯开了安全带的固定扣，抓着机舱内侧的一整排金属扶手朝舱门挪去。但就在他准备按下舱门紧急开关的一刹那，另一阵爆炸直接将上百公斤重的舱门从固定装置上掀了下来，如同一只硕大的苍蝇拍般直接砸向了他！

在一连串动力装甲伺服系统发出的警报音中，影子的世界开始旋转，旋转，旋转……

四

在令人窒息的黑暗笼罩下，影子从噩梦跌到了现实之中。

在方才的梦境里，他是一具古老的、连名字都被遗忘的尸体，被封闭在一具狭窄而毫无温度的棺材之中。他明明知道自己已经死了，但他仍能清楚地感觉到黑暗、逼仄和被埋葬的绝望。接着，似乎有什么东西开始叩击那副包裹着他的棺材，逐渐将它一点点地拆卸开来，而他则竭力挣扎，试图阻止这副棺材被拆开——虽然待在这里面一点儿也不舒服，但他却并不希望失去这最后的保护。他的直觉告诉他，在这铁棺之外，存在某些令他畏惧的危险。

最终，棺材还是被打开了，在醒来的瞬间，影子听到了一连串单调而枯燥的警报电子音，以及动力装甲的接合处被便携式切割锯切开的尖锐嘶鸣。他摇了摇头，试图摆脱宿醉般的眩晕感，但一阵直射双眼的强光立即刺激得他接连打了好几个喷嚏。

"看来你没什么大碍，长官。"几秒钟后，直射他双眼的强光弱了下去，取而代之的是军用手电暗淡的鹅黄色光芒。在这光芒的源头，龙中尉那张瘦削的脸正在阴郁的黑暗中若隐若现，活像某个来自被遗忘的久远时代里的黑夜之神。与只穿着一件制服衬衫的影子不同，他的这位副官仍然穿着整套动力装甲，先前的强光也是从他装甲头盔上的微型照明灯中发出来的，"可惜你的动力装甲已经完全损坏了，所以我只能想办法把它给卸下来，否则你恐怕没法自己从那里面出来。"

"这我知道。"影子揉了揉额头，懊丧地说道。虽然他的那套老旧的 BA-65 动力装甲总出毛病，而且充斥在里面的异味从来都没法清除干净，但它那平均厚度超过三厘米的陶瓷—金属复合式装甲层以及那套带有核生化防护能力的空气过滤系统，却是相当不错的保命手段。当影子看到它们变成一堆散落在地上的零件时，他突然产生了一种强烈的不安感，仿佛自己正赤身裸体地行走在雅汶城犯罪率最高的贫民区里。

"我们这是在哪儿？"影子警觉地问道。

"丛林里的某个地方，更准确的答案我也说不上来，卫星定位系统摔坏了。"龙中尉耸了耸肩。

"其他人呢？"

"都完蛋了，长官。你在直升机坠毁之前被撞晕了，我只能手动打开你的动力装甲的助降系统，然后推着你一块儿从舱门里跳出去——就在我们这么做之后不到四秒钟，那架飞机就撞上了一座断崖，然后……"龙中尉叹了口气，"好吧，至少他们应该没受太多的苦。"

"但愿如此，"影子说道，"你和地区指挥部联系上了吗？救援队什么时候能够抵达？"

"恐怕没有，长官……"龙中尉支支吾吾地说道，"我们的无线电救生信标一直在正常工作，我从直升机残骸那儿捡回来的一套远距离通信设备还能用。按理说，地区指挥部或者这附近的自动化监听站几小时前就该接到消息了。但直到现在，我还没有收到任何呼叫，我实在是不明白这到底是……"

"怎么了？！"

"我好像在运动传感器上看到了什么东西！"龙中尉放下了动力装甲面罩，同时从腰间的枪套里拔出了一支电磁射钉手枪递给了影子，"不止一个，在我们的八点钟方位，距离一百五十米、一百二十米……"

影子小声咒骂了一句，随即打开了挂装在射钉枪下方的战术手电。在惨白的电光照耀下，影影绰绰的丛林看上去反而更加令人心悸了：无数细小的夜行性飞虫在灯光的吸引下发疯般地四处翻飞，就像是一群不肯散去的喧嚣阴魂；而树木的枝丫与露出地面的根系则像是无数从黑暗中伸出的手臂，似乎随时都有可能将他一把攫住，然后拖入某个难以想象的恐怖所在。

"八十米、七十米……"龙中尉的报数声继续从动力装甲的头盔扬声器中传出，"四十米、三十五米、三十米、二十五米……"

当不远处的一丛兼具松柏与蕨类特征的本地灌木突然窸窸窣窣地颤抖起来时，影子下意识地做了个深呼吸，开始回忆自己在多年前的武器训练课程上学来的电磁射钉手枪的射击要领：他尽可能地将激光瞄准器射出的光点对准目标可能出现区域的中央，确认那些带有破片杀伤弹头的空心钉弹已经被调整为近炸模式，并最后一次检查了枪支的自动测距仪与近炸引信控制设备的状态。接着，他缓慢地呼出肺部的空气，强迫自己无视血液中浓度越来越高的肾上腺素带来的影响，竭力稳住自己的双手，"二十米、十八米、十六米！它们来了！"

在灌木丛被分开的瞬间，影子的食指颤抖了一下，但最终并没有扣下扳机——从摇曳的枝叶中钻出来的并不是充满敌意的叛乱分子，更不是长相狰狞的本地掠食动物，甚至也不是他想象中的妖魔鬼怪，只是一团不断蠕动的、像某种果冻和橡皮泥的杂交后代似的东西，那是一堆缺乏固定形体的棕褐色物体。在中学的自然科学入门课上，他曾经在密封式培养皿里观察过这些东西，也用显微镜仔细地察看过它的显微结构，而拜那些课程所赐，他很清楚，即便没有那套 BA-65 动力装甲，他也不必害怕这种玩意儿。

"哈，原来是恶心的史莱姆。"龙中尉嘟哝了一句，随即歇斯底里地大笑起来，而影子只是耸了耸肩——作为一名曾经奋发向上的好学生，他还记得自然科学课老师告诉他的这种玩意儿的学名：雅汶拟阿米巴兽，但大多数人都更乐意用"史莱姆""黏胶怪"或者

"软泥怪"这类源自古地球时代文艺作品的词汇来称呼这些讨厌的东西，要么就简称其为"阿米巴兽"。不过，严格来说，雅汶拟阿米巴兽并非彻头彻尾的"黏胶"或者"软泥"，在成长到一定阶段之后，它们也会产生类似神经索甚至软骨的结构，最大的拟阿米巴兽甚至可以产生一个类似原始大脑的神经中枢，即便如此，它们仍然只是一群没有头脑可言的完全靠本能行动的生物。

通常情况下，阿米巴兽是无害的，这些黏糊糊的讨厌鬼小的只有几十个细胞重，大的有数十公斤重，广泛分布在雅汶星的各个角落，甚至另外几颗拥有独立生态圈的"巨月"卫星上也有它们的踪迹。它们的生活方式就是靠体表分泌的消化酶分解吸收它们在四处乱窜时遇上的各种细菌、真菌、原生动物或者孢子这样的有机物颗粒，不断长大，然后分裂出更多后代。它们偶尔也会客串一下导致电力系统短路的焦黑肉块的角色，或者代替古地球上的蟑螂吓唬吓唬那些神经脆弱的女孩。没人知道这些玩意儿来自何方，生态学家们也从未在本地生态系统中发现可以算得上是它"亲戚"的物种。阿米巴兽的起源与"古人"的去向问题——后者是一个早于人类数百万年抵达桃花源星系的智慧物种，但现在只在"巨月"的卫星上留下了一系列巨大的建筑物遗迹——被并列为这个世界的两大未解之谜，而且截至目前，它们还没有半点儿将要被解开的迹象。

"这些可恶的东西。"当更多大小不一的阿米巴兽开始从灌木丛后冒出时，影子嘟哝了一句，同时抬脚踩扁了一只将黏液粘在他裤管上的阿米巴兽：或许这些小东西确实是无害的，但它们周身的黏液散发出的那股气味绝对谈不上有多么友好。更奇怪的是，它们全都正在用体表伸出的变形伪足朝着同一个方向全速飞奔，仿佛正在逃离什么可怕的东西，这种情况影子还是头一次见到。

等等，它们在逃离什么……

"继续戒备！"影子朝龙中尉大声吼出了命令，同时重新举起了那支电磁射钉手枪。

与此同时，一个更大的东西突然压垮了他面前的整个灌木丛，将两团逃脱不及的阿米巴兽在转眼间吞噬得无影无踪。

影子下意识地朝后退了两步，同时将枪口下的手电指向了对方——紧接着，他浑身的血液仿佛在这一刻凝固了。

影子看到了一张来自地狱的脸。

没错，这是一张人类的脸，而且显然是个成年男性。他可能曾是沼泽地区的某个农民或者渔夫，可能是在大泥河流域与护林员们捉迷藏的偷猎者，也可能只是个误入此地的不幸旅客。但这一切已经不重要了，他曾经拥有人性，但现在肯定已经荡然无存了——现在呈现在影子面前的是一张腐烂的、仿佛刚刚遭受过酷刑的脸。他的大部分皮肤已经损坏脱落，毫无血色的肌肉结缔组织和残余的真皮层就像年深日久的抹布似的悬挂在露出的骨骼表面，所剩无几的毛发零散地垂在头皮两侧，看上去活像是面包上长出的霉菌菌丝。在这张脸之下是半截没有皮肤与肢体的身躯，深黑色的瘀血残迹与紫色的坏死组织在它的表面仿佛构成了一套诡异的迷彩。这截残躯的下半部分隐没在一大团软体动物腹足般的果冻状软组织中，仿佛有某个疯子将这个不幸的家伙和一只特大号的蜗牛生生嫁接在了一起，然后又将他扔到了这鸟不生蛋的荒郊野外。

"巨月在上！这到底是什么鬼东西？！"龙中尉歇斯底里的笑声夏然而止，取而代之的是突击步枪高能发射药持续击发的阵阵咆哮。一连串11毫米口径穿甲弹从他的步枪枪口中以八倍于音速的速度射出，像一只无情的巨手将那张丑陋而了无生气的脸生生撕扯成了几块。当那具腐烂的躯体残块砸落在那一摊包裹着他的肌肉组织和骨骸残块的污秽中之后，他又跨上两步，把弹鼓里剩下的弹药全都倾泻到了那堆残肢烂肉之中。

"节省弹药，小子！"当龙中尉为他的自动步枪换上又一个100发弹鼓时，影子敲了敲他那溅满脓液和腐肉的肩甲，"这家伙已经死了！"

"没错，他当然死了，他早就死了！"龙中尉有些语无伦次地嘟哝道，"早就死了！该死的，你难道没看出来吗！"

影子点了点头。至少，龙中尉在这件事上没说错：从这堆烂肉上还能勉强看出形状的部分判断，这个人死了起码有一两个星期，甚至是更长的时间。那些残骸上散发出的刺鼻恶臭让他不由得回想起了上个月亲自带队查处的一家用腐肉生产肉冻的黑作坊。但他同样无法否认的是，就在几秒钟前，这堆毫无生气的腐肉还在他面前活蹦乱跳，而且显然是冲着他俩来的。

这实在是太诡异了。

"当心！"就在影子开始走近那堆烂肉时，龙中尉突然大声警告道。接着，一只高度腐烂、活像在某个化粪池里埋藏了好几周的手臂突然伸出来抓住了影子的肩膀，将他生生拽倒在了地上。他的电磁射钉枪弄丢了，手电也不知踪影，就在他试图拔出一直挂在腰带上的多功能战斗匕首时，又有几只手臂从灌木丛中伸出，像章鱼用触手缠住螃蟹一样紧紧地抓住了他！

在求生本能的驱使下，影子竭尽全力挣扎着、踢打着。一只软组织已经烂掉大半的胳膊被他从肘关节的位置生生踢断，而另一只在指尖部分已经开始露出骨头的手则被他直接从腕关节上扭了下来。但那些手臂似乎是无穷无尽的，他每挣脱一只手，就会有另一只，甚至更多的手补上空出的位置。

接着，一道挥动利器发出的寒光几乎贴着影子的额头闪过，然后是第二道、第三道——龙中尉终于及时赶到了他的身边，开始用自动步枪的伸缩式刺刀奋力劈砍那些伸在空中的手臂，同时用三发短点射挨个打烂了那些与手臂相连的腐烂身躯。

死者特有的半凝固瘀血和脓汁以及腐肉四处飞溅，影子终于重新获得了自由，但他的电磁射钉枪却不见了踪影。"我们必须立即离开这儿！"他抓着龙中尉的胳膊爬了起来，"动作要快！"

"当然，长官！"龙中尉在动力装甲里点了点头。但他刚转身迈出两步，一只足有成人躯干那么粗的肉质伪足就缠住了他的脚踝，将他生生拉倒在了地上。紧接着，一团足有农场里的小型收割机那么大的血肉果冻压倒了一大片灌木丛，就像一道迷你海啸般吞噬了这个不幸的年轻人。这堆半固态的有机物表面覆盖着一层令人作呕的黄褐色薄膜，奇形怪状的人体组织就像雨后的蘑菇般乱七八糟地戳在它的表面，看上去就像是有人将一大堆金属人扔进烈焰中融化，然后又在半途将它们重新拿出来冷却后的产物。

在这团具象化的噩梦的拥抱之下，即便拥有动力装甲力量加持的龙中尉也没能坚持太久，仅仅十来次呼吸的工夫后，他的挣扎就变成了绝望的抽搐，从头盔扩音器里所发出的也只剩下了窒息前痛苦的喘息声。

"哦，不！"影子叫道。接着，他掉头就跑。

极少有人敢在黑夜里穿过丛林，因为人类天生就不是夜行性动物，也不属于茂密的森林。早在影子的祖先还是一群生活在古地球非洲大陆东部的不开化原始人时，他们就已经将对夜晚与丛林的恐惧刻入了人类基因的最深处，对主要依靠视力搜索猎物、发现危险的人类而言，低垂的夜幕和浓密的树林都会严重影响他们对周边形势的判读能力——而影子现在既没有手电，也没有夜视设备。在一秒不停的狂奔中，他唯一判断方向的手段是听力：那些他不知该如何用语言形容的丑恶怪物在移动时并不像阿米巴兽那样安静，相反，它们会持续不停地发出一系列的咕哝声、呢喃声和嘎吱声，仿佛被囚禁在它们体内的人类灵魂还在试图证明自己的存在。正是凭着这种声音，影子才能在危险接近时成功躲开：只要某个方向的声音变得太大，他就短暂地停下脚步，然后加速朝另一个方向冲去。

不过，他的好运气并没有与他一直相伴下去：在第六次转向之后，他的靴底没有踩在丛林地表那松软的腐殖质上，一股泥水特有的冰冷几乎在瞬间就从他的脚尖蔓延到了膝盖，然后又上升到了他的腰部。

沼泽！影子惊恐地意识到了这一点，但现在他唯一能做的只有摊开双臂，尽力延缓沉入湿冷泥浆中的时间，同时倾听着那些怪异的、足以令人发疯的声音逐渐接近，等待着属于他的末日的降临。

但他却等到了烈焰。

在燃料泵被压缩空气驱动所发出的刺耳啸声中，跃动的火光如同灵蛇般缠上了那些不成人形的秽恶生物，给它们带来了迟到的火之葬礼。那些原本已经离影子只有数尺之遥的"果冻"，忽然开始燃烧、颤抖、收缩，并发出阵阵蛋白质氧化时特有的焦甜气味。

除此之外，影子还嗅到了另一种刺鼻的味道：除了火焰，有人还在用高浓度酸液喷射这些东西，他觉得那很可能是盐酸。

"看来咱们来得正是时候。"当最后一团蠕动的烂肉也变成黏结在地面上的黑炭后，有人走到了已经被泥水淹到胸口的影子面前。

借着四周残余的火光，影子看清了他们的衣着：手工缝制的迷彩斗篷和战术背心，一些人戴着宽檐遮阳帽，另一些则用工地上的头盔保护着头部，所有人的胳膊上都戴着一块绘有黑色箭纹和抽象的金色阶梯的臂章——对这种图案，影子是再熟悉不过了。

"把这只落汤鸡拉上来，兄弟们。"其中一个人说道，"他还有用，让他活着，带他走。"

五

在被俘的过程中，影子没有进行任何抵抗。首先，既然压根儿动不了，那么抵抗自然就无从谈起；其次，当俘虏虽然不是什么光彩的事情，但总比变成沼泽泥潭下的一堆肥料要好。

在被拽出沼泽，用一桶从附近的河里打来的水洗了个凉水澡之后，影子被粗暴地带到了一处长满水草的小湖旁，后又被押上了一艘只比划艇大一点儿的小船。

"不要试图向你们的人求救，伙计。"在小船驶离湖岸之后，最初下令把他拉出来的那人说道，"这么做毫无意义，因为你的人绝不可能接收到你在这儿发出的任何信号。"

"你就这么确定？"虽然被半打枪指着脑门，但影子还是情不自禁地反问了一句。

"确定无疑，否则为什么你们的直升机坠毁了足足十个钟头，你们的人却一点儿反应也没有？"那人微笑着露出了一排被故意磨尖的、仿佛掠食猛兽般的牙齿，"否则，为什么发现你的会是我们？"

"这确实是个值得思考的问题，"影子答道，"不过我想，在向我揭开这一切谜底之前，你们应该还有更重要的问题打算问我，对吧？"

"的确，比如说，你的确切身份。"那人说道，"从你们的呼救信号所使用的身份代码来看，你们的飞机上至少有那么一两个级别不低的家伙——"

"没错，我是本大区安全委员会参谋处的高级参谋兼行动协调员，你可以称呼我为影子。"见已经无法隐瞒，影子立即承认了，"与我在一起的还有一名从雅汶城来的同盟特派员，但他已经在坠机时死了。既然我已经开诚布公，哪怕是纯粹出于礼貌，你可否也将自己的身份向我透露一二？"

"在下是原道救世军河湾旅的副旅长，你可以叫我关先生。"长着一副典型的古地球东亚式面孔的男人说道。

"很好，关先生，"影子挥了挥手，赶走了几只被他身上的浓烈汗味吸引而来的大型飞虫。或许是出于安全考虑，这艘小型机动船上只有一盏不比装饰用的霓虹灯亮多少的小型照明灯，却依然吸引来了大量在湖泊和泥沼中出没的飞虫，"那么，我是否可以冒昧地再次提出先前的那个问题：为什么你如此确定，同盟的保卫部队不可能接收到我们的求救信号，而只有你们才行？"

"瞧见那座山没有？"关先生像一只古地球时代的鸬鹚一样蹲在船头——这种鸟儿早就和那个最初驯养它捕鱼的国家一道消失在历史长河中，说着，他伸手指向了位于黑暗中的水面另一岸的仿佛巨大犬牙般的山峰，"在以前面的那座山为核心、半径大约十公里的圆形区域内，没有信号可以正常传输，无论这种信号的媒介是声波、可见光、无线电、中微子束还是别的什么东西，但在这片区域之内无论是发出信息还是接收外来的信息都没有任何问题。除此之外，任何拥有最起码智力的生物都会在游荡到这附近时下意识地避开这一区域，并且不会记得自己曾到过这里。你的飞机在坠毁前因为爆炸而失控驶入了这一区域的边缘大概三公里的地方。"

"你在开玩笑。"

关先生露出了一个悲伤的笑容："玩笑？那是有闲阶级和年轻人的奢侈品，像我这样的老家伙可消受不起。"

"但这不可能，这种技术就连同盟也没有——"

"而我们更不可能有，"原道救世军的军官耸了耸肩，"但是'古人'却有，而且直到现在，还有极少数这样的技术设备仍在运行着。"

"'古人'？"影子下意识地舔了舔嘴唇。每个桃花源人都或多或少地听说过这个恒星系统的上一群住户的故事：根据同盟最有才华的地质学与古生物学家的推断，那个被称为"古人"的古老智慧种族在一千五百万到两千万地球年之前点燃了思想与意识的火光，彼时人类的祖先甚至没有离开栖身的树木。由于趋同进化的缘故，这个种族与人类一样双足行走且有着对握拇指，以及其他许多类似的生理特征，很可能也经历了和古地球上的人类相同的进化过程。但在古地球历史的巨轮前行到被称为"上新世"与"更新世"这两个地质时代的交界点时，这个种族却仿佛人间蒸发般从桃花源中消失得无影无踪，只留下了一系列古老的建筑，以及一些人类压根儿无法理解的技术产物。他们与人类都曾生活在同一片土地上，但彼此之间却没有交集。

"没错。"关先生向掌舵的叛军士兵比画了一下，后者立即操纵着这艘机动船拐了个弯，驶入了一处细长的、已经被地下暗河淹没了大半的溶洞之中。

当头顶的巨月和群星消失的一刹那，影子突然感觉到了一种被活埋的恐惧。关先生倒是神色自如地继续说道："不然你以为，为什么你们无论投入多少人力、物力都无法发现我们原道救世军的基地？'古人'在雅汶上设立了许多像这样的地点，通常都位于他们留下的建筑遗址附近，而对我们而言，这些地方几乎等于不存在：它们在航拍图或者卫星扫描中会显示为毫无开发价值的峭壁、泥沼或者陡峭的峡谷，来自这里面的信息在传出去时都会被扭曲得面目全非，误入这里的人会以为他们走到了别的地方，就更别提将这里的地标准确地绘制在地图上了。像这样的地方一共有好几处，而我们目前所处的是最偏僻、范围最小的一处。"

"那你们又是怎么——"

"你难道忘了我们是什么人吗，亲爱的影子先生？"关先生双手一摊，"我们的先辈曾经是旧同盟政府'求援计划'最坚定的拥护者，并在他们为之效忠的政府倒台时藏起了它的一部分秘密——其中就包括一批最重要的考古资料。这些资料来自一份'古人'留下的已经在叛乱中被毁的信息储备设施，它标明了几处像这样受到保护的地点的确切位置，以及能让我们在离开这里之后不至于立即将它的存在遗忘殆尽的办法。正因如此，我们才能在叛乱之后的许多年中坚持抗争，为了人类的未来而……"

"你们的行为毫无意义，老兄。"影子摇头道，"已经过去快半个世纪了，你们还剩下多少人？两千？三千？如果我们的估算没错的话，顶多不会超过三千五百人。而这些人中，还有多少人真正渴望去重启那个劳民伤财的求援计划？而又有多少人只不过是逃亡的罪犯、叛逆的青年和与规章制度格格不入的反社会分子？"

"也许吧……"关先生神色黯淡地叹了口气，"但我们目前还有更重要的事得去做。而我必须承认，你来得正是时候。"

"因为像我这样的俘虏可以成为你们的筹码？"

"不。如果愿意的话，你可以将自己视为受邀而来的客人，"关先生说道，"我们需要你的协助。"

"协助？"在听到这个词的一刹那，影子还以为自己出现了幻觉。

"没错，协助。"关先生用强调的语气将这个词重复了一遍，"如果我们没弄错的话，你在一周之前被南风沼泽大区安全委员会的内部会议指派为了联络员，负责协调本地保卫部队与一批由同盟政府派来的特派员之间的行动，而这些人的任务是调查罗斯瘟疫在本地的蔓延状况，并制定应对措施，他们的负责人是一个自称'珊瑚'的女人。"

"你们怎么会知道这些？！"

"我们知道的东西比这还要多，"叛军头子注视着暗河水面上的道道波纹，"事实上，在整件事情开始之前，那位'珊瑚'女士就已经开始联络我们了——通过一名被同盟保卫部俘获的我方间谍，她带给了我们一条信息：她和同盟保卫部里的某些人愿意用药物和武器与我们交换一些我们掌握的信息，以及一件物品。为了表示诚意，她甚至派一个军火走私犯免费赠送给了我们一小批重武器。"

"好吧，现在我总算知道无线电镇的那些便携式防空导弹是从哪里来的了……"影子自言自语地说道，遭到背叛的感觉让他觉得活像是吃下了一大把苍蝇，"她到底想要什么？"

"一些她根本不应该知道的信息，以及一件'古人'留下的遗产。在她与我们秘密接触之前，我们一直以为这些秘密早已被我们的先辈从同盟的记录中彻底抹去了。"关先生答道，"她提到了

桃花源记

一台仍然能够运转的'古人'仪器。在一百五十年前，第一个发现它的科技考古学家戴维·刘将它命名为'饕餮'。根据我们的测试结果，这台耗能巨大的设备唯一的作用就是制造一个空间扭曲力场，将投入其中的物体送往不知名的远处。但因为我们对'古人'的技术理解能力有限，我们既不知道它们会被送到哪儿，也无法对这些物体进行任何形式的定位。除此之外，这玩意儿的投送能力非常有限——根据测试结果，单次投送的质量不会超过七百克，也许更少，然后就得花上好几天时间重新充能。"

"七百克已经不少了，"影子自言自语道，"如果投射的是浓缩的化学毒素或者烈性传染病病原体这样的东西，或者微型核装置……"

"我们也是这么认为的，"关先生朝影子投去一个意味深长的眼神，"就在我们拒绝出售'饕餮'后不到半年，所谓的罗斯瘟疫就在整个南风沼泽大区暴发了，而且瘟疫重灾区大都是我们的支持者密布的村落，这绝非巧合——就在上个月，我们还打下了两架装满带有病原体的昆虫的无人机！更可怕的是，这种瘟疫并不仅仅会将人杀死，一些已经死去的人也会发生某种我们无法理解的变化：他们的尸体不会正常腐烂、分解，而是会像结茧的毛虫一样逐渐变化、重组，当他们摆脱棺木与墓土的束缚，重新回到世间之后，就变成了今晚你见过的那种……东西，采取常规的方式很难彻底杀死这些怪物，只能烧死或者用浓盐酸溶液溶解它们。迫于无奈，我们一次次派出清剿队扫荡那些遭受感染的居民点，用酸液和火焰销毁每一具可能发生变异的尸体，然后将没有染病的人迁移到疫区之外，以免更多的人死在他们曾经的亲友的袭击之下。"

"巨月在上！"影子下意识地咽了口唾沫，同时努力克制着自己不发抖。瘟疫、叛乱、谋杀，这些都是他司空见惯的，但一个潜伏在同盟安全机关内部的有着如此强大行动能力的阴谋集团却是他从未面对过的，他甚至从来都没想过！"所以说，你们在无线电镇所做的一切……我们当时……"

"我们不会责怪你当时的所作所为。毕竟，被蒙蔽与胁迫的人本身也是受害者。"关先生大度地拍了拍他的肩膀，"无论我们在对待桃花源人类未来的观点上存在多少差异，现在都是时候进行合作了——'饕餮'对我们而言没有多少意义，但我们同样不允许它落入一个心术不正、不择手段的阴谋团伙的手里。我希望你能帮助我们与同盟政府中那些没有参与阴谋的重要人物联络，阻止那些……"

"我们到了，长官！"当一线朦胧暗淡的天光突然洒落在阴冷的暗河表面时，在船尾掌舵的一名原道救世军士兵喊道——这抹微弱的光芒来自影子头顶正上方，或者更准确地说，来自一条几乎与河面呈九十度角的狭长岩石甬道之中。影子在地质基础知识读本里看到过介绍这种地质构造的示意图：雅汶星每隔数百万或者数千万年就会迎来一次地质活动高度活跃期，来自这颗星球深处的红热"血液"会定期从伤疤般的板块接缝处涌出，并在退去之后留下无数像这样的岩浆通道。但奇怪的是，影子既没有在这处岩石甬道里发现梯子，也没有看到起重机或者别的类似设备。"我们要从这儿上去？"他问道。

"不然还能从哪儿走？"关先生仿佛变戏法似的取出了一截成人胳膊那么长的半透明的棍子，就像当年在红海前祈祷的摩西般神情庄重地将它举到齐额的高度，然后又用这玩意儿轻轻碰了碰船舷外的水面。片刻之后，这艘小船便摇晃着脱离了水面，沿着那条笔直的岩浆甬道朝上飞去。

"'古人'留下的一点儿小把戏……"关先生向影子解释道，"他们在应用物理学的某些领域取得的成就远远超过了黄金时代的人类，但材料科学的发展水平却并不比我们强多少。正因如此，他们就像我们一样被重元素缺乏的问题所困扰，无法发展出足以开展大规模深空远航的工业，不得不被恒星引力束缚在桃花源之中。我相信，像'饕餮'这样的设备很可能是他们在意识到这一点之后开发出的替代品。"

"显然不太成功，"当小船停止上升之后，影子评论道，"否则他们早就——等等！那是……"

仅仅半秒钟后，一枚大口径机枪子弹就为他的胸口送上了热辣辣的亲吻。

六

"敌袭！是敌袭！"

原道救世军的士兵们像一群遇上黄鼠狼的鸡一样在原地转起了圈，躲闪着从头顶落下的机枪子弹——这些子弹全都来自一架悬停在几十米外的直升机，或者更准确地说，来自架在它舱门上的一挺六管航空机枪。从理论上讲，M-93航空机枪发射的钨钢穿甲弹在这个距离上足以撕裂最重型的动力装甲甚至是某些轻型装甲车辆，更遑论脆弱的人体了，但现在，映入影子眼中的却是一副怪异得有些不真实的场景：尽管那挺机枪正以每分钟上千次的速度从枪口喷射着橘色的火焰，直升机的双旋翼制造出的下洗气流将弥散的硝烟变成了一团灰色的旋涡，但影子却既听不见枪声，也感受不到一丝一毫的风力；在离他们直线距离不到十米的空气中，一片片隐约的涟漪正不断悄无声息地出现、扩散、消失，而每次空气的波动都意味着又一枚子弹落下了——但现在，它们的飞行速度已经被降低到了肉眼可见的程度，仿佛正在一团黏稠的泥浆中前进。尽管没人向影子做出任何解释，但他仍然能猜出这是某种"古人"的科技：有某种力量将他们周围的一小部分空气硬生生地压在了一块儿，变成了一层坚如精钢的半透明护盾。

"见鬼，伙计。"还没等影子胸口的痛感完全散去（那发子弹虽然失去了足以置人于死地的动能，但被一大块滚烫的金属砸在胸口上也不是什么让人惬意的事），关先生已经抓住了他的一只手，把他从地面上拽了起来，"你知道这是怎么回事吗？！"

影子摇了摇头，然后又点了点头。朝他们开火的那架通用直升机虽然是安全委员会大量使用的"黑蜂"MK3型，但它的涂装却并不常见：隶属于各地区安全委员会的快速反应部队通常会选择绿、褐、黑相间的丛林迷彩；卫生部门通常使用白色或者海蓝色涂装；而司法部的直升机队则是一水儿的浅绿色。但这架飞机从头到尾却都被涂成了暗淡的灰色，就像是混入了煤烟的脏雪团，机身表面也没有任何表明隶属关系的标识——既没有安全委员会的深蓝色剑徽，也没有红十字或者象征司法人员的天平，只有一个冰冷的战术编号。而据影子所知，这只意味着一件事。

"这是同盟保卫部的飞机！"目瞪口呆的影子花了几秒钟勉强才让自己的舌头重新动了起来，"见鬼！"

"他们怎么可能找到这儿？！"有人惊讶地问了一句，但其他人的注意力则集中在了迫在眉睫的问题上：随着关先生手中的那根短棍开始散发出越来越耀眼的冰蓝色光芒，空气中的涟漪出现的位置开始逐渐朝他们接近。穿透那层"盾牌"后的子弹速度也变得越来越快，其中一些显然已经具有了杀伤力。

"我们这样撑不了多久，"关先生瞥了影子一眼，"你有什么建议吗？"

影子刚下意识地动了动嘴唇，一对拖着惨白色尾迹划破空气的空对空格斗导弹就及时地替他解决了这个问题，急速膨胀的火球在一次心跳的时间内就完全吞没了那架笨重的通用直升机。而在直升机的残骸因地心引力纷纷扬扬地洒落时，一架涂着蓝色剑徽的"地狱利爪"咆哮着飞过了它几秒钟前的位置，与此同时，位于影子耳蜗表面的植入式通信器也爆出了一阵充满热情的尖叫，提醒他有自己人正在用公共频道呼叫他。

"长官？是你吗？！"

"梅休上尉？"

"没错！"曾在无线电镇和影子有过一面之缘，还博取了他不少好感的快速反应部队军官答道，"我们的监控系统刚刚发现了你的个人信号，还有你那架飞机的，请问其他人是否也……"

"你可以在回去之后把他们的名字全部记在阵亡名单上——那位'风暴'先生除外，他的死亡报告你直接发给同盟国务院。"影子简明扼要地答道，"我现在和一些新朋友在一起。对了，你们是怎么找到这儿来的？"

梅休的声音短暂地被一连串鞭炮般的爆音和火箭发动机点火的呼啸声盖过了。"是这样的，就在你们的直升机失去联系后不久，那个自称'珊瑚'的女人和她那绿眼睛男朋友突然违反规定偷了一架直升机，打算从营地里溜走。当我们试图阻拦时，他们竟然朝我们开火！至少三个人……他们还有同伙，是一群保卫部的浑蛋，我们接通了同盟政府的热线，那帮当官的说，这些人是从大鱼河上游的一处秘密基地擅自逃出的。现在同盟政府授权我们追击并逮捕这些浑蛋，如果遭遇抵抗——"

"可以就地击毙，我知道。"影子替他说完了剩下的半句话，"目前的情况如何？"

"那帮浑蛋比我们早到这儿一步，要不是跟着他们，我们压根儿不可能找到这地方。"当另一架涂成保卫局的黑色的"地狱利爪"从影子头顶掠过时，梅休答道，"巨月在上，这儿和我们在地图上标示的没有半点相同之处。我们之前根本不知道这地方居然有一座死火山，更没想到——"

"这些事可以以后再解释。"影子打断了他的话。

"好吧，总之，那些狗东西比我们来得早一些，而且抢先占领了这里的大多数建筑，设立了临时防御阵地。虽然我们拥有四比一的兵力优势，但进展并不顺利。"似乎是为了给他的这句话做一个注脚，一架涂着蓝色剑徽、刚刚放下一个突击小队的"黑蜂"突然被一枚防空导弹迎头命中，一头撞在了火山口内侧光滑的黑色岩壁上，"从地面火力的密度来看，他们的防御似乎是同心圆式的，位于火山口中央的那座建筑是他们保卫的关键目标。"

"我已经看出来了。"影子答道。在他们面前的这座直径接近一公里的巨型火山口，数以百计由某种他从未见过的半透明材料构成的巨大桁架以一种充满了数学美感的规律性在曾经充溢着炽热岩浆的地方相互交接，构成了一座巨大的、看上去像极了某种被称为"围棋"的古老游戏的"棋盘"。这张巨型"棋盘"上的每一个方格都被高度从十几厘米到几米不等的黑色围墙隔开，其间还点缀着一些像蜂房或者祭坛的怪异建筑，而"棋盘"中央"天元"的位置上则矗立着一座和玛雅金字塔颇有几分类似的高大庙宇——假如玛雅人曾经学习过欧洲的哥特式建筑风格，并且招募了一帮后现代主义艺术家作为顾问的话，他们修出来的阶梯金字塔大概就会是这副模样。在这张"棋盘"之上，成群的直升机、轻型空降兵战车和穿着动力装甲的士兵构成了以生命为赌注博弈的两群棋子：涂着蓝色剑徽的一方，以及灰色的另一方。

"他们的目标是'饕餮'！"关先生拍了拍影子的肩膀，"那东西就放在'大庙'的正殿里！"

"我知道，或许我可以让我的同事派一架直升机来，直接把我们送到那儿。"影子看了一眼摊在"棋盘"角落中的几堆燃烧着的飞机残骸，下意识地咽了口唾沫——虽然保卫局的那帮叛徒在兵力和兵器上都处于劣势，但他们已经抢先布置好了防御阵地。在这座"棋盘"的中央，影子数出了超过一打的防空导弹发射架和大口径机关炮，"如果运气够好的话，也许……"

"或者，我们也可以采取更隐蔽一些的办法，"关先生说道，"当然，这得花更多的时间，但值得一试。"

当他们抵达那座闪烁着温润青玉光泽的金字塔底部时，出发时的六人已经有一半罹难。其中一个死于一枚无意中触发的绊线诡雷，而另外两人则沦为了横飞的流弹与弹片的牺牲品。对这一事实，一侧小腿嵌进了好几块炽热弹片的影子什么也没说——无论如何，关先生确实兑现了他的承诺，让他们避开了交战双方的视线，但他并没有保证所有人都能安全抵达目的地。

毕竟，当死神在你耳畔扯着嗓子尖叫时，即便是最好的隐蔽措施也不可能让你永远避开他的注意。

"继续前进，动作要快！"在三名幸存者登上位于金字塔一侧的陡峭阶梯后，关先生在通信频道里用微不可闻的声音说道。在影子眼中，这位叛军指挥官现在不过是空气中微不足道的一点儿光线波动，一小块在初升的阳光下略显暗淡的人形轮廓，而这一切来自一块小小的挂饰——他的胸前现在就挂着块一模一样的。"我们的时间不多了！我想，你们大概不打算被套进某个浑蛋的瞄准线里吧？"关先生说。

"当然不会。"影子用同样被刻意压低的声音答道。在出发前，关先生曾经花了一点儿时间向他介绍这种被他很没想象力地称为

"护身符"的、看上去活像是用玻璃做成的硬币似的小玩意儿：按照他的说法，这些"护身符"比同盟军队配发的光学迷彩好使了不止一个档次——影子以前用过的那种所谓"先进环境融合套装"只有在人像一只待在网里的蜘蛛，一动不动时才能有那么点儿作用，如果你全速奔跑或者做出翻滚这种动作的话，几公里外的人也能看到一大团仿佛直接从达利或者凡·高最癫狂的梦境中冒出来的不断变换色彩的旋涡。这玩意儿不但能在你行动时保持隐形，还能屏蔽基于高灵敏度毫米波雷达的运动探测器和红外或紫外波段的监测。它的缺点总共有三个：第一，不能屏蔽声波；第二，没法阻挡任何伤害；第三，它是一次性用品，而且工作时间非常有限。

即便没有关先生的提醒，影子也能清楚地认识到最后一点：在刚刚佩戴上这块"护身符"时，它冷得就像一块刚从冷藏室里取出来的固态氧，而现在，这玩意儿却正变得越来越热——当他们冲过枪林弹雨来到这座古老建筑的底部时，它的温度和影子的体温相去无几；而当他们冲上那道陡峭的阶梯之后，这玩意儿已经和刚从锅里拿出来的鸡蛋差不多烫了。现在，每当他往前跨出一步，都能感觉到胸前的热度又向上攀升了一个台阶，高温造成的刺痛就像无数根无形的钉子，正一点点地穿透他的皮肤，渗入他的肌肉，最终生生钻进他的肺部。

位于"大庙"顶端的是一间只比普通的双层别墅略大一点儿的石头大厅，由一条狭长的走廊与这座建筑正前方的阶梯相连。或许是因为兵力不足，又或许是对这里的安全充满信心，总之，叛乱的保卫局特工们没有派遣哪怕一个人在这儿站岗放哨，甚至连一挺自动哨戒枪、一枚诡雷都没有布置。

尽管如此，影子还是强忍着胸口的灼痛仔细观察了片刻，然后才在通信频道中低声通知另外两人可以前进。他们就像一群袭击老鼠的猫一样蹑手蹑脚地贴着冰冷的大理石墙面前进，一步步接近走廊尽头的那点光亮……接着，影子看到了"饕餮"。

七

影子过去听说过"饕餮"这个词——它是古代亚洲神话中的一种怪兽，以令人生畏的食量著称。而他也很清楚，原道救世军在使用这个词为"古人"的科技产品命名时显然看重的是它的引申义。正因如此，他基本可以凭想象勾勒出那玩意儿的样子：某种拥有一个开口、布满花里胡哨的浮雕的东西，就像大多数"古人"制品一样由硅化合物结晶体制成；它的体积不会太大，自然也不会很小，恰好足以让它的使用者们一次性扔进那七百克东西，然后把它们送到某个只有那帮早已变成化石的浑蛋才知道的地方。

当然，事实和他的想象相差得不远：在大厅中央的一座黑曜石平台上，"饕餮"正散发着诡异的幽蓝色微光。大致而言，这玩意儿看上去和传说中白雪公主继母的宝贝颇有几分相似，只不过它的"镜框"看上去更像是一团扭曲的植物藤蔓，而镜面则被一团跃动的亮蓝色光芒所替代。轻微的静电爆响声充斥在整个房间之中，空气中弥漫着臭氧的刺鼻味道，以及一股有机物腐烂的腥臭。

除了正在运转的"饕餮"之外，这座建筑中还有两个穿着黑色动力装甲的人，尽管外面已经打成了一锅粥，但他们似乎并不在意自己的安危：这两个人没有携带榴弹发射器或者大口径自动步枪，位于动力装甲肩部的万用插槽上也没有安装袖珍哨戒枪或者宽频谱扫描仪。他们的全部精力都集中在了分别位于大厅两端的两根巨大石柱上：成百上千的符号如同倾泻的瀑布从它们光滑的表面流过，并随着两人包覆在装甲中的手指的触碰而不断变化着。

影子定了定神，伸手扯下了已经烫得让他无法呼吸的"护身符"，然后用一支关先生送给他的老式火药燃气动力步枪瞄准了离他最近的那个人的后腰——这里是动力装甲最薄弱的地方，也是他手中的这件武器唯一可以有效击穿的位置。

随着一阵重锤般的后坐力，步枪射出的金属弹头在那套黑色的装甲上砸出了一连串火花，不止一发子弹穿透了由高强度陶瓷与钛合金镀层制成的复合装甲，钻进了那人的腹部，开始在人体最为柔弱的空腔中撕扯、破坏、变形……

但那人只是打了个趔趄，随即站稳了脚跟。

与此同时，关先生和他的一名部下也对另一个敌人发起了协同攻击：关先生率先发射的两发大口径霰弹成功地吸引了对方的注意力，而那名原道救世军士兵则在抛开伪装的瞬间将一枚装有锥形炸药的破甲手雷准确地粘在了对方的腰际。随之而来的强烈闪光就像一柄火焰之剑穿透了那人的身体，炸药引爆的冲力则将他直接砸倒在了地面上。

然而两人还没来得及感到庆幸，挨炸的这个家伙就以惊人的速度重新站了起来，用包裹在黑色盔甲中的拳头干净利落地击碎了那名投掷破甲手雷士兵的颅骨，而接下来的一记肘击则粉碎了躲闪不及的关先生的骨盆，让他像一只断线的傀儡般软绵绵地摔倒在了光滑的岩石地板上。

影子继续扣动着那支老爷枪的扳机，直到枪膛里最终空无一物。他惊恐地看着两名对身上的致命伤视若无睹的黑甲死神来到离自己只有一臂之遥的地方，同时下意识地想要从腰间的弹药袋里抽出下一个备用弹匣，但指尖剧烈的颤抖让他连这种简单的动作也无法完成。

"啊哈，真是意外的惊喜，"一个尖锐而憔悴、如同焚烧后的死灰似的声音从其中一套黑甲的扬声器中传了出来，"看来你还活着，影子先生。"

"是你？！"有那么几秒钟的时间，影子几乎忘记了呼吸。

"没错，至少目前还是。"随着那套动力装甲的头盔面罩缓缓开启，一股刺鼻的腥臭味就像一记迎面而来的重拳击中了影子——出现在他视线之中的并不是那张毫无血色、苍白如纸的脸，而是一团臃肿的暗绿色腐肉。黄褐色的半流质物体从脸颊表面硕大的脓包中不断渗出，就像一口口污秽的泉眼。只有那双深陷在眼窝之中的红色眼睛还能勉强让影子想起那名患有白化病的女子。在肿胀变形的鼻梁下方，那对腐烂的嘴唇弯出了一个弧度，似乎是在微笑，"但也就剩下这几个小时了。"

"你——你到底……"

"世界上没有什么是不需要付出代价的，影子先生。而在涉及整个物种的未来时，需要付出的代价往往会更大——但用不了多久，升华就会完成，而我们的痛苦也会结束。"

"升华？这又是什么意思？"

"我想，你的新朋友们大概已经把他们这几个月的所见所闻都告诉你了。""珊瑚"的同伴走到了影子面前，腹部被破甲雷炸出的大洞不断流出恶臭不堪的黏液、半凝固的血液和内脏碎片，活像一锅来自地狱的杂烩汤。然而这个曾经自称为"辐射"的男人却对此熟视无睹，"比如说，我们和他们的暗中接洽，罗斯瘟疫的暴发，以及他们最近几天正忙着干的事。"

"这些都是真的？！"影子无力地松开了手，任由那支老枪落在地上——在看到这一切后，他已经不再对这件武器抱任何希望了。

"千真万确。事实上，他们唯一弄错的只有我们的动机。"

"你们的……动机？"蜷缩在自己血泊中的关先生嘶哑地笑了两声，"你们难道——难道不是……"

"我承认，我们确实从一开始就计划弄到'饕餮'；我也不否认，罗斯瘟疫的暴发确实有向你们施压的用意，但我们的目的并非仅仅如此。""珊瑚"说完摇了摇头，一大团淡绿色的腥臭蒸汽随着她的动作从弹痕累累的动力装甲破口缓缓溢出，就像一群正在挣脱皮囊束缚的幽灵，"我们并不打算将'饕餮'作为武器或者政治筹码，更不想与任何人为敌——事实上，我们的所作所为都是为了人类的未来。"

"比如说，让从没招你们、惹你们的无辜民众被你们散播的病毒生生扭曲成那种……那种……东西？"

"这是必要之恶，先生。如果您不明白的话，请想想这个问题：生命存在的意义与目的到底是什么？"那个曾有着一双绿色眼睛的男人答道，"当然，对此人们会有成百上千种答案，但站在理性的角度看，能够成立的结论事实上只有一个：作为有机化学演化过程中偶然出现的产物，生命的存在本身毫无意义，而它唯一的目的仅仅是尽可能多地复制自身。在这方面，人类与最原始的厌氧细菌其实不存在根本性的差异。"

"但我们有……"

"我知道你想说什么，影子先生。没错，我们拥有许多细菌所没有的东西：我们拥有复杂的多细胞结构和分工明确的器官，拥有高度发达的神经系统以及作为这一系统持续演化的最终产物——大脑，拥有语言、文字、运用逻辑的能力，拥有情感与想象力，还有可以抹除它们的抗生素。但说到底，这一切的最终目标仍然只有一个：让我们的基因可以尽量多、尽量长地持续复制下去。当我们的前辈航向星海时，这是他们的目的；当我们的先祖发明抗生素时，这也是他们的目的；而当我们的远古祖先敲碎第一块燧石、制造出最初的工具时，这还是他们的目的。我们甚至可以一直追溯到进化之树还是一棵小树苗时——在那时，原始的单细胞生物在太古的海洋中首次组成了分工不同的群落，并逐渐演化成一个整体，它们的目的也不过如此。纵观历史，其实你不难发现，我们引以为傲的一切，归根结底其实都只是实现这一目的的手段与工具，仅此而已。"

"但这和你们的所作所为又有什么关系？"影子喝问道。

"当目的本身面临威胁时，手段和工具是可以甚至必须被放弃的。"曾是"珊瑚"的那团腐肉继续"嗡嗡"地说着——短短几分钟内，它的腐烂程度又上了一个台阶——一块块转化成果冻状物质的皮肉开始蠕动着从喉管与脸颊表面脱落，然后像落入沸水的冰块般在地板上迅速挥发、消失，"在这一点上，另一个物种已经为我们做出了表率：在上百万年前，那个被我们称为'古人'的种族到达了他们文明演化的终点，他们的殖民地遍布桃花源每一个可以居住的天体，文化与科技都到达了巅峰，但他们同样也意识到，由于这个星系在重元素储量上的先天不足，他们的技术能力即便还能继续发展，也不可能实现大规模深空移民。作为替代手段，他们的科学家开发了空间折叠设备，也就是这套被原道救世军称为'饕餮'的仪器，但不幸的是，它对能耗的需求实在大得可怕，将一磅物质定位并投送到一光年外所需的能量几乎相当于整个大陆好几天的能耗总和。即便聪慧如'古人'，最终也只能勉强制造并维持区区数台这种仪器的运转，而现在剩下的，只有这么一台。"

"也就是说，这东西没什么用处。"

"一件东西是否有用，取决于你打算用它来干什么，又如何使用。如果你想进行传统的深空殖民，即将一个文明体系连同数以千计的人口送到另一个宜居星球的表面，那么'饕餮'当然不会比一把弹弓更管用。但正如我早已说过的，所谓文明，正如我们在进化过程中产生的四肢、大脑和下颌一样，不过是一种手段罢了。'古人'意识到了这一点，于是他们开发出了一种可以帮助他们抛开这些无效手段的病毒，一旦起作用，这种病毒便会抑制宿主细胞中原有的绝大多数基因的表达，但却不会破坏这些基因本身。取代它们起作用的是它自身携带的更加简单的新基因组。经过它的改造，作为一个多细胞生物体的宿主则会不复存在，取而代之的是……"

"阿米巴兽！"影子恍然大悟地点了点头，"他们变成了阿米巴兽！"

"是的——"那具急速腐坏的肉体做了个点头的动作，一只混在一团不断蠕动变形的脓液中的血红眼球从眼窝里掉了出来，"这是个真正明智的决定，他们放弃了曾经所珍视的文明，转而拥抱生命原初的奥义。就这一点而言，阿米巴兽是完美的：只要一个世界具备最起码的支持碳基生命生存的条件，它就能通过区区几个细胞繁衍出千变万化的形态，而根据我们组织内的天文学家最保守的估计，'古人'的后代已经以这样的形式散播到了数以千计个世界之上！绝大多数人可能会认为这样的'生存'形式毫无意义，但这恰恰是生命的常态——瞧瞧我们的基因组吧：在那些浩如烟海的遗传信息中，能真正被表达出来的总是寥寥无几，其余的那些则是数十亿年来一次次搭上我们这列'顺风车'的病毒和其他微生物塞进去的私货，而存在于我们每个细胞中的让我们得以呼吸氧气的线粒体也是这么来的。换言之，我们和阿米巴兽其实没有本质上的区别，唯一的差异在于，我们是无数命运之线偶然交织的结果，而它们则是用智慧创造的产物。从这一点上来看，是它们，而非我们，真正代表着文明的最高成就。"

影子不置可否地耸了耸肩，问道："这一切是从什么时候开始的？"

　　"大约四十年前，就在旧同盟政府被推翻后不久。在动员时代，考古学家发现了许多东西，然而不幸的是，他们却并未真正理解这些发现的价值，不过我们却明白了。"或许是不愿让对方继续看到自己身体分崩离析的过程，"珊瑚"重新封闭了头盔面罩，但蠕动的块状物仍然从动力装甲的缝隙和弹孔里不断流出，每一团都是一群具体而微弱的原始阿米巴兽，"我们花了几十年时间，在世界的每一个角落隐蔽地寻找支持我们信念的人，同时搜寻'古人'的文明残迹，暗中进行研究。因为我们很清楚，我们的所作所为并不符合人们公认的伦理标准。通过对古老记录断简残章的不倦解读，我们知道了'饕餮'的存在，也得知了它的另一个用途——在高维空间裂隙中存储'古人'研发的病毒样本。但不幸的是，由于原道救世军对我们根深蒂固的不信任，我们一直未能找到它。正因为如此，我们才不得不退而求其次，试图通过逆向基因工程从阿米巴兽的遗传序列中把这种病毒分离出来，然而百万年的时光已经发生了太多的基因突变，将它变得面目全非。迫于无奈，我们不得不制造了上千份不同的样本，希望通过大规模随机试验碰运气。可不幸的是，这种努力一直不太成功——某些感染对象确实发生了转变，但是这种转变并不彻底。这些个体原有的基因性状仍然有一部分会随机地表达出来，甚至可能在这一过程中发生突变，于是，他们就变成了你们所看到的那种……怪物。"

　　"你的意思是，罗斯瘟疫……"

　　"那确实是我们制造的。我对那些死者表示遗憾，但这完全是不得已而为之——如果这位关先生和他的同事们愿意与我们合作，其实这一切完全可以避免。而在那之后，同盟科学院派来与我们一同工作的那位'风暴'先生也对我们产生了怀疑。为了避免我们的努力因为他的揭发毁于一旦，我不得不采取了……非常措施，但让我没想到的是，在你们的直升机坠毁前，我们意外发现了'饕餮'！"黑色装甲中传出的声音变得越来越模糊，也越发不像人类了，"通过研究'古人'留下的记载，我们知道'饕餮'就隐藏在这一带某个隐蔽力场的保护区域内，不过直到你们的自动求救信号突然消失，我们才成功确认了它的位置，并直接采取了行动。"

"我们之……之所以拒绝，是因为我们还有别……别的选择！"关先生从嘴角啐出了一口血沫，"我坚信我们的同胞终……终将……"

"终将来拯救我们？！我不否认这种可能，然而这几个世纪以来，我们可曾收到过任何其他人类殖民世界的只言片语？可曾见到过一艘来到我们头顶的飞船？！我承认，就纯粹的数学逻辑而言，在群星之间或许还残存着其他的人类子嗣，但我们不能完全寄希望于此——出于风险最小化的考虑，我们不能放过任何一个可以增加我们这个物种的遗传信息继续传播下去的机会！假如我们就是仅存的人类，那么我们的所作所为就将是极有意义的：没错，你们可以根据神学、伦理学或者别的任何价值体系批判我们，但没人能够否认我们举动的有效性。枯坐在桃花源中的人类，终有一天会走向灭亡，但我们却在群星间散布了我们物种的种子——以几乎微不足道的代价！"

"珊瑚"像蹒跚学步的婴儿般艰难地迈开步子，回到了一块闪烁着无数发光符号的石柱前，她一路上留下了一道由活体黏液拖出的足迹。暴露在空气中之后，这些黏液开始迅速挥发，变成一团半透明的薄雾，最终隐没在"饕餮"中央的那片变幻不定的闪光之中。

"就在现在，已经有数百万枚这样的种子被播撒到了数十个可能的宜居行星表面，而更多的则会在将来的几个小时内按照我们预定的程序被送出，没有人能阻止这一切。这，就是我们的希望与救赎！"

"去你的！"奄奄一息的叛军头子竭尽全力地抬起头来，喃喃道出了自己的遗言，"去你的希望！"

穿着黑色装甲的两人都没有搭话，因为他们已经无法开口了。蠕动着的半透明团块从装甲的裂隙中纷纷涌出，开始漫无目地四处蠕动。其中一些找到了"饕餮"的入口，并且迅速消失在了闪烁着的微光中，没有在这颗行星上留下一丝痕迹。而更多的则溜出了大厅，在弥漫的硝烟中不见了踪影。

"好吧……"影子叹了口气，开始转身朝大厅的入口走去，"再见。"

八

整件事结束得悄无声息。除了几段语焉不详的简短公告，没有人就发生在南风沼泽穷乡僻壤中的事件公开发表任何评论。一些人明白这是为什么，另一些人不明白这是为什么，但大多数人都对此漠不关心。

安全返回安全委员会参谋部的影子属于前者，而他的大多数同事都属于后者，但总还有一些介于二者之间的人。当其中一些人在好奇心驱使下找到他时，他只是简单地摇了摇头，然后指指放在办公桌上的笔记本。

在那上面，写着一句话，而这句话并非出自他本人之手。

"一些人已经死了，另一些人终将死去。"那行沾着些许来源不明的污渍的铅笔字还有另一句，"万物终将归于尘埃，但我们已经尽力了。"